Rick Riordan

LE SORT DU TITAN

PERCY JACKSON
TOME 3

Traduit de l'anglais (américain)
par Mona de Pracontal

Titre original :
Percy Jackson and the Olympians book three
The Titan's Curse
(Première publication : Hyperion Books for Children, New York, 2007)

À Topher Bradfield et Toni Davis,
deux pensionnaires qui ont
entièrement changé la donne.

1 Mon opération de sauvetage tourne à la catastrophe

Le vendredi d'avant les vacances de Noël, maman m'a mis quelques affaires et quelques armes meurtrières dans un sac de voyage et m'a conduit à un nouveau pensionnat. On est passés prendre mes amies Annabeth et Thalia en chemin.

Huit heures de route séparaient New York de Bar Harbor, dans le Maine. La neige et le grésil tombaient dru. Ça faisait plusieurs mois qu'on ne s'était pas vus, Annabeth, Thalia et moi, mais entre la tempête et la pensée de ce que nous avions à faire, nous étions trop tendus pour bavarder. Ce n'était pas le cas de maman. Elle a tendance à parler dix fois plus quand elle est tendue. Le temps que nous arrivions à Westover Hall, le soir tombait et elle avait raconté à mes copines mes histoires de bébé les plus embarrassantes.

Thalia a essuyé la buée de sa vitre et jeté un coup d'œil dehors.

– Ah, je vois. Ça va être trop fun.

Westover Hall avait tout du château du chevalier du Mal : des murs en pierre noire, des tours, des meurtrières et d'immenses portes doubles en bois. Il était perché sur une falaise enneigée qui surplombait d'un côté une vaste forêt aux arbres couverts de givre, de l'autre l'océan gris et houleux.

– Vous êtes sûrs que vous ne voulez pas que je vous attende ? a demandé ma mère.

– Non, maman, merci. Je ne sais pas combien de temps ça va nous prendre. T'en fais pas.

– Mais comment allez-vous rentrer ? Ça m'inquiète, Percy.

En mon for intérieur, j'espérais que je n'avais pas rougi. C'était déjà assez gênant de devoir me faire conduire par ma mère sur mes lieux de bataille...

– Ça va aller, madame Jackson, a dit Annabeth. (Elle avait fourré ses cheveux blonds dans un bonnet de ski et ses yeux gris avaient la même teinte que l'océan.) On veillera sur lui.

Ma mère a paru se détendre. Elle considère qu'Annabeth est le demi-dieu le plus raisonnable qui ait jamais atteint la classe de quatrième. Elle est persuadée qu'Annabeth m'empêche souvent de me faire tuer. Elle a raison, mais ça ne me fait pas plaisir pour autant.

– Très bien, mes chéris, a-t-elle ajouté. Est-ce que vous avez tout ce qu'il vous faut ?

– Oui, madame Jackson, a répondu Thalia. Merci de nous avoir accompagnés.

– Vous ne voulez pas prendre un pull supplémentaire ? Et mon numéro de portable, vous l'avez ?

– Maman...

– Percy, tu as ton ambroisie et ton nectar ? Et une drachme d'or au cas où tu aurais besoin de contacter la colonie ?

– Maman, vraiment ! Ça va aller. Venez, les filles.

Elle a eu l'air un peu blessée et ça m'a fait de la peine, mais il était temps que je sorte de cette voiture. Si ma mère évoquait un souvenir de plus à mon sujet, genre combien j'étais mignon à trois ans dans ma baignoire, j'étais prêt à m'enterrer dans la neige et me laisser mourir de froid.

Annabeth et Thalia sont descendues elles aussi. Le vent transperçait mon manteau comme une volée de poignards de glace.

Une fois la voiture de maman disparue à l'horizon, Thalia m'a dit :

– Elle est vraiment cool, ta mère, Percy.

– Ouais, ça va, elle est sympa, ai-je admis. Et toi ? Tu fais signe à ta mère, des fois ?

À peine avais-je fini de prononcer ma question que je l'ai regrettée. Thalia est la grande spécialiste du regard qui tue, renforcé par son sempiternel attirail punk : blouson militaire déchiré, pantalon de cuir noir et chaînes métalliques, un trait d'eye-liner noir au-dessus de ses yeux bleu électrique. Et là, le regard qu'elle m'a décoché atteignait facilement dix sur l'échelle létale.

– Si ça te regardait, Percy...

– Il faut qu'on entre, est intervenue Annabeth. Grover doit nous attendre.

Thalia a regardé le château en frissonnant.

– Tu as raison, a-t-elle dit. Je me demande ce qu'il a bien pu découvrir pour nous envoyer ce message de détresse.

J'ai levé les yeux vers les tours sombres de Westover Hall :

– Rien de bon, je dirais.

Les lourdes portes de chêne se sont ouvertes en grinçant et nous sommes entrés tous les trois, poussés par un tourbillon de neige.

Je n'ai rien trouvé d'autre à dire que : « Waouh ! »

Nous étions dans un hall immense. Les murs étaient tapissés d'étendards et d'armes d'exposition : des carabines anciennes, des haches à longue hampe et un tas d'autres trucs. Je savais que Westover Hall était une académie militaire, bien sûr, mais cet étalage me semblait vraiment mortel, au sens propre du mot.

J'ai glissé la main dans ma poche, où je gardais toujours mon stylo-bille meurtrier, Turbulence. Je percevais déjà de mauvaises vibrations dans ces lieux. La présence d'un danger. Thalia frottait son bracelet d'argent, qui était son objet magique préféré. Je savais que nous pensions la même chose : il y avait du combat dans l'air.

– Je me demande où... a commencé Annabeth.

Les portes ont claqué derrière nous.

– Bon, ai-je grommelé. Ben je crois qu'on va rester ici un petit moment, alors.

J'ai entendu de la musique qui semblait venir de l'autre côté de la salle. De la *dance*.

On a caché nos sacs de voyage derrière un pilier et avancé dans le hall. Au bout d'à peine quelques instants, des bruits de pas ont résonné sur les dalles de pierre et un homme et une femme ont surgi de la pénombre pour venir droit sur nous.

Ils avaient tous les deux les cheveux courts et gris, et un uniforme d'inspiration militaire noir à liseré rouge. La femme arborait une fine moustache tandis que l'homme était rasé de près, ce qui m'a paru être le monde à l'envers. Ils avançaient d'un pas raide, comme s'ils avaient avalé un manche à balai.

– Eh bien ? a lancé la femme. Que faites-vous ici ?

– Euh...

Je me suis rendu compte que je n'avais pas réfléchi à cet aspect du problème. Soucieux de rejoindre Grover et de découvrir ce qui clochait, je n'avais pas envisagé que l'intrusion de trois jeunes dans une école, de nuit, pourrait faire naître des questions. En voiture, on n'avait pas du tout parlé de la façon dont on s'introduirait dans le pensionnat.

– Madame, on est juste...

– Ha ! s'est écrié l'homme avec une brusquerie qui m'a fait sursauter. Les visiteurs ne sont pas admis à la soirée dansante. Vous allez être *ex-pul-sés* !

Il avait un accent, français peut-être. Une drôle de façon de prononcer le *u*. Il était grand, avec un visage en lame de couteau. Ses narines palpitaient quand il parlait, si bien qu'on ne pouvait pas s'empêcher de regarder l'intérieur de son nez, et il avait les yeux de deux couleurs différentes, un marron et un bleu, comme un chat de gouttière.

Je m'attendais à ce qu'il nous flanque dehors, mais à ce moment-là Thalia s'est avancée et elle a fait un truc très bizarre.

Elle a claqué des doigts. Fort. Peut-être était-ce un effet de mon imagination, mais j'ai senti un souffle de vent s'échapper de sa main et traverser la pièce. Il a balayé nos têtes et fait onduler les étendards au mur.

– Oh, mais nous ne sommes pas des visiteurs, monsieur, a-t-elle dit. Nous sommes élèves dans ce pensionnat. Vous vous souvenez de moi : Thalia. Et voici Annabeth et Percy. On est en quatrième.

L'homme a plissé ses yeux bicolores. Je me suis demandé ce que Thalia avait dans la tête. Maintenant on allait sans doute se faire punir pour avoir menti *et* jeter dehors dans la neige. Pourtant le professeur avait l'air d'hésiter.

– Madame Taddlacray, a-t-il dit en se tournant vers sa collègue, connaissez-vous ces élèves ?

Malgré le danger où nous étions, j'ai dû me mordre la langue pour ne pas rire. Un prof qui s'appelle « T'as d'la craie » ? Il devait plaisanter.

La femme a cligné des yeux comme quelqu'un qui sort d'un état de transe.

– Je... oui. Je crois que oui, monsieur. (Elle s'est tournée vers nous en fronçant les sourcils.) Annabeth. Percy. Thalia. Qu'est-ce que vous faites ici ? Vous devriez être au gymnase.

Avant que nous ne puissions répondre, j'ai entendu d'autres bruits de pas et Grover a déboulé, tout essoufflé.

– Vous avez trouvé ! Vous...

Il a pilé net en voyant les profs.

– Oh ! madame Taddlacray, monsieur Thorn ! Je, euh...

– Trouvé quoi, monsieur Underwood ? a fait l'homme, sur un ton qui montrait clairement qu'il détestait Grover. Que voulez-vous dire par là ? Ces élèves vivent ici.

Grover a ravalé sa salive.

– Oui, monsieur. Bien sûr, monsieur. Je voulais dire, je suis tellement content qu'ils aient trouvé la recette ! C'est eux qui ont fait le punch pour la fête et il est excellent !

Le professeur Thorn nous a fusillés du regard. Je me suis dit qu'un de ses yeux devait être faux. Lequel, le marron ? Le bleu ? Il avait l'air d'avoir envie de nous précipiter de la plus haute tour du château, mais à ce moment-là Mme Taddlacray a lancé, d'un ton rêveur :

– Oui, le punch est excellent. Maintenant, filez, vous tous ! Et que je ne vous reprenne plus à sortir du gymnase !

On ne se l'est pas fait dire deux fois. On est partis après tout un tas de « oui m'dame », « oui m'sieur » et de saluts militaires, qui semblaient de circonstance.

Grover nous a entraînés vers le fond du hall, en direction de la musique.

Je sentais le regard des professeurs dans mon dos, mais je me suis rapproché de Thalia et lui ai demandé dans un murmure :

– C'est quoi, ton coup du claquement de doigts ?

– La Brume, tu veux dire ? Chiron ne t'a pas encore appris à le faire ?

J'ai senti une boule désagréable se former dans ma gorge. Chiron était notre directeur d'activités à la colonie, mais il ne m'avait jamais rien enseigné de tel. Pourquoi l'avait-il montré à Thalia et pas à moi ?

Grover nous a emmenés en toute hâte devant une porte vitrée qui portait l'inscription : GYM. J'avais beau être dyslexique, j'arrivais tout de même à lire ça.

– Vous l'avez échappé belle ! s'est écrié Grover. Loués soient les dieux, vous êtes arrivés !

Annabeth et Thalia ont embrassé Grover ; je lui ai topé dans la main.

Ça me faisait vraiment plaisir de le voir après tous ces mois. Il avait un peu grandi et sa moustache s'était légèrement étoffée, mais à part ça il avait la dégaine qu'il adoptait toujours quand il voulait se faire passer pour un humain : une casquette rouge sur ses boucles brunes pour cacher ses cornes de chèvre, un jean très large et des baskets avec de faux pieds pour dissimuler ses pattes couvertes de fourrure et ses sabots. Il portait un tee-shirt noir avec une inscription que j'ai mis quelques secondes à déchiffrer : WESTOVER HALL : TROUFIONS. Était-ce le « grade » de Grover ou juste la devise de l'école ?

– Alors, lui ai-je demandé, où est l'urgence ?

Grover a pris une grande inspiration avant d'annoncer :

– J'en ai trouvé deux.

– Deux sang-mêlé ? a répété Thalia, stupéfaite. Ici ?

Pour toute réponse, Grover a hoché la tête.

Trouver un sang-mêlé était quelque chose de rare en soi. Cette année, Chiron avait demandé aux satyres de faire des patrouilles supplémentaires et il les avait envoyés d'urgence dans tous les collèges et lycées à la recherche de recrues potentielles. L'heure était grave. Nous perdions des pensionnaires. Or nous avions besoin de tous les nouveaux combattants que nous pouvions trouver. Le problème, c'était que les demi-dieux n'étaient pas si nombreux que ça.

– Un frère et une sœur, a repris Grover. Ils ont dix et douze ans. J'ignore qui sont leurs parents, mais ils sont forts. Seulement le temps presse. J'ai besoin de votre aide.

– Des monstres ?

– Un. (Grover paraissait sur le qui-vive.) Il soupçonne quelque chose. Je ne crois pas qu'il ait de certitude pour le moment, mais c'est le dernier jour du trimestre, aujourd'hui. Je suis sûr qu'il ne les laissera pas quitter l'internat avant d'avoir découvert la vérité. C'est peut-être notre dernière chance ! Chaque fois que je veux les aborder, il est présent et me barre l'accès. Je ne sais pas quoi faire !

Grover a lancé un regard désespéré à Thalia. J'ai essayé de ne pas me vexer. Avant, c'était auprès de moi qu'il recherchait les solutions, mais Thalia avait le bénéfice de l'ancienneté. Et pas seulement parce que son père était Zeus. Pour ce qui était de repousser des monstres dans le monde réel, Thalia avait plus d'expérience que n'importe lequel d'entre nous.

– Bien, a-t-elle dit. Ces sang-mêlé sont-ils à la soirée dansante ?

Grover a fait oui de la tête.

– Alors allons danser. Qui est le monstre ?

– Oh, vous venez de le rencontrer. C'est le principal adjoint, le professeur Thorn.

Il y a un truc bizarre, dans les écoles militaires : les gamins se lâchent complètement dès qu'il y a une occasion particulière et qu'ils ne sont pas en uniforme. Comme tout est tellement strict le reste du temps, je crois qu'ils ont l'impression de devoir compenser un maximum.

Le sol du gymnase était couvert de ballons fragiles rouges et noirs et les garçons se les envoyaient au visage ou essayaient de s'étrangler avec les banderoles de papier crépon agrafées au mur. Les filles déambulaient en petits groupes, comme elles font toujours, tartinées de maquillage, en petits hauts à fines bretelles et pantalons de couleurs vives, perchées sur des chaussures qui ressemblaient à des instruments de torture. De temps à autre, tel un banc de piranhas, elles encerclaient un pauvre garçon en gloussant et hurlant ; quand elles repartaient enfin, le gars avait des rubans plein les cheveux et le visage couvert de graffitis au rouge à lèvres. Certains des garçons les plus âgés m'ont fait penser à moi : mal à l'aise, ils se tenaient à l'écart, sur le côté de la salle, en essayant de passer inaperçus comme s'ils risquaient à tout instant de devoir se battre pour leur vie. Bien sûr, dans mon cas, c'était vrai...

– Les voici. (D'un coup de menton, Grover a désigné deux enfants plus jeunes qui discutaient dans les gradins.) Bianca et Nico Di Angelo.

La fille portait une casquette verte très large, comme si elle tentait de cacher son visage. Manifestement, le garçon était son petit frère. Ils avaient tous les deux les cheveux châtain foncé et soyeux, le même teint mat, et ils gesticulaient en parlant. Le garçon tenait à la main des cartes à échanger, semblait-il, et sa sœur le grondait pour une raison quelconque. Elle jetait sans cesse des coups d'œil autour d'elle comme si elle se sentait menacée.

– Est-ce qu'ils... a commencé Annabeth. Je veux dire, tu leur as dit ?

– Non, a répondu Grover. Tu sais comment c'est. Ça risquerait de les mettre encore plus en danger. Lorsqu'ils réalisent qui ils sont véritablement, ils dégagent une odeur plus forte.

Il m'a regardé et j'ai hoché la tête.

Je n'avais jamais vraiment compris quelle « odeur » les sang-mêlé avaient pour les monstres et les satyres, mais je savais que cette odeur pouvait vous faire tuer. En tant que demi-dieu, plus vous acquériez du pouvoir, plus vous dégagiez des effluves de quatre-heures pour monstres.

– Alors allons les chercher et filons, ai-je suggéré.

Je m'élançais déjà, mais Thalia a posé la main sur mon épaule. Le principal adjoint, le professeur Thorn, était entré par une porte proche des gradins et se tenait à proximité des petits Di Angelo. Il a fait un geste dans notre direction, le regard sévère. Son œil bleu étincelait.

À en juger par son expression, Thorn n'avait pas été berné par la Brume de Thalia. Il avait des soupçons sur notre identité, mais il voulait savoir ce qui nous amenait ici.

– Ne regardez pas les enfants, a ordonné Thalia. Nous devons attendre une bonne occasion pour les emmener. Il faut qu'on fasse semblant de ne pas s'intéresser à eux. Qu'on écarte Thorn de leur piste.

– Comment ?

– Nous sommes trois puissants sang-mêlé. Notre présence devrait le dérouter. On se mélange, on se comporte avec naturel, on danse. Mais on garde l'œil sur ces deux enfants.

– On danse ? a répété Annabeth.

Thalia a hoché la tête. Elle a tendu l'oreille pour écouter la musique et fait la grimace.

– Beurk. Qui a choisi Jesse McCartney ?

– Moi ! a répondu Grover, l'air blessé.

– Par les dieux, Grover, c'est tellement ringard ! T'aurais pas pu mettre, je sais pas, moi, Green Day, par exemple ?

– Green quoi ?

– Laisse tomber. Viens danser.

– Mais je ne sais pas danser !

– Si, tu sais, quand c'est moi qui mène ! Allez, viens, biquet !

Là-dessus, Thalia a attrapé Grover par la main et l'a traîné vers la piste, malgré ses glapissements.

Annabeth a souri.

– Qu'est-ce qu'il y a ? lui ai-je demandé.

– Rien. Juste que c'est trop cool que Thalia soit revenue.

Depuis l'été dernier, Annabeth me dépassait en taille et je trouvais ça assez perturbant. Avant, elle ne portait aucun bijou, à part son collier de la Colonie des Sang-Mêlé, mais à présent elle avait de petites boucles d'oreilles en argent en forme de chouette – symbole de sa mère, Athéna. Elle a retiré son bonnet de ski et ses longs cheveux blonds sont tombés en cascade sur ses épaules. Je ne sais pas pourquoi, mais ça lui donnait l'air plus âgée.

– Alors... (Je cherchais un sujet de conversation. *On se comporte avec naturel*, nous avait dit Thalia. Qu'est-ce que ça peut bien signifier, avec naturel, pour un sang-mêlé lancé dans une mission dangereuse ?) Euh... tu as dessiné des bâtiments intéressants, récemment ?

Les yeux d'Annabeth se sont éclairés, comme toujours quand elle parle d'architecture.

– Ah, par les dieux, Percy ! Dans ma nouvelle école, j'ai pris l'option « conception 3D » et ils ont un logiciel super qui...

Elle a entrepris de m'expliquer qu'elle avait dessiné les plans d'un immense monument qu'elle voulait construire sur l'ancien emplacement du World Trade Center à New York. Elle me parlait de structures de soutien et de façade, et je m'efforçais d'écouter. Je savais qu'elle voulait devenir une brillante architecte plus tard – elle adore les maths et les bâtiments historiques, tout ça – mais je ne comprenais pas un traître mot de ce qu'elle me racontait.

La vérité, c'est que j'étais déçu d'apprendre que sa nouvelle école lui plaisait autant. C'était la première fois qu'elle allait étudier à New York. J'avais espéré qu'on se verrait plus souvent. Elle et Thalia étaient internes dans un pensionnat du quartier de Brooklyn, suffisamment proche de la Colonie des

Sang-Mêlé pour que Chiron puisse intervenir si jamais elles avaient des ennuis. Mais comme c'était un établissement pour filles exclusivement et que moi j'allais à l'école en plein Manhattan, je ne les voyais presque jamais.

– Euh, ouais, c'est cool, ai-je dit. Alors tu vas y rester jusqu'à la fin de l'année ?

Son visage s'est assombri.

– Enfin, peut-être, sauf si...

– Hé !

Thalia nous faisait signe. Elle dansait un slow avec Grover, lequel, l'air malheureux comme les pierres, n'arrêtait pas de s'emmêler les pinceaux et de lui donner des coups de pied dans les tibias. Lui, au moins, avait de faux pieds : contrairement à moi, il avait une excuse pour sa maladresse.

– Dansez, vous autres ! a ordonné Thalia. Vous avez l'air idiot, plantés comme ça !

J'ai regardé nerveusement Annabeth, puis les grappes de filles qui déambulaient dans le gymnase.

– Alors ? a fait Annabeth.

– Euh, qui je dois inviter ?

Elle m'a donné un petit coup de poing dans le ventre.

– Moi, Cervelle d'Algues !

– Ah. Ah oui.

Nous sommes donc allés sur la piste et j'ai jeté un coup d'œil pour voir comment Thalia et Grover s'y prenaient. J'ai mis une main sur la hanche d'Annabeth et elle m'a attrapé l'autre comme si elle allait me faire une prise de judo.

– Je ne vais pas te mordre. Franchement, Percy, il n'y a jamais de fêtes, dans ton école ?

Je n'ai pas répondu. La vérité, c'était qu'il y en avait. Mais je n'avais jamais, comment dire, *dansé* à aucune d'entre elles. En général je faisais partie des gars qui jouent au basket-ball dans un coin.

On a piétiné pendant quelques minutes. J'essayais de me concentrer sur des petites choses, les banderoles en crépon, le bol de punch, pour ne pas penser qu'Annabeth était plus grande que moi, que j'avais les mains moites et sans doute collantes et que je n'arrêtais pas de lui écraser les orteils.

– Qu'est-ce que tu disais tout à l'heure ? ai-je demandé. Tu as des ennuis à l'école ou quoi ?

– Ce n'est pas ça, a-t-elle répondu en pinçant les lèvres. C'est mon père.

– Ah. (Je savais qu'Annabeth et son père avaient une relation houleuse.) Je croyais que ça allait mieux entre vous deux. C'est encore ta belle-mère ?

Annabeth a soupiré.

– Il a décidé de déménager. Juste quand je commençais à prendre mes marques à New York, il accepte ce stupide travail de recherche pour un livre sur la Seconde Guerre mondiale. À *San Francisco*.

Elle a prononcé ce nom sur le ton qu'elle aurait employé pour dire « champs du châtiment » ou « short de gym d'Hadès ».

– Et il veut que tu y ailles avec lui ?

– À l'autre bout du pays. Et les sang-mêlé ne peuvent pas vivre à San Francisco. Il devrait le savoir.

– Ah bon ? Pourquoi ?

Annabeth a roulé les yeux. Elle croyait probablement que je plaisantais.

– Mais tu sais bien ! C'est juste *là*.

– Ah ouais. (Je ne savais pas du tout de quoi elle parlait, mais je ne voulais pas passer pour un idiot.) Alors... tu vas retourner vivre à la colonie ?

– C'est plus grave que ça, Percy. Il... il y a quelque chose que je devrais peut-être te dire.

Soudain, elle s'est immobilisée.

– Ils ne sont plus là.

– Quoi ?

J'ai suivi son regard. Les gradins. Les deux petits sang-mêlé, Bianca et Nico, avaient disparu. La porte proche des gradins était grande ouverte. Aucune trace du professeur Thorn.

– Il faut qu'on mette la main sur Thalia et Grover ! (Annabeth balayait frénétiquement la salle du regard.) Où sont-ils passés ? Viens !

Elle s'est élancée dans la foule. J'allais la suivre quand une bande de filles m'a barré le passage. Je les ai contournées pour échapper au traitement rubans et rouge à lèvres, mais le temps que je me dégage, Annabeth avait disparu. J'ai fait un tour complet sur moi-même pour la retrouver, elle ou nos amis. Et ce que j'ai vu alors m'a glacé le sang.

À une cinquantaine de mètres, par terre, gisait une casquette verte exactement pareille à celle que portait Bianca Di Angelo. Quelques cartes à échanger étaient éparpillées à côté. C'est alors que j'ai aperçu le professeur Thorn. Il s'engouffrait par une porte à l'autre bout du gymnase en traînant les petits Di Angelo par la peau du cou, comme des chatons.

Je ne voyais toujours pas Annabeth, mais je savais qu'elle était partie dans l'autre direction à la recherche de Thalia et Grover.

J'ai failli lui courir après, et puis je me suis dit : *Attends.*

Je me suis souvenu de la question de Thalia, dans le hall, et de son air intrigué quand je lui avais demandé des explications sur le claquement de doigts : *Chiron ne t'a pas encore appris à le faire ?* J'ai repensé à la façon dont Grover s'était tourné vers elle en espérant qu'elle sauverait la situation.

Je n'en voulais pas à Thalia, cela dit. Ce n'était pas sa faute si Zeus était son père et si elle était le centre d'attention...

Il n'empêche que je n'avais pas besoin de lui courir après chaque fois qu'un problème se présentait. En plus, il fallait faire vite. Les Di Angelo étaient en danger. Le temps que je retrouve mes amis, ils auraient peut-être définitivement disparu. Je connaissais les monstres. Je pouvais gérer cette urgence tout seul.

J'ai sorti Turbulence de ma poche et me suis élancé aux trousses du professeur Thorn.

La porte donnait sur un couloir sombre. J'ai entendu des bruits de pas devant moi, suivis d'un grognement sourd. J'ai décapuchonné Turbulence.

Le stylo-bille s'est déployé dans ma main et transformé en épée de bronze grecque de près d'un mètre de long, à la garde couverte de cuir. La lame luisait, projetant une faible lumière dorée sur les rangées de casiers.

J'ai descendu le couloir en courant mais lorsque je suis arrivé à l'autre bout, il n'y avait personne. J'ai ouvert une porte et me suis retrouvé dans le grand hall d'entrée. J'avais fait un tour complet. Aucune trace du professeur Thorn. En revanche, à l'autre bout de la pièce, plaqués au mur et l'air terrifiés, les petits Di Angelo me dévisageaient.

Je me suis avancé lentement en abaissant la pointe de mon épée.

– C'est bon, ai-je dit, je ne vais pas vous faire de mal.

Ils ne m'ont pas répondu. L'effroi se lisait dans leurs yeux. Qu'avaient-ils donc ? Et où était Thorn ? Peut-être qu'il avait senti la présence de Turbulence et battu en retraite. Les monstres ont horreur des armes en bronze céleste.

– Je m'appelle Percy, ai-je poursuivi de ma voix la plus posée. Je vais vous sortir d'ici et vous conduire en lieu sûr.

Bianca a écarquillé les yeux. Serré les poings. Je n'ai compris que trop tard ce que signifiait son expression : elle n'avait pas peur de moi, elle essayait de m'avertir d'un danger.

J'ai fait volte-face et quelque chose a traversé l'air en sifflant. *FUIIISCH !* Une douleur brûlante m'a déchiré l'épaule. J'ai senti une force pareille à une main géante me tirer en arrière et me projeter contre le mur.

Je me suis mis à donner des coups d'épée, mais il n'y avait rien à pourfendre.

Un rire glacial a résonné dans le hall.

– Oui, Persée *Jackson*, a lancé le professeur Thorn, en écorchant le *j* de mon nom de famille avec son drôle d'accent. Je sais qui tu es.

J'ai tenté de dégager mon épaule. Mon manteau et mon tee-shirt étaient cloués au mur par une sorte de pointe – un projectile du type poignard, long d'une trentaine de centimètres. La lame m'avait éraflé en traversant mes vêtements et la blessure me brûlait. Je reconnaissais cette sensation. C'était du poison.

Je me suis forcé à me concentrer. Non, je ne m'évanouirais pas.

À présent, une silhouette sombre s'avançait vers nous. Le professeur Thorn a pénétré dans la faible lumière du hall. Il avait encore un aspect humain, mais un visage de vampire. Ses dents blanches étincelaient et ses yeux marron/bleu reflétaient l'éclat de mon épée.

– Merci d'être sorti du gymnase, m'a-t-il dit. J'ai horreur de ces boums de collégiens.

J'ai essayé de donner un nouveau coup d'épée, mais Thorn était hors de ma portée.

FUIIISCH ! Un deuxième projectile a fusé de derrière le professeur qui, lui, ne semblait pas avoir bougé d'un poil. C'était comme si un être invisible se tenait derrière lui et lançait des couteaux.

À côté de moi, Bianca a laissé échapper un cri étouffé. La deuxième pointe s'était fichée dans le mur à un centimètre de son visage.

– Vous allez venir avec moi, tous les trois, a poursuivi Thorn. Bien gentiment. Docilement. Si vous émettez le moindre bruit, si vous appelez à l'aide ou tentez de vous battre, je vous montrerai de quelle précision je peux faire preuve.

2 Le principal adjoint se prend pour un lance-missiles

J'ignorais quel type de monstre était le professeur Thorn, mais il était rapide.

Peut-être pouvais-je me défendre en activant mon bouclier. Il suffisait pour ça que je touche mon bracelet-montre. Défendre les Di Angelo, en revanche, était une autre affaire. J'avais besoin d'aide et je ne connaissais qu'un seul moyen d'en obtenir.

J'ai fermé les yeux.

– Qu'est-ce que tu fabriques, Jackson ? a persiflé Thorn. Ne lambine pas !

J'ai rouvert les yeux et je suis reparti en traînant des pieds.

– C'est mon épaule, ai-je menti en jouant au pauvre petit malheureux – ce qui n'était pas difficile. Ça brûle.

– Bah ! Mon poison est douloureux mais il ne te tuera pas. Avance !

Thorn nous a fait sortir et j'ai essayé de me concentrer. J'ai visualisé mentalement le visage de Grover. J'ai dirigé toutes mes pensées sur mes sentiments de peur et de menace. L'été dernier, Grover avait créé un lien d'empathie entre nous deux. Il m'avait envoyé des visions dans mes rêves pour m'avertir qu'il était en danger. *A priori*, le lien existait toujours, mais je n'avais encore jamais tenté de contacter Grover. Je ne savais même pas si cela pouvait marcher s'il était réveillé.

Hé, Grover ! ai-je pensé. *Thorn nous kidnappe ! C'est un fou furieux lanceur de poignards empoisonnés ! Au secours !*

Thorn nous a fait entrer dans le bois. On s'est engagés le long d'un chemin enneigé, faiblement éclairé par des réverbères à l'ancienne. Le vent qui transperçait mes vêtements déchirés était si froid que j'avais l'impression de me transformer en glaçon ambulant.

– Il y a une clairière un peu plus loin, a annoncé Thorn. Nous allons appeler votre monture.

– Quelle monture ? a demandé Bianca. Où nous emmenez-vous ?

– Tais-toi, petite peste !

– Ne parlez pas sur ce ton à ma sœur ! s'est écrié Nico.

Sa voix tremblait mais j'ai été impressionné qu'il ait le cran de tenir tête au professeur.

Thorn a poussé un grognement qui n'avait rien d'humain, et j'ai senti tous les poils de ma nuque se hérisser. Je me suis forcé, pourtant, à continuer de marcher comme un bon prisonnier docile. Et pendant ce temps, je projetais mes pensées comme un dingue – toutes les idées qui me venaient à l'esprit pour capter l'attention de Grover : *Grover ! Pommes ! Boîtes en fer-blanc ! Magne ton popotin de biquet et amène quelques amis blindés d'armes !*

– Halte ! a ordonné Thorn.

Le bois a cédé la place à un espace dégagé, en haut d'une falaise qui surplombait la mer. Du moins *percevais-je* la présence de la mer, plusieurs dizaines de mètres en contrebas. J'entendais le fracas des vagues et je sentais l'odeur salée de l'écume. Mais je ne voyais rien d'autre que brume et obscurité.

Thorn nous a poussés vers le bord. J'ai titubé et Bianca m'a rattrapé.

– Merci, ai-je murmuré.

– Qu'est-ce que c'est comme créature ? m'a-t-elle demandé en chuchotant. Comment on fait pour le combattre ?

– Je... j'y travaille.

– J'ai peur, a bafouillé Nico, qui retournait un jouet dans sa main, une espèce de petit soldat de plomb.

– Taisez-vous ! a crié Thorn. Regardez-moi !

Nous nous sommes tournés vers lui.

Ses yeux bicolores luisaient d'un éclat féroce. Il a sorti quelque chose de sa poche et j'ai d'abord cru que c'était un couteau à cran d'arrêt, mais il s'agissait d'un simple téléphone. Il a appuyé sur un bouton latéral et dit :

– Le colis est prêt à livrer.

Une réponse indistincte a suivi et j'ai compris que Thorn était en mode talkie-walkie. C'était d'une modernité à donner la chair de poule : un monstre qui se sert d'un téléphone portable.

J'ai jeté un coup d'œil derrière moi, me demandant quelle était la hauteur de la falaise.

– Je t'en prie, fils de Poséidon ! a ricané Thorn. Saute donc ! La mer est là. Sauve ta peau.

– Comment t'a-t-il appelé ? a marmonné Bianca.

– Je vous expliquerai plus tard.

– Tu as un plan, hein ?

Grover ! ai-je pensé de toutes mes forces. *Amène-toi !*

Peut-être pouvais-je sauter dans l'océan avec les deux gamins. Si nous survivions à la chute, je pourrais me servir de l'eau pour nous protéger. J'avais déjà fait ça. Si mon père m'entendait et s'il était de bonne humeur, il pourrait nous aider. Peut-être.

– Je vous tuerais avant que vous ne touchiez l'eau, a dit Thorn, comme s'il lisait dans mes pensées. Tu ne comprends pas qui je suis, pas vrai ?

Un tressaillement s'est fait entendre derrière lui et un autre projectile a fendu l'air, me frôlant de si près qu'il m'a égratigné l'oreille. Quelque chose avait jailli derrière Thorn, une sorte de catapulte, mais plus flexible... on aurait presque dit une queue.

– Malheureusement, a-t-il repris, je dois vous remettre vivants, de préférence. Sinon vous seriez déjà morts.

– Nous remettre à qui ? a fait Bianca. Parce que si vous vous imaginez que vous allez toucher une rançon, vous vous trompez. On n'a pas de famille, Nico et moi... (Sa voix s'est légèrement brisée.) On est seuls au monde.

– Oooh ! Ne vous inquiétez pas, sales mômes. Vous allez bientôt rencontrer mon nouvel employeur. Et vous aurez une belle famille toute neuve.

– Luke, ai-je dit. Vous travaillez pour Luke.

La bouche de Thorn s'est tordue en une moue de dégoût quand j'ai prononcé le nom de mon vieil ennemi, un ancien ami qui avait tenté de me tuer à plusieurs reprises.

– Tu n'as aucune idée de ce qui se passe, Persée Jackson. Je laisserai au Général le soin d'éclairer ta lanterne. Tu vas lui rendre un grand service ce soir. Il est impatient de te rencontrer.

– Le Général ? ai-je demandé. (Je me suis brusquement rendu compte que j'imitais l'accent du professeur.) Qui est le Général ?

Thorn avait le regard rivé sur l'horizon.

– Ah, voilà. Votre moyen de transport arrive.

Je me suis retourné et j'ai vu une lumière au loin, le faisceau d'un projecteur qui perçait l'océan. Puis j'ai entendu le claquement des rotors d'un hélicoptère, de plus en plus fort et de plus en plus proche.

– Où nous emmenez-vous ? a demandé Nico.

– Tu devrais te sentir honoré, mon garçon. Tu vas pouvoir t'enrôler dans une grande armée. Exactement comme dans ce jeu stupide auquel tu joues avec tes cartes et tes poupées.

– Ce ne sont pas des poupées ! Ce sont des figurines ! Et votre grande armée, vous pouvez...

– Allons, allons ! Tu vas voir que tu changeras d'avis. Et sinon... eh bien... nous avons d'autres usages pour les sang-mêlé. On a beaucoup de gueules de monstres à nourrir. Le Grand Lever approche.

– Le grand quoi ? ai-je demandé – je voulais à tout prix qu'il continue de parler pour me laisser le temps de trouver un plan.

– Le Lever des monstres. (Le visage de Thorn s'est fendu d'un sourire malveillant.) Les plus redoutables d'entre eux, les plus puissants, sont en train de se réveiller. Des monstres qu'on n'a pas vus depuis des millénaires. Ils provoqueront des ravages et des tueries comme n'en ont jamais connu les mortels. Et bientôt nous reviendra le plus grand monstre de tous, celui par qui l'Olympe tombera !

– D'accord, a murmuré Bianca à mon oreille. Il est complètement cintré.

– Nous devons sauter de la falaise, lui ai-je dit d'une voix calme. Dans l'océan.

– Super, ton idée. Toi aussi, t'es complètement cintré.

Je n'ai jamais eu l'occasion d'en débattre avec elle car, à cet instant même, une force invisible m'a heurté de plein fouet.

En y repensant, l'idée d'Annabeth était très forte. Coiffée de sa casquette d'invisibilité, elle nous a poussés, les Di Angelo et moi, et fait tomber par terre. Pendant une fraction de seconde Thorn a été surpris, de sorte que sa première volée de missiles est passée au-dessus de nos têtes sans nous blesser. Ce qui a donné le temps à Thalia et Grover d'avancer par-derrière – Thalia brandissant son bouclier magique, Aegis.

Si vous n'avez jamais vu Thalia se lancer dans un combat, vous n'avez jamais vraiment eu peur. Elle est armée d'une lance immense qui sort en se dépliant d'une petite bombe à gaz lacrymogène qu'elle a toujours dans sa poche, mais ce n'est pas ça qui est effrayant. Son bouclier est une réplique d'un des boucliers de son père, Zeus, l'Aegis original, qui lui a été offert par Athéna. Il porte la tête de la gorgone Méduse en effigie, coulée dans le bronze, et même si cette dernière ne peut pas vous transformer en statue de pierre, elle est tellement horrible que la plupart des gens sont pris de panique et s'enfuient en la voyant.

Même Thorn a tressailli et grondé à la vue du bouclier.

Thalia s'est avancée en brandissant sa lance.

– Pour Zeus !

J'ai bien cru que Thorn était cuit. Thalia l'a visé à la tête, mais il a montré les dents et repoussé la lance d'un revers.

Sa main s'est muée en une patte orange, hérissée de griffes énormes qui ont fait jaillir une gerbe d'étincelles en s'abattant sur le bouclier de Thalia. Sans Aegis, elle se serait retrouvée tranchée comme un pain de mie ; là, elle est parvenue à faire un roulé-boulé arrière et à retomber sur ses pieds.

Derrière moi, le bruit d'hélico était de plus en plus proche, mais je n'osais pas me retourner.

Thorn a lancé une nouvelle volée de missiles à Thalia et, cette fois-ci, j'ai vu comment il s'y prenait : il avait une queue, épaisse et parcheminée, genre queue de scorpion, à la pointe hérissée de dards. Les missiles ont tous ricoché contre Aegis, mais la force de l'impact a renversé Thalia.

Grover a bondi. Il a porté sa flûte de Pan à ses lèvres et s'est mis à jouer une gigue endiablée qui ressemblait à une musique de pirates. Des pousses vertes ont percé la neige. En quelques secondes, des herbes épaisses comme des cordes se sont enroulées autour des jambes de Thorn.

Avec un rugissement, ce dernier a amorcé une transformation. Il a grandi pour prendre sa forme véritable : un visage encore humain, mais le corps d'un lion immense. Sa queue hérissée envoyait ses dards meurtriers dans toutes les directions.

– Un manticore ! s'est écriée Annabeth, à présent visible. (Sa casquette magique des New York Yankees était tombée quand elle s'était ruée sur nous.)

– Mais qui êtes-vous ? a demandé Bianca Di Angelo. Et lui, c'est quoi ?

– Un manticore ? a hoqueté Nico. Il a trois mille de puissance d'attaque et plus cinq à ses jets de résistance !

Je n'avais aucune idée de ce qu'il racontait, mais je n'avais pas le temps de m'en inquiéter. Le manticore a déchiqueté les herbes magiques à coups de griffes puis s'est tourné vers nous en grondant.

– Couchez-vous !

Annabeth a plaqué les Di Angelo dans la neige. À la dernière seconde, je me suis souvenu que j'avais moi aussi un bouclier. J'ai tapé sur mon bracelet-montre et des plaques de métal en sont sorties en spirale pour former un épais bouclier de bronze. Il était temps ! Les fléchettes l'ont percuté si violemment qu'elles ont cabossé le métal. Mon magnifique bouclier, cadeau de mon frère, était gravement endommagé. Je n'étais même pas sûr qu'il puisse arrêter une deuxième volée de flèches.

J'ai entendu un bruit mat, suivi d'un glapissement, et Grover a atterri lourdement à mes côtés.

– Rendez-vous ! a rugi le monstre.

– Jamais ! a hurlé Thalia, depuis l'autre bout de la clairière.

Elle a chargé et, l'espace d'une seconde, j'ai cru qu'elle allait le transpercer. Mais alors un grondement tonitruant a retenti derrière nous, accompagné d'une lumière aveuglante. L'hélicoptère a surgi du brouillard, juste derrière les falaises. C'était un hélico de combat noir, élancé, équipé sur les flancs de ce qui ressemblait à des fusées téléguidées au laser. Il y avait certainement des mortels aux commandes de l'appareil. Que faisait-il ici ? Comment des mortels pouvaient-ils collaborer avec un monstre ? Les faisceaux des projecteurs aveuglaient Thalia et le manticore en a profité pour la balayer d'un coup de queue. Son bouclier a volé dans un sens, sa lance dans l'autre.

– Non ! ai-je crié, avant de courir à sa rescousse.

J'ai paré un dard au moment où il allait s'abattre sur sa poitrine. J'ai levé mon bouclier pour nous en abriter tous les deux, mais je savais que ça ne suffirait pas.

Thorn a ri.

– Alors, vous voyez maintenant combien vos efforts sont vains ? Rendez-vous, petits héros !

Nous étions coincés entre un monstre et un hélicoptère blindé d'armes. Nous n'avions aucune chance.

C'est alors que j'ai entendu un son clair et perçant : l'appel d'un cor de chasse dans la forêt.

Le manticore s'est figé. Plus personne ne bougeait. On n'entendait plus que les tourbillons de neige et de vent et le claquement des rotors.

– Non, a dit Thorn. Ce n'est pas...

Sa phrase est restée en suspens car quelque chose a fendu l'air comme un rayon de lune. Une flèche argentée et brillante s'était plantée dans son épaule.

Il a titubé en arrière avec des gémissements de douleur.

– Maudite sois-tu ! a-t-il crié.

Et il a décoché d'un coup plusieurs douzaines de dards en direction du bois d'où était venue la flèche, mais tout aussi rapidement, d'autres flèches argentées ont riposté. J'avais l'impression qu'elles interceptaient les missiles de Thorn en plein vol et les tranchaient en deux, mais je savais que mes yeux devaient me jouer un tour : personne, pas même les enfants d'Apollon à la colonie, ne pouvait viser avec une telle précision.

Poussant un hurlement de douleur, le manticore a arraché la flèche de son épaule. Son souffle était rauque et haché. J'ai essayé de lui asséner un coup d'épée, mais il était moins affaibli qu'il n'en avait l'air. Il a esquivé mon assaut et abattu sa queue sur mon bouclier, me faisant tomber à la renverse.

Les archers sont alors sortis du bois. C'étaient des filles, elles étaient une douzaine. La plus jeune devait avoir dix ans. L'aînée dans les quatorze, comme moi. Elles portaient des parkas de ski et des jeans argentés et elles étaient toutes armées d'arcs. L'air déterminé, elles avançaient vers le manticore.

– Les Chasseresses ! s'est exclamée Annabeth.

À côté de moi, Thalia a marmonné :

– Ah. Super.

Je n'ai pas pu lui demander ce qu'elle entendait par là.

Une des archères les plus âgées s'est détachée du groupe, bandant son arc. Elle était grande et gracieuse, et sa peau avait un éclat cuivré. Contrairement aux autres filles, elle portait un bandeau argenté tressé au sommet de sa longue chevelure brune, ce qui lui donnait l'air d'une princesse persane.

– Permission de tuer, ma reine ?

Je ne pouvais pas savoir à qui elle parlait car elle avait les yeux rivés sur le manticore.

Le monstre a gémi.

– C'est injuste ! Interférence directe ! C'est contre les Lois anciennes.

– Faux, a dit une autre fille. (Elle était un peu plus jeune que moi, celle-ci ; elle devait avoir douze ou treize ans. Ses cheveux auburn étaient retenus en queue-de-cheval et ses yeux luisaient d'un étrange éclat jaune argenté, comme la lune. Elle avait un visage si ravissant que j'ai failli hoqueter, mais son expression était sévère et dangereuse.) Donner la chasse à toutes les bêtes sauvages relève de ma compétence. Et toi, abominable créature, tu es une bête sauvage. (Elle a tourné le regard vers la jeune fille au diadème argenté.) Permission accordée, Zoé.

Le manticore a grondé.

– Si je ne peux pas les avoir vivants, je les aurai morts !

Et sur ces mots, il s'est jeté sur Thalia et moi, sachant que nous étions étourdis et affaiblis.

– Non ! a hurlé Annabeth.

Elle a chargé le monstre.

– Écarte-toi, sang-mêlé ! a lancé la fille au diadème. Sors de la ligne de tir !

Mais Annabeth a sauté sur le dos du monstre et planté son poignard dans sa crinière. Le manticore a hurlé et s'est mis à décrire des cercles en battant de la queue, tandis qu'Annabeth s'accrochait comme elle pouvait.

– Feu ! a ordonné Zoé.

– Non ! ai-je hurlé.

Les Chasseresses ont décoché leurs flèches. La première a frappé le manticore dans le cou. La deuxième en pleine poitrine. Il a titubé en arrière en gémissant.

– Ce n'est pas la fin, Chasseresse ! Tu me le paieras !

Et avant que quiconque puisse réagir, le monstre a sauté du haut de la falaise, Annabeth toujours cramponnée à sa crinière, et dégringolé dans l'obscurité.

– Annabeth ! ai-je hurlé.

J'ai foncé au bord du précipice, mais nos ennemis n'avaient pas dit leur dernier mot. Un *ra-ta-ta* s'est fait entendre en provenance de l'hélicoptère : des coups de feu.

La plupart des Chasseresses se sont dispersées en voyant la neige, à leurs pieds, se cribler de trous minuscules, mais la fille aux cheveux auburn s'est contentée de regarder calmement l'hélico.

– Les mortels, a-t-elle déclaré, n'ont pas le droit d'assister à mes chasses.

Elle a tendu le bras et l'hélicoptère a explosé en nuage de poussière. Non, en fait, pas en poussière : le métal noir s'est dissous en une nuée de corbeaux noirs qui se sont enfuis à tire-d'aile dans la nuit.

Les Chasseresses se sont avancées vers nous.

La dénommée Zoé a pilé net en voyant Thalia.

– Toi ! a-t-elle dit, une note de dégoût dans la voix.

– Zoé Nightshade. (La voix de Thalia tremblait de colère.) À point nommé, comme d'habitude.

Zoé a balayé notre groupe du regard.

– Quatre sang-mêlé et un satyre, ma reine.

– Oui, a acquiescé sa cadette. Des pensionnaires de Chiron, à ce que je vois.

– Annabeth ! ai-je hurlé. Vous devez nous laisser la sauver !

La fille aux cheveux auburn s'est tournée vers moi.

– Je suis désolée, Percy Jackson, mais nul ne peut aider ton amie, à présent.

J'ai voulu me relever, mais deux des Chasseresses m'ont maintenu à terre.

– Tu n'es pas en état de te jeter du haut de la falaise, a repris la fille aux cheveux auburn.

– Laisse-moi y aller ! Pour qui tu te prends ?

Zoé s'est avancée vers moi, prête à me frapper.

– Non, a ordonné l'autre fille. Je ne perçois pas d'irrespect, Zoé. Il est en pleine détresse, c'est tout. Il ne comprend pas.

La fille aux cheveux auburn a posé sur moi ses yeux plus froids et brillants qu'une lune d'hiver.

– Je suis Artémis, a-t-elle déclaré. Déesse de la chasse.

3 BIANCA DI ANGELO FAIT UN CHOIX

Vous pourriez croire qu'après avoir vu le professeur Thorn se transformer en monstre et tomber du haut d'une falaise en entraînant Annabeth dans sa chute, plus rien ne me secouerait. Mais quand cette gamine de douze ans m'a annoncé qu'elle était la déesse Artémis, j'ai dit un truc d'une intelligence rare, du genre :

– Ah... d'accord.

Et encore ! Ce n'était rien comparé à la réaction de Grover. Il a hoqueté, puis s'est jeté à genoux dans la neige et a bafouillé d'une voix de fausset :

– Merci, dame Artémis ! Vous êtes tellement... vous êtes tellement... Waouh !

– Relève-toi, biquet ! a lancé Thalia d'un ton sec. On a d'autres soucis ! Annabeth a disparu !

– Ho-ho-ho-ho ! a fait Bianca Di Angelo. Attendez. Une seconde.

Tout le monde l'a regardée. Elle nous a montrés du doigt l'un après l'autre, comme si elle essayait de relier des points.

– Qui... qui êtes-vous, vous tous ?

Le visage d'Artémis s'est radouci.

– Il vaudrait sans doute mieux, ma chère fille, que tu te demandes ceci : Qui es-tu, toi ? Qui sont tes parents ?

Bianca a jeté un regard inquiet à son frère, qui dévisageait toujours Artémis avec admiration et crainte.

– Nos parents sont morts, a-t-elle dit. Nous sommes orphelins. Il y a un compte en fidéicommis qui paie nos frais de scolarité, mais...

Sa voix a chancelé. Je crois qu'elle voyait à nos expressions que nous ne la croyions pas.

– Qu'est-ce qu'il y a ? a-t-elle demandé. Je dis la vérité.

– Tu es une sang-mêlé, a déclaré Zoé Nightshade. (Celle-ci avait un accent difficile à situer ; il faisait très vieux jeu, comme si elle lisait un texte ancien.) Un des tiens parents était un mortel. L'autre était un Olympien.

– Tu veux dire... un athlète des jeux Olympiques ?

– Non, a dit Zoé. Un des dieux.

– Cool ! s'est écrié Nico.

– Non ! (La voix de Bianca a tremblé.) Ça n'a rien de cool !

Nico s'est mis à danser sur place comme s'il avait besoin d'aller aux toilettes.

– Est-ce que Zeus a vraiment des éclairs qui font six cents points de dégât ? Est-ce qu'il gagne des points de mouvement si...

– Nico, la ferme ! (Bianca a porté les mains à son visage.) On n'est pas dans ton stupide jeu de Mythomagic, d'accord ? Les dieux n'existent pas !

J'avais beau être mort d'inquiétude pour Annabeth – je n'avais qu'une envie, c'était de partir à sa recherche –, il était difficile de ne pas avoir de la peine pour les Di Angelo. Je n'avais pas oublié ce que j'avais ressenti en apprenant que j'étais un demi-dieu.

Thalia devait éprouver la même chose, car la colère qui brillait dans ses yeux s'est un peu calmée.

– Bianca, a-t-elle dit, je sais que c'est dur à admettre. Mais les dieux existent toujours. Crois-moi. Ils sont immortels. Et quand ils ont des enfants avec de simples mortels, des enfants comme nous... eh bien... nous avons des vies dangereuses.

– Dangereuse, a répliqué Bianca. Comme la fille qui est tombée.

Thalia a détourné le regard. Même Artémis a paru attristée.

– Ne désespère pas pour Annabeth, a dit la déesse. C'est une jeune fille courageuse. Si elle est trouvable, je la trouverai.

– Alors pourquoi nous empêcher de partir à sa recherche ? ai-je demandé.

– Elle a disparu. Ne le sens-tu pas, fils de Poséidon ? Il y a de la magie à l'œuvre. Je ne sais pas exactement comment ni pourquoi, mais ton amie a disparu.

J'avais toujours envie de sauter de la falaise et de me mettre à sa recherche, pourtant j'avais le sentiment qu'Artémis disait juste. Annabeth avait disparu. Si elle avait été dans les flots, en contrebas, j'aurais pu percevoir sa présence.

– Ho ! a dit Nico en levant la main. Et le professeur Thorn ? C'était géant comment vous l'avez criblé de flèches ! Est-ce qu'il est mort ?

– C'était un manticore, a expliqué Artémis. Avec un peu de chance il est détruit pour le moment, mais les monstres ne meurent jamais véritablement. Ils ne cessent de se reformer, et il faut leur donner la chasse chaque fois qu'ils réapparaissent.

– Sans quoi c'est eux qui nous donnent la chasse, a ajouté Thalia.

Bianca Di Angelo a frissonné.

– Ça explique... Nico, tu te souviens, l'été dernier, de ces types qui ont essayé de nous attaquer dans une ruelle à Washington ?

– Et le conducteur de bus, a ajouté Nico. Celui qui avait des cornes de bélier. Je t'avais bien dit que c'était pour de vrai.

– C'est pour cette raison que Grover vous surveillait, suis-je intervenu. Pour vous protéger, s'il s'avérait que vous étiez bien des demi-dieux.

– Grover ? (Bianca l'a dévisagé.) Tu es un demi-dieu ?

– Un satyre, en fait.

Sur ces mots, il a envoyé promener ses chaussures et montré ses sabots de chèvre. J'ai cru que Bianca allait s'évanouir.

– Grover, a dit Thalia. Remets tes chaussures, tu la fais flipper.

– Hé, j'ai les sabots propres !

– Bianca, ai-je poursuivi, on est venus pour vous aider. Nico et toi, vous avez besoin d'entraînement pour survivre. Le professeur Thorn n'est pas le dernier monstre que vous rencontrerez. Il faut que vous veniez à la colonie.

– La colonie ?

– La Colonie des Sang-Mêlé. C'est là que les sang-mêlé apprennent à survivre, tout ça. Vous pouvez vous joindre à nous, y rester à longueur d'année si vous voulez.

– Sympa ! Allons-y ! a dit Nico.

– Attends. (Bianca a secoué la tête.) Je ne...

– Il y a une autre possibilité, a alors suggéré Zoé.

– Non, il n'y en a pas ! s'est écriée Thalia.

Thalia et Zoé se sont fusillées du regard. Je ne savais pas à quoi elles faisaient allusion, mais il était clair qu'elles avaient un contentieux. Pour une raison que j'ignorais, elles se détestaient.

– Nous avons assez accablé ces enfants, a déclaré Artémis. Zoé, nous allons nous reposer ici quelques heures. Dressez les tentes. Soignez les blessés. Allez chercher les affaires de nos hôtes au pensionnat.

– Oui, ma reine.

– Et toi, Bianca, viens avec moi.

– Et moi ? a demandé Nico.

Artémis l'a regardé attentivement.

– Et si tu montrais à Grover comment jouer à ce jeu de cartes que tu affectionnes ? Je suis sûre qu'il serait ravi de te tenir compagnie un moment... pour me rendre service ?

Dans sa précipitation à se lever, Grover a failli s'étaler par terre.

– Et comment ! Viens, Nico !

Ils se sont dirigés tous les deux vers le bois en parlant de points de frappe et de points d'armure et d'un tas d'autres débilités. Artémis a entraîné Bianca, qui semblait perdue, le long de la falaise. Les Chasseresses ont commencé à déballer leurs sacs à dos et à monter le camp.

Zoé a lancé un dernier regard noir à Thalia, puis elle est partie superviser les opérations.

Dès qu'elle a eu tourné le dos, Thalia a tapé du pied rageusement.

– Le culot de ces Chasseresses ! Elles se croient tellement... Argh !

– Cent pour cent de ton côté, ai-je dit. Je ne fais pas confiance à...

– Ah oui, tu es de mon côté ? (Thalia s'est tournée vers moi, l'air furieuse.) Qu'est-ce qui t'a pris, au gymnase, Percy ? Tu t'imaginais que tu allais affronter le professeur Thorn tout seul ? Sachant pertinemment que c'était un monstre ?

– Je...

– Si on était restés ensemble, on aurait pu l'affronter sans que les Chasseresses s'en mêlent. Annabeth serait peut-être encore là. Tu y as pensé, à ça ?

J'ai serré la mâchoire en pensant à des reparties cinglantes et je m'apprêtais à en faire une quand j'ai baissé les yeux et aperçu une tache bleu marine dans la neige, à mes pieds. La casquette de base-ball des New York Yankees d'Annabeth.

Thalia n'a rien ajouté. Elle a essuyé une larme sur sa joue, avant de tourner les talons et de s'éloigner, me laissant seul avec une casquette piétinée dans la neige.

Les Chasseresses ont dressé leur campement en quelques minutes à peine. Sept grandes tentes en soie argentée, disposées en croissant devant un grand feu. Une des filles a soufflé dans un sifflet, et une douzaine de loups blancs ont surgi du bois. Ils se sont mis à décrire des cercles tout autour du camp, comme des chiens de garde. Les Chasseresses s'approchaient d'eux et leur donnaient à manger, sans la moindre peur. Quant à moi, j'ai jugé préférable de rester près des tentes. Des faucons nous regardaient depuis les arbres, les pupilles brillant à la lumière des flammes, et j'ai eu l'impression qu'ils étaient de faction, eux aussi. Même le temps semblait se plier à la volonté de la déesse. Il faisait encore froid mais le vent s'était calmé et la neige avait cessé de tomber, de sorte que c'était presque agréable d'être assis devant le feu.

Presque... excepté la douleur dans mon épaule et le poids de la culpabilité qui m'oppressait. Je refusais de croire qu'Annabeth avait disparu. Et malgré ma colère envers Thalia, j'avais l'horrible sentiment qu'elle avait raison. C'était ma faute.

Qu'est-ce qu'Annabeth avait voulu me confier, au gymnase ? *Quelque chose de grave*, avait-elle dit. Je ne le découvrirais peut-être jamais, maintenant. J'ai repensé à cette danse que nous avions partagée, pendant la moitié d'une chanson, et je me suis senti encore plus triste.

J'ai observé Thalia qui allait et venait dans la neige, à la lisière du camp, marchant sans crainte parmi les loups. Elle s'est arrêtée et a dirigé le regard vers Westover Hall qui se dressait sur la colline au-delà de la forêt, toutes fenêtres éteintes à présent. Je me suis demandé à quoi elle pensait.

Il y avait de ça sept ans, le père de Thalia l'avait transformée en sapin pour l'empêcher de mourir. Elle avait affronté une armée de monstres au sommet de la colline des Sang-Mêlé pour permettre à ses amis Luke et Annabeth de fuir. Elle n'avait retrouvé sa forme humaine que depuis quelques mois et, de temps à autre, elle restait tellement immobile qu'on pouvait croire qu'elle était toujours un arbre.

Au bout d'un moment, une des Chasseresses m'a apporté mon sac à dos. Grover est revenu de sa promenade avec Nico et il a soigné mon bras blessé.

– Il est vert ! s'est écrié Nico avec ravissement.

– Ne bouge pas, m'a dit Grover. Tiens, mange un peu d'ambroisie pendant que je te nettoie ça.

J'ai fait la grimace quand il a pansé ma plaie, mais le carré d'ambroisie m'a fait du bien. Il avait un goût de gâteau au chocolat fait maison et il a fondu dans ma bouche en diffusant une sensation de douce chaleur dans mon corps tout entier. Entre l'ambroisie et l'onguent magique que Grover a appliqué, en quelques minutes, mon épaule allait bien mieux.

Nico a farfouillé dans son sac (les Chasseresses avaient dû le remplir pour lui, même si je me demandais comment elles avaient bien pu s'introduire dans Westover Hall sans se faire repérer) et il en a sorti des figurines qu'il a disposées dans la neige : elles représentaient des dieux et des héros grecs. J'ai reconnu Zeus, armé d'un éclair, Arès avec une lance, Apollon et son char du soleil.

– Belle collection, ai-je dit.

Nico a souri jusqu'aux oreilles.

– Je les ai presque tous, plus leurs cartes holographiques ! Enfin, à part quelques-unes qui sont vraiment rares.

– Ça fait longtemps que tu joues à ce jeu ?

– Depuis cette année seulement. Avant...

Il a froncé les sourcils.

– Quoi ? lui ai-je demandé.

– J'me souviens pas. C'est bizarre.

Il a eu l'air troublé, mais ça n'a pas duré longtemps.

– Hé, tu me fais voir l'épée, là, dont tu t'es servi ?

Je lui ai montré Turbulence, en lui expliquant comment, de simple stylo-bille, elle se transformait en épée dès qu'on retirait le capuchon.

– Cool ! Et si tu n'as plus d'encre ?

– Euh, en fait je ne m'en sers jamais pour écrire.

– Tu es vraiment le fils de Poséidon ?

– Ben, ouais.

– Alors tu surfes super-bien ?

J'ai regardé Grover, qui faisait un gros effort pour ne pas rire.

– Bon sang, Nico, j'ai jamais essayé !

Il a continué à me poser des questions. Est-ce que je me disputais souvent avec Thalia, dans la mesure où c'était la fille de Zeus ? (Je n'ai pas répondu.) Si la mère d'Annabeth était Athéna, déesse de la sagesse, comment Annabeth n'avait-elle pas eu le bon sens d'éviter de tomber du haut d'une falaise ? (Je me suis retenu d'étrangler Nico.) Annabeth était-elle ma petite amie ? (À ce stade, j'étais prêt à fourrer le môme dans un sac aromatisé au hamburger et à le jeter aux loups.)

J'ai songé que d'un instant à l'autre, il allait me demander combien j'avais de points de frappe et que là, je péterais les plombs, mais Zoé Nightshade est venue nous trouver.

– Percy Jackson.

Elle avait les yeux marron foncé et le nez légèrement en trompette. Avec son diadème argenté et son expression hautaine, elle était si majestueuse que j'ai dû me retenir pour ne pas redresser le dos et répondre : « Oui, princesse. » Elle m'a examiné avec dégoût, comme si j'étais un sac de linge sale qu'on l'avait envoyée chercher.

– Viens avec moi, a-t-elle dit. Dame Artémis veut te parler.

Zoé m'a emmené à la dernière tente, que rien ne distinguait des autres, et m'a fait signe d'entrer. Bianca Di Angelo était assise à côté de la fille aux cheveux auburn – j'avais encore du mal à intégrer l'idée que c'était Artémis.

L'intérieur de la tente était confortable et douillet. Le sol était recouvert de tapis de soie et de coussins. Au centre, un brasero doré semblait brûler sans combustible ni fumée. Derrière la déesse, sur un présentoir en chêne ciré, reposait son immense arc argenté, aux pointes sculptées en forme de cornes d'antilope. Les murs étaient tendus de peaux d'animaux : ours noir, tigre et plusieurs autres que je n'ai pas reconnus. Je me suis dit qu'un défenseur de la cause animale ferait une crise cardiaque en voyant toutes ces fourrures rares, mais comme Artémis était la déesse de la chasse, elle pouvait peut-être remplacer les bêtes sauvages qu'elle tuait. J'ai cru qu'une autre peau de bête était étalée près d'elle, mais je me suis rendu compte que c'était un animal vivant : un cerf au pelage brillant et aux cornes argentées, qui posait la tête sur les genoux d'Artémis en toute confiance.

– Prends place parmi nous, Percy Jackson.

Je me suis assis par terre en face d'elle. La déesse m'a examiné, ce qui m'a mis mal à l'aise. Elle avait des yeux tellement âgés, pour une fille si jeune.

– Es-tu surpris par mon âge ? a-t-elle demandé.

– Euh... un peu.

– Je pourrais prendre l'apparence d'une femme adulte, d'un feu ardent ou de n'importe quoi d'autre, si je le voulais, mais c'est cette forme que je préfère. C'est l'âge moyen de mes Chasseresses et de toutes les jeunes filles dont je suis la protectrice avant qu'elles ne s'égarent.

– Qu'elles ne s'égarent ?

– Qu'elles grandissent. Qu'elles commencent à s'intéresser aux garçons. Qu'elles deviennent idiotes et obsédées par eux, qu'elles perdent leur confiance en elles. Qu'elles s'oublient.

– Ah.

Zoé s'est assise à la droite d'Artémis. Elle m'a lancé un regard noir comme si tout ce qu'Artémis venait de dire était ma faute, comme si l'idée même d'être un garçon était mon invention.

– N'en veux pas à mes Chasseresses si elles ne te font pas bon accueil, a repris Artémis. Il est très rare que nous ayons des garçons à ce campement. En règle générale, les garçons n'ont pas le droit d'avoir des contacts avec les Chasseresses. Le dernier qui ait mis les pieds dans ce campement... (Elle s'est tournée vers Zoé.) C'était lequel ?

– Le garçon du Colorado, a dit Zoé. Tu l'as changé en lapin cornu.

– Ah oui. (Artémis a hoché la tête avec satisfaction.) J'aime bien faire des lapins cornus. Toujours est-il, Percy, que je t'ai fait venir pour que tu m'en dises davantage sur le manticore. Bianca m'a rapporté certains propos du monstre qui sont, disons, troublants. Mais il se peut qu'elle ait mal compris. J'aimerais les entendre de ta bouche.

Je lui ai donc tout raconté.

Quand je me suis enfin tu, Artémis a posé la main sur son arc d'argent, l'air pensif.

– Je redoutais que ce soit la réponse.

Zoé s'est penchée en avant.

– La piste, ma reine ?

– Oui.

– Quelle piste ? ai-je demandé.

– Des créatures que je n'ai pas chassées depuis des millénaires sont en train de s'éveiller, a murmuré la déesse. Dont une proie si vieille que je l'avais presque oubliée.

Elle a rivé sur moi un regard intense.

– Nous sommes venues ici ce soir parce que nous avons perçu la présence du manticore, mais ce n'est pas lui que je cherche. Répète-moi de nouveau ce que t'a dit le professeur Thorn, exactement.

– Euh, « j'ai horreur des boums de collégiens ».

– Non, non, après.

– Il a dit qu'un certain Général allait m'expliquer des choses.

Zoé a blêmi. Elle s'est tournée vers Artémis et a voulu parler, mais la déesse a levé la main et m'a enjoint à continuer.

– Eh ben, ensuite, Thorn a parlé du Grand Réveil...

– *Lever*, a corrigé Bianca.

– Ouais. Et il a dit : « Et bientôt nous reviendra le plus grand monstre de tous, celui par qui l'Olympe tombera ! »

La déesse était tellement immobile qu'on aurait dit une statue.

– Peut-être mentait-il, ai-je ajouté.

– Non, il ne mentait pas. J'ai mis trop longtemps à voir les signes. Je dois chasser ce monstre.

Zoé avait l'air de faire de gros efforts pour lutter contre la peur, mais elle a hoché la tête.

– Nous allons devoir partir immédiatement, ma reine.

– Non, Zoé. Je dois le faire seule.

– Mais, Artémis...

– Cette tâche est trop dangereuse, même pour les Chasseresses. Tu sais où je dois commencer ma quête. Tu ne peux pas m'y accompagner.

– Comme... comme tu le souhaites, ma reine.

– Je trouverai cette créature, a déclaré Artémis. Et je la livrerai à l'Olympe d'ici au solstice d'hiver. Je n'aurai besoin d'aucune autre preuve pour convaincre le Conseil des dieux de l'ampleur du danger qui nous menace.

– Vous savez quel est ce monstre ? ai-je demandé.

– Prions pour que je me trompe, a répondu Artémis en saisissant son arc.

– Les déesses peuvent-elles prier ? (Je n'avais jamais vraiment réfléchi à la question.)

L'ombre d'un sourire est passée sur ses lèvres.

– Avant de partir, Percy Jackson, j'ai une petite tâche à te confier.

– Cela nécessite-t-il de me transformer en lapin cornu ?

– Malheureusement non. Je veux que tu escortes les Chasseresses jusqu'à la Colonie des Sang-Mêlé. Elles pourront y séjourner en sécurité jusqu'à mon retour.

– *Quoi ?!* a explosé Zoé. Mais, Artémis, nous détestons cet endroit. À notre dernier séjour...

– Oui, je sais. Mais je suis sûre que Dionysos ne vous tiendra pas rigueur d'un petit, euh, malentendu. Vous avez le droit de vous servir du bungalow 8 en cas de besoin. D'ailleurs j'ai entendu dire qu'ils avaient reconstruit les bungalows que vous aviez brûlés.

Zoé a marmonné quelque chose où il était question de « stupides pensionnaires ».

– Et maintenant, il reste une décision à prendre. (Artémis s'est tournée vers Bianca.) As-tu décidé, ma fille ?

– Je réfléchis encore, a répondu Bianca d'un ton hésitant.

– Une seconde, suis-je intervenu. Tu réfléchis à quoi ?

– Elles... elles m'ont proposé de me joindre à la Chasse.

– Comment ? Mais tu ne peux pas ! Tu dois venir à la Colonie des Sang-Mêlé pour que Chiron puisse te former. C'est la seule façon d'apprendre à survivre.

– Ce n'est pas la seule façon pour une fille, a protesté Zoé.

Je n'en croyais pas mes oreilles.

– Mais, Bianca, la colonie, c'est super-sympa ! Il y a une étable à pégases et une arène pour les combats à l'épée et... Je veux dire, que gagnerais-tu à rejoindre les Chasseresses ?

– L'immortalité, pour commencer, a dit Zoé.

Je l'ai regardée, interloqué, puis je me suis tourné vers Artémis.

– Elle plaisante, n'est-ce pas ?

– Zoé n'a pas l'habitude de plaisanter. Mes Chasseresses me suivent dans mes aventures. Ce sont mes servantes, mes compagnes, mes sœurs d'armes. Une fois qu'elles m'ont juré fidélité, effectivement, elles sont immortelles... à moins de tomber au combat, ce qui est très peu probable. Ou de briser leur serment.

– Quel serment ? ai-je demandé.

– Celui de renoncer pour toujours à l'amour romantique, a répondu Artémis. De ne jamais grandir, jamais se marier. De garder éternellement leur virginité.

– Comme vous ?

La déesse a hoché la tête.

J'ai essayé d'imaginer ce dont elle parlait. Être immortel. Avoir pour toujours des collégiennes comme seule compagnie. Je n'arrivais pas à me représenter cette vie.

– Alors vous parcourez le pays en recrutant des sang-mêlé et...

– Pas seulement des sang-mêlé, a interrompu Zoé. Dame Artémis ne pratique pas de discrimination par la naissance. Toutes celles qui honorent la déesse peuvent se joindre à nous. Des sang-mêlé, des nymphes, des mortelles...

– Alors de quelle catégorie viens-tu, toi ?

La colère a brillé dans les yeux de Zoé.

– Ce ne sont pas les tiennes affaires, garçon. L'important, c'est que Bianca peut se joindre à nous si elle le désire. La décision lui appartient.

– Bianca, c'est de la folie, ai-je dit. Et ton frère ? Nico ne peut pas devenir une Chasseresse.

– Sûr que non, a confirmé Artémis. Il ira à la colonie. C'est malheureusement ce que les garçons peuvent faire de mieux.

– Hé ! ai-je protesté.

– Tu pourras le voir de temps en temps, a promis Artémis à Bianca. Mais tu seras libérée de toute responsabilité à son égard. Il aura les conseillers de la colonie pour s'occuper de lui. Et toi, tu auras une nouvelle famille. Nous.

– Une nouvelle famille, a répété Bianca, rêveuse. Libérée de toute responsabilité.

– Bianca, ai-je dit. Tu ne peux pas faire ça. C'est de la folie.

Mais elle a regardé Zoé et lui a demandé :

– Est-ce que ça vaut le coup ?

– Oui, a répondu Zoé en hochant la tête.

– Que dois-je faire ?

– Répète ces mots : Je prête allégeance à la déesse Artémis.

– Je... je prête allégeance à la déesse Artémis.

– Je renonce à la compagnie des hommes, j'accepte la virginité éternelle et je m'engage dans la Chasse.

Bianca a répété les paroles.

– C'est tout.

Zoé a hoché la tête.

– Si dame Artémis accepte le tien serment, alors il sera contraignant.

– Je l'accepte, a dit Artémis.

Les flammes du brasero ont redoublé d'intensité, éclairant l'intérieur de la tente d'une lumière argentée. Bianca n'avait pas changé d'apparence extérieure, mais elle a respiré à fond et ouvert grands les yeux.

– Je me sens... plus forte, a-t-elle remarqué.

– Sois la bienvenue parmi nous, ma sœur, a dit Zoé.

– N'oublie pas ton serment, a ajouté Artémis. C'est ta vie, désormais.

J'étais incapable de parler. Je me faisais l'effet d'un intrus. Et j'avais le sentiment d'un profond échec. Je n'arrivais pas à croire que j'avais fait tout ce long chemin et souffert autant rien que pour voir Bianca rejoindre un club de filles éternelles.

– Ne désespère pas, Percy Jackson, a dit Artémis. Tu vas quand même montrer ta colonie aux Di Angelo. Et si Nico le décide, il pourra y rester.

– Formidable, ai-je répondu en essayant de masquer ma contrariété. Et comment sommes-nous censés y aller ?

Artémis a fermé les yeux.

– L'aurore approche. Zoé, lève le camp. Vous devez rejoindre Long Island vite et en toute sécurité. Je vais demander à mon frère de vous y conduire.

Zoé n'a pas semblé enthousiasmée par cette idée, mais elle a hoché la tête et dit à Bianca de la suivre. Avant de sortir, la fillette s'est arrêtée devant moi.

– Excuse-moi, Percy. Mais c'est mon souhait le plus cher. Je le veux vraiment.

Puis elle est partie et je me suis retrouvé seul avec la déesse de douze ans.

– Alors, ai-je dit d'un ton lugubre, votre frère va nous déposer, c'est ça ?

Les yeux argent d'Artémis ont brillé.

– Oui, garçon. Vois-tu, Bianca Di Angelo n'est pas la seule à avoir un frère casse-pieds. Il est temps que tu rencontres mon tête en l'air de frère jumeau, Apollon.

4 Thalia embrase la Nouvelle-Angleterre

Artémis affirmait que l'aurore approchait mais j'avais du mal à le croire. Il faisait plus froid et plus sombre que jamais, et la neige s'était remise à tomber. En haut de la colline, les fenêtres de Westover Hall étaient éteintes. Je me suis demandé si les professeurs avaient déjà remarqué l'absence des Di Angelo et de Thorn. Je ne voulais pas être dans les parages quand ils le découvriraient. Avec ma chance habituelle, le seul nom dont Mme Taddlacray se souviendrait serait « Percy Jackson » et je ferais alors l'objet d'une chasse à l'homme nationale... de nouveau.

Les Chasseresses ont levé le camp aussi rapidement qu'elles l'avaient planté. Je frissonnais, debout dans la neige (à la différence des Chasseresses, qui n'avaient pas du tout l'air d'avoir froid), et Artémis scrutait l'horizon vers l'est comme si elle attendait quelque chose. Bianca était assise à part, avec Nico. Elle lui parlait et je voyais au visage sombre du garçon qu'elle lui expliquait sa décision de se joindre à la Chasse. Je ne pouvais pas m'empêcher de penser que c'était drôlement égoïste de sa part d'abandonner son frère.

Thalia et Grover sont venus me rejoindre, impatients de savoir ce qui s'était dit pendant mon audience avec la déesse. Lorsque je leur ai raconté, Grover a blêmi.

– La dernière fois que les Chasseresses sont venues à la colonie, ça ne s'est pas bien passé.

– Comment ont-elles débarqué ? ai-je repris, perplexe. Je veux dire, elles ont surgi de nulle part.

– Et Bianca qui les a rejointes, a renchéri Thalia d'un ton écœuré. Tout ça, c'est la faute de Zoé. Cette pimbêche, cette...

– Mettez-vous à sa place ! a dit Grover. L'éternité avec Artémis, vous vous rendez compte ? (Il a poussé un gros soupir.)

Thalia a roulé les yeux.

– Vous les satyres... Vous êtes tous amoureux d'Artémis. Vous ne pigez pas qu'elle ne vous le rendra jamais ?

– Mais elle est tellement... tellement proche de la nature, a rétorqué Grover, extatique.

– T'aurais pas une araignée au plafond, toi ? l'a taquiné Thalia.

– Ouais, a répondu Grover d'un ton rêveur. Une araignée des bois !

Le ciel a enfin commencé à s'éclaircir.

– Il était temps, a bougonné Artémis. C'est fou ce qu'il est paresseux, l'hiver.

– Vous, euh, vous attendez le lever du soleil ? ai-je demandé.

– Oui, j'attends mon frère.

Je ne voulais pas me montrer impoli. Je veux dire, je connaissais les légendes sur Apollon, parfois nommé Hélios, qui traverse le ciel sur son grand char solaire. Mais je savais aussi que le soleil était en réalité une étoile située à des millions de kilomètres de distance. Je m'étais habitué à ce que certains mythes grecs soient vrais mais quand même... je ne pouvais pas imaginer Apollon trimbalant le soleil sur son char.

– Ce n'est pas tout à fait ce que tu crois, a dit Artémis, comme si elle lisait dans mes pensées.

– Ah, d'accord. (Je me suis un peu détendu.) Alors il ne va pas arriver dans...

Soudain, une vive lumière a éclairé l'horizon, accompagnée d'un souffle d'air chaud.

– Ne regarde pas, m'a conseillé Artémis. Attends qu'il se soit garé.

Garé ?

J'ai détourné le regard et vu que les autres jeunes en faisaient autant. La lumière et la chaleur ont tellement augmenté que j'ai eu l'impression que mon manteau d'hiver fondait sur mes épaules. Et puis, d'un coup, la lumière s'est éteinte.

J'ai tourné la tête. Et je n'en ai pas cru mes yeux. C'était *ma* voiture. Enfin, la voiture de mes rêves, plus exactement. Un cabriolet Maserati Spyder rouge. Il était tellement beau, il brillait de mille feux... Puis je me suis rendu compte qu'il brillait parce que le métal était brûlant. La neige avait fondu tout autour de la Maserati en un cercle parfait, ce qui expliquait que je sois debout sur de l'herbe verte, les pieds mouillés.

Le conducteur est sorti en souriant. Je lui aurais donné dix-sept ou dix-huit ans et, l'espace d'une seconde, j'ai eu la désagréable impression que c'était Luke, mon vieil ennemi. Il avait les mêmes cheveux blond cendré et cette même bonne mine des gens qui vivent en plein air. Mais ce n'était pas Luke. Ce type-là était plus grand et il n'avait pas le visage balafré comme Luke. Son sourire était plus enjoué et plus chaleureux. (Il faut dire que ces derniers temps Luke grimaçait et ricanait plus qu'il ne souriait.) Le conducteur de la Maserati était en jean et débardeur, avec des mocassins.

– Waouh ! a marmonné Thalia. Il est trop chaud, Apollon !

– C'est le dieu du soleil, lui ai-je fait remarquer.

– Ce n'est pas ce que je voulais dire...

– Petite sœur ! s'est exclamé Apollon. (Si ses dents avaient été plus blanches, il aurait pu nous éblouir rien qu'en souriant, sans la voiture-soleil.) Quelles nouvelles ? T'appelles jamais, t'écris jamais, je commençais à me faire du souci !

– Je vais bien, Apollon, a soupiré Artémis. Et je ne suis pas ta petite sœur.

– Hé, je suis né le premier.

– On est jumeaux ! Combien de millénaires va-t-on se disputer...

– Alors, quoi de neuf ? a interrompu Apollon. Je vois que tu as les filles avec toi. Vous avez besoin de quelques conseils de tir à l'arc ?

Artémis a serré les dents.

– J'ai besoin que tu me rendes un service. Je dois partir à la Chasse, *seule*. J'ai besoin que tu conduises mes compagnes à la Colonie des Sang-Mêlé.

– Pas de problème, sœurette ! (Soudain, il a levé les mains, l'air de dire : *Arrêtez tout !*) Je sens venir un haïku.

Les Chasseresses ont toutes grogné. Manifestement, elles avaient déjà rencontré Apollon.

Il s'est éclairci la gorge puis a levé le bras dans un geste théâtral avant de déclamer :

L'herbe verte perce la neige.
Artémis implore mon aide.
Je suis trop cool.

Il nous a souri, attendant nos applaudissements.

– Le dernier vers n'a que quatre syllabes, a fait remarquer Artémis.

– Vraiment ?

Apollon a froncé les sourcils.

– Vraiment. Que penses-tu de : *Je suis un tel frimeur* ?

– Non, non. Ça ferait six syllabes. Hum.

Il s'est mis à marmonner tout seul. Zoé Nightshade s'est tournée vers nous.

– Le seigneur Apollon est dans une période « haïku » depuis son voyage au Japon. Ce n'est rien comparé à la fois où il s'est rendu à Limerick. Si je devais entendre encore une seule comptine commençant par : *Il était une fois une déesse de Sparte...*

– J'ai trouvé ! a annoncé Apollon. *Je suis super-cool.* Cinq syllabes !

Il s'est incliné, très content de lui.

– Et maintenant, sœurette. Transporter les Chasseresses, dis-tu ? Tu tombes à point, j'allais me mettre en route.

– Il faudrait aussi emmener ces demi-dieux, a dit Artémis en nous désignant d'un geste. Ce sont des pensionnaires de Chiron.

– Pas de problème ! (Apollon nous a examinés.) Voyons voir... Thalia, c'est ça ? J'ai beaucoup entendu parler de toi.

Thalia a rougi.

– Bonjour, seigneur Apollon.

– La fille de Zeus, n'est-ce pas ? Ce qui fait de toi ma demi-sœur. Tu avais été changée en arbre, non ? Je suis content que tu sois redevenue toi-même. J'ai horreur de ça, quand des jolies filles sont changées en arbre. Tiens, je me souviens, une fois...

– Frère, a interrompu Artémis. Tu devrais te mettre en route.

– Bon, d'accord. (Là-dessus il m'a regardé en plissant les yeux.) Percy Jackson ?

– Ouais. Je veux dire, oui, monsieur.

Ça faisait un peu bizarre de dire « monsieur » à un adolescent, mais j'avais appris à être prudent quand je m'adressais à des immortels. Ils se vexent facilement. Et après, ils font exploser des trucs.

Apollon m'a dévisagé mais il n'a émis aucun commentaire, ce qui m'a fait un peu froid dans le dos.

– Bien ! a-t-il fini par dire. Il va être temps de monter en voiture, hein ? On dessert une seule direction : l'ouest. Et si tu manques le départ, c'est loupé, il n'y en a pas d'autre !

J'ai regardé la Maserati, qui pouvait contenir deux personnes au maximum. Nous étions une vingtaine.

– Trop belle, la voiture, a dit Nico.

– Merci, fiston, a répondu Apollon.

– Mais comment on va faire pour tenir tous dedans ?

– Ah. (Apollon a paru prendre conscience du problème pour la première fois.) Ouais, c'est vrai. J'ai horreur de quitter le mode voiture de sport, mais je crois que là...

Il a sorti ses clés de voiture et appuyé sur le bouton de l'alarme. *Bip-bip-bip*.

Un bref instant, la voiture a brillé de nouveau. Quand la lumière est retombée, la Maserati avait cédé la place à un de ces minibus qu'on avait à l'école pour aller aux matchs de basket-ball.

– Bon, a dit Apollon. En voiture, tout le monde !

Zoé a ordonné aux Chasseresses de monter dans le bus. Puis elle a ramassé son sac de camping et Apollon a ajouté :

– Attends, ma puce. Je vais te le porter.

Zoé a eu un mouvement de recul. Ses yeux lançaient des éclairs meurtriers.

– Frère, a grondé Artémis. Je t'interdis d'aider mes Chasseresses. Tu ne les regardes pas, tu ne leur parles pas, tu ne flirtes pas avec elles. Et tu ne les appelles pas « ma puce ».

– OK, OK, désolé, s'est écrié Apollon en écartant les mains dans un geste d'excuse. J'avais oublié. Hé, sœurette, tu vas où, de toute façon ?

– Chasser. Ça ne te regarde pas.

– Je le découvrirai. Je vois tout. Je sais tout.

La déesse a plissé le nez.

– Contente-toi de les déposer, Apollon. Et pas d'entourloupe.

– Bien sûr que non ! C'est pas mon genre.

Artémis a roulé les yeux, puis elle s'est tournée vers nous.

– Je vous reverrai au solstice d'hiver. Zoé, je te confie les Chasseresses. Agis bien. Agis comme je le ferais.

Zoé a redressé le menton.

– Oui, ma reine.

Alors, Artémis s'est agenouillée et elle a touché le sol comme si elle cherchait des traces. Lorsqu'elle s'est relevée, elle paraissait troublée.

– Quel terrible danger, a-t-elle murmuré. Il faut trouver le monstre.

Sur ces mots, elle s'est élancée dans le bois et sa silhouette s'est fondue parmi les ombres enneigées.

Apollon s'est tourné vers nous en agitant ses clés de voiture, le sourire jusqu'aux oreilles.

– Alors, a-t-il dit, qui veut conduire ?

Les Chasseresses se sont entassées dans le bus. Elles se sont toutes serrées à l'arrière pour être le plus loin possible d'Apollon, Nico, Grover et moi, mâles fortement contagieux que nous étions. Bianca s'est assise avec elles en laissant son petit frère se mettre à l'avant avec nous, ce qui ne m'a pas paru très sympa, mais ça n'avait pas l'air d'embêter Nico.

– C'est géant ! s'est-il exclamé en sautillant sur le siège du conducteur. C'est vraiment le soleil ? Je croyais qu'Hélios et Sélène étaient les dieux du soleil et de la lune. Comment ça se fait que quelquefois c'est eux, et d'autres fois c'est Artémis et toi ?

– Compression de personnel, a expliqué Apollon. Ce sont les Romains qui ont commencé. Ils n'arrivaient plus à assurer tous ces sacrifices aux temples, alors ils ont licencié Hélios et Sélène et ont rajouté leurs tâches à nos profils d'emploi. Ma petite sœur a eu la lune, moi j'ai eu le soleil. Au début ça me cassait vraiment les pieds, mais au moins j'ai cette super-voiture de fonction.

– Mais comment ça marche ? a demandé Nico. Je croyais que le soleil était une énorme boule de gaz en feu !

Apollon a pouffé de rire et lui a ébouriffé les cheveux.

– Cette rumeur a dû naître du surnom que me donnait Artémis, elle me traitait de « grosse boule de gaz en feu ». Plus sérieusement, fiston, c'est une question de point de vue : est-ce qu'on parle astronomie ou philosophie ? Tu veux parler astronomie ? Bof, quel intérêt ? Tu veux parler de la façon dont les humains *se représentent* le soleil ? Voilà qui est passionnant ! Pour eux, beaucoup de choses dépendent du soleil : c'est lui qui les réchauffe, qui fait pousser leurs récoltes et tourner leurs moteurs, qui donne à tout un air, comment dire, plus ensoleillé, justement. Le char est fabriqué avec les *rêves* que les humains nourrissent sur le soleil, fiston. Il est aussi ancien que la civilisation occidentale. Tous les jours, il traverse le ciel d'est en ouest, éclairant toutes ces pauvres petites vies humaines. Le char est une manifestation de la puissance du soleil, telle que les mortels la perçoivent. Tu me suis ?

– Non, a répondu Nico en secouant la tête.

– Bon, alors dis-toi juste que c'est une voiture solaire extrêmement puissante et extrêmement dangereuse.

– Je peux conduire ?

– Non. T'es trop jeune.

– Moi ! Moi ! a fait Grover en levant la main.

– Hum... non, a tranché Apollon. Trop de poils.

Son regard m'a survolé pour se poser sur Thalia.

– Fille de Zeus ! s'est-il écrié. Le Seigneur du Ciel. C'est parfait.

– Oh non. (Thalia a secoué la tête.) Non merci.

– Allez ! a insisté Apollon. Quel âge as-tu ?

– Je ne sais pas, a répondu Thalia d'un ton hésitant.

C'était triste, mais vrai. Elle avait été transformée en arbre à l'âge de douze ans, mais cela remontait à sept ans. Elle devait donc avoir dix-neuf ans si on comptait par années. Mais personnellement elle se sentait encore comme quelqu'un de douze ans et, physiquement, on lui en donnait quatorze ou quinze. Chiron estimait qu'elle avait dû continuer à vieillir sous sa forme d'arbre, à un rythme toutefois bien plus lent, mais il ne pouvait être plus précis.

Apollon s'est tapoté le menton.

– Tu as quinze ans, bientôt seize.

– Comment le savez-vous ?

– Hé, je suis le dieu des prophéties. Je sais. Tu vas avoir seize ans dans une semaine, environ.

– C'est mon anniversaire ! Le 22 décembre.

– Ce qui veut dire que tu es assez grande pour conduire avec un permis pour apprentis conducteurs.

– Euh...

Thalia gigotait nerveusement d'un pied sur l'autre.

– Je sais ce que tu vas dire. Que tu ne mérites pas l'honneur de conduire le char du soleil.

– Ce n'est pas ce que j'allais dire.

– Te bile pas ! C'est un trajet vraiment court, du Maine à Long Island, et ne pense pas à ce qui est arrivé au dernier jeune que j'ai formé. Tu es la fille de Zeus, je ne risque pas de te jeter hors du ciel, toi !

Apollon a ri avec bonne humeur, mais aucun de nous ne s'est joint à lui.

Thalia a eu beau protester, Apollon ne voulait rien entendre. Il a appuyé sur un des boutons du tableau de bord et un panonceau est apparu sur le pare-brise. J'ai dû le lire à l'envers – ce qui, pour un dyslexique, ne faisait pas une grande différence. Je suis quasiment certain qu'il était marqué : ATTENTION : APPRENTI CONDUCTEUR.

– Enlève la pancarte ! a dit Apollon à Thalia. Je sais que tu es une conductrice née !

Je dois avouer que j'étais jaloux. Je brûlais d'impatience de conduire. À deux ou trois reprises cet automne, ma mère m'avait emmené à Montauk quand le chemin de terre qui menait à la plage était désert et m'avait laissé conduire sa Mazda. D'accord, c'est une petite compacte japonaise et là il s'agissait du char du soleil, mais le principe devait être le même, non ?

– La vitesse égale la chaleur, a expliqué Apollon. Donc tu démarres lentement et tu attends d'avoir pris une bonne altitude pour mettre les gaz.

Thalia serrait le volant si fort que les jointures de ses doigts étaient blanches. Elle semblait être sur le point de vomir.

– Qu'est-ce qui ne va pas ? lui ai-je demandé.

– Rien. Tout va bien, a-t-elle affirmé d'une voix qui tremblait.

Elle a tiré sur le volant, lequel s'est incliné, et le bus a fait un bond vers l'avant si brutal que j'ai été projeté en arrière et je me suis senti m'enfoncer dans quelque chose de mou.

– Aïe, a fait Grover.

– Désolé.

– Ralentis ! a dit Apollon.

– Désolée ! Je maîtrise la situation ! a rétorqué Thalia.

Je suis arrivé à me lever. En regardant par la fenêtre, j'ai vu, dans la clairière d'où nous avions décollé, une couronne d'arbres qui partaient en fumée.

– Thalia, ai-je conseillé, lève un peu le pied de l'accélérateur.

– C'est bon, Percy !

Les dents serrées, Thalia a continué d'écraser le champignon à fond.

– Détends-toi ! ai-je ajouté.

– Je suis détendue !

Elle était tellement raide qu'elle avait l'air découpée dans du contreplaqué.

– Nous devons piquer vers le sud pour rejoindre Long Island, a dit Apollon. Tourne à gauche.

Thalia a donné un coup de volant et, de nouveau, j'ai atterri sur Grover, qui a glapi.

– L'autre gauche, a suggéré Apollon.

J'ai commis l'erreur de regarder une deuxième fois par la fenêtre. Nous étions à altitude d'avion, à présent – si haut que le ciel commençait à s'assombrir.

– Ah... a fait Apollon, et j'ai eu l'impression qu'il se forçait à rester calme. Un peu plus bas, ma puce. Le cap Cod est en train de geler.

Thalia a basculé le volant. Son visage était blême et des gouttes de sueur perlaient à son front. Je ne l'avais jamais vue dans cet état. Il devait y avoir un problème.

Le bus a plongé et quelqu'un a hurlé – c'était peut-être moi. Nous piquions maintenant droit vers l'Atlantique à mille cinq cents kilomètres à l'heure, laissant la côte de la Nouvelle-Angleterre sur notre gauche. Et il commençait à faire sérieusement chaud dans le bus.

Apollon avait été projeté quelque part à l'arrière du bus, mais il remontait les rangées de sièges.

– Prenez le volant ! l'a supplié Grover.

– Pas de souci, a dit Apollon, qui avait l'air plus que soucieux. Il faut juste qu'elle apprenne... Waouh !

J'ai vu ce qu'il voyait. En dessous de nous s'étendait une petite ville enneigée. Du moins jusqu'à présent... sous mes yeux, la neige qui couvrait les arbres, les toits et les pelouses a fondu. Le clocher blanc d'une église a viré au brun et s'est mis à brûler. Des volutes de fumée surgissaient une à une sur toute la ville, comme des bougies d'anniversaire. Les arbres et les cimes des toits prenaient feu.

– Remonte ! ai-je hurlé.

Une lueur de panique brillait dans les yeux de Thalia. Elle a tiré sur le volant et ce coup-ci, je me suis accroché. Alors que nous grimpions en flèche dans le ciel, j'ai vu par la vitre arrière que le brusque souffle d'air froid éteignait les incendies.

– Voilà ! a dit Apollon en pointant le doigt. Long Island, droit devant. Ralentissons, ma chérie. Posons-nous en douceur.

Thalia fonçait vers la côte nord de Long Island. La Colonie des Sang-Mêlé s'étendait devant nos yeux : la vallée, les bois, la plage. Je distinguais déjà le réfectoire en plein air, les bungalows et l'amphithéâtre.

– Je maîtrise la situation, a marmonné Thalia. Je maîtrise la situation.

Nous n'étions plus qu'à quelques centaines de mètres.

– Freine, a dit Apollon.

– Je vais y arriver.

– FREINE !

Thalia a écrasé le pied sur le frein et le bus a basculé à quarante-cinq degrés pour aller plonger dans le lac de la colonie avec un *FLOC !* retentissant. Des nuages de vapeur se sont formés à la surface de l'eau, semant la panique chez plusieurs naïades qui sont sorties des vagues en crapahutant, un panier d'osier à moitié tressé à la main.

Le bus est remonté à la surface, de même que deux canoës chavirés, en partie fondus.

– Eh bien, a dit Apollon en se forçant à sourire. Tu avais raison, ma chérie. Tu maîtrisais la situation ! Allons voir si nous n'avons pas fait bouillir quelqu'un d'important, d'accord ?

5 Je passe un coup de fil sous-marin

Je n'avais encore jamais vu la Colonie des Sang-Mêlé l'hiver et la neige m'a surpris.

Vous comprenez, la colonie possède le *nec plus ultra* en matière de contrôle magique du climat. Aucune intempérie ne peut y pénétrer sans l'accord du directeur, Monsieur D. Je m'attendais donc à ce qu'il fasse doux et ensoleillé, mais une neige légère avait été autorisée à tomber. La piste de chars et les champs de fraisiers étaient recouverts de givre. Les bungalows étaient décorés de minuscules lumières clignotantes qui ressemblaient à des décorations de Noël, à cette différence près qu'il s'agissait visiblement de boules de vrai feu. D'autres lumières brillaient dans les bois et – c'était là le plus bizarre de tout – un feu de cheminée illuminait la fenêtre du grenier de la Grande Maison, là où résidait l'Oracle, prisonnier d'un vieux corps momifié. Je me suis demandé si l'esprit de Delphes faisait griller des marshmallows là-haut, ou quoi.

– Waouh ! C'est un mur d'escalade ? s'est écrié Nico en descendant du bus.

– Ouais, ai-je fait.

– Pourquoi il y a de la lave qui coule dessus ?

– Pour rajouter une petite difficulté. Viens, je vais te présenter à Chiron. Zoé, as-tu déjà rencontré...

– Je connais Chiron, a-t-elle répondu avec raideur. Dis-lui que nous serons au bungalow 8. Chasseresses, suivez-moi.

– Je vais vous accompagner, a proposé Grover.

– Nous connaissons le chemin.

– Oh, vraiment, ça ne me dérange pas. On se perd facilement ici, quand on ne... (Il a trébuché contre un canoë et s'est relevé, le tout sans cesser de parler.)... comme disait mon vieux papa bouc ! Venez !

Zoé a roulé les yeux mais je crois qu'elle a compris qu'elle ne pourrait pas se débarrasser de Grover. Les Chasseresses ont passé leurs arcs et leurs sacs à dos sur l'épaule et se sont dirigées vers les bungalows. Avant de partir, Bianca Di Angelo s'est penchée vers son frère et lui a murmuré quelque chose à l'oreille. Elle l'a regardé, attendant sa réponse, mais Nico s'est contenté de faire la grimace et de lui tourner le dos.

– Prenez soin de vous, les petites chéries ! a lancé Apollon aux Chasseresses. (Il m'a gratifié d'un clin d'œil.) Prends garde à ces prophéties, Percy. On se reverra bientôt.

– Que voulez-vous dire ?

Au lieu de me répondre, il est remonté dans le bus.

– À plus, Thalia ! Et, euh, sois sage !

Sur ces mots, il lui a décoché un sourire malicieux, comme s'il était au courant d'une chose qu'elle ignorait. Puis il a claqué sa portière et fait vrombir le moteur. Je me suis écarté quand le char du soleil a décollé en soulevant une vague de chaleur. Lorsque je me suis retourné, le lac fumait. Une Maserati rouge grimpait au-dessus des bois, de plus en plus brillante et de plus en plus haut, et pour finir elle a disparu dans un rayon de soleil.

Nico faisait toujours la tête. Je me demandais ce que sa sœur lui avait dit.

– Qui est Chiron ? m'a-t-il demandé. Je n'ai pas sa figurine.

– C'est notre directeur d'activités. Il est... enfin, tu verras.

– S'il ne plaît pas à ces Chasseresses, c'est bon signe, a grommelé Nico. Allons-y.

La deuxième chose qui m'a étonné, ce fut de trouver la colonie aussi vide. Je savais, bien sûr, que la plupart des sang-mêlé s'entraînaient seulement l'été et que nous ne trouverions que les permanents, ceux qui séjournent là toute l'année faute d'avoir une maison où aller, ou parce qu'ils se feraient trop souvent attaquer par des monstres s'ils quittaient la colonie. Pourtant, même les permanents n'étaient pas nombreux.

J'ai repéré Charles Beckendorf, du bungalow d'Héphaïstos, qui alimentait la forge, devant l'arsenal de la colonie. Les frères Alatir, Travis et Connor, du bungalow d'Hermès, crochetaient la serrure de l'entrepôt. Quelques gamins du bungalow d'Arès faisaient une bataille de boules de neige avec les nymphes des bois à la lisière de la forêt. C'était à peu près tout. Même ma vieille rivale du bungalow d'Arès, Clarisse, n'avait pas l'air d'être dans les parages.

La Grande Maison était décorée de guirlandes de boules de feu rouges et jaunes qui réchauffaient la terrasse sans rien enflammer pour autant. À l'intérieur, un feu crépitait dans la cheminée. Une odeur de chocolat chaud flottait dans l'air. Monsieur D., le directeur de la colonie, et Chiron tapaient tranquillement le carton au salon.

La barbe brune de Chiron était plus hirsute que d'habitude et ses cheveux bouclés avaient un peu poussé. Il ne se faisait pas passer pour un professeur, cette année, c'était sans doute pourquoi il pouvait se permettre d'adopter une allure plus décontractée. Il portait un pull duveteux avec un motif de fers à cheval et la couverture drapée sur ses genoux cachait presque entièrement son fauteuil roulant.

Il a souri en nous apercevant.

– Percy ! Thalia ! Ah, et ce doit être...

– Nico Di Angelo, ai-je dit. Sa sœur et lui sont des sang-mêlé.

Chiron a poussé un soupir de soulagement.

– Vous avez donc réussi !

– Eh ben...

Le sourire de Chiron a disparu.

– Qu'est-ce qu'il y a ? Où est Annabeth ?

– Oh, non ! a soupiré Monsieur D. d'un ton las. Ne me dites pas qu'il y en a un autre de perdu !

Jusqu'alors, je m'étais efforcé de ne pas faire attention à lui, mais il était plutôt difficile à ignorer, avec son jogging orange fluo à imprimé léopard et ses tennis violettes. (Comme si Monsieur D. avait jamais couru un seul jour de sa vie !) Une couronne de lauriers dorés était posée de travers sur ses cheveux noirs bouclés, signe qu'il avait sans doute remporté la dernière partie de cartes.

– Que voulez-vous dire ? a demandé Thalia. Qui d'autre est perdu ?

À ce moment-là, Grover a fait irruption dans la pièce, souriant comme un illuminé. Il avait un œil au beurre noir et des zébrures rouges sur la joue qui ressemblaient fort à une marque de gifle.

– Les Chasseresses sont toutes installées ! a-t-il annoncé.

– Les Chasseresses, dis-tu ? (Chiron a froncé les sourcils.) Je vois que nous avons beaucoup de choses à éclaircir. Grover, a-t-il ajouté après un bref coup d'œil à Nico, peut-être devrais-tu emmener notre jeune ami au bureau et lui montrer notre film d'orientation.

– Mais... Ah, d'accord. Oui, monsieur.

– Film d'orientation ? a demandé Nico. C'est tous publics ou encadrement parental ? Parce que Bianca est plutôt sévère...

– C'est encadrement parental pour les moins de treize ans, a dit Grover.

– Géant !

Tout content, Nico est sorti avec Grover.

– Bien, a dit alors Chiron en s'adressant à Thalia et moi. Asseyez-vous et racontez-nous toute l'histoire.

Quand nous avons fini notre récit, Chiron s'est tourné vers Monsieur D. :

– Nous devons immédiatement lancer les recherches pour retrouver Annabeth.

– J'y vais ! avons-nous dit en même temps, Thalia et moi.

– Pas question ! s'est écrié Monsieur D. en plissant le nez.

On s'est mis à protester, mais le directeur a levé la main. Il avait dans les yeux cette lueur violacée qui signifiait en général que quelque chose d'aussi redoutable que divin allait se produire si on ne la bouclait pas.

– D'après ce que vous m'avez raconté, a-t-il poursuivi, nous retombons sur nos pattes, dans cette aventure. Nous avons certes à déplorer la perte d'Annie Bell...

– Annabeth, ai-je corrigé d'un ton sec. (Elle venait à la colonie depuis ses sept ans et Monsieur D. faisait toujours semblant de ne pas connaître son nom.)

– Oui, oui, a-t-il dit. Et vous nous avez amené un petit morveux pour la remplacer. Je ne vois donc pas l'intérêt de mettre la vie d'autres sang-mêlé en danger dans une ridicule opération de sauvetage. Il est fort probable que cette Annie soit morte.

J'avais envie d'étrangler Monsieur D. Il était injuste que Zeus l'ait envoyé faire une cure de désintoxication de cent ans à la Colonie des Sang-Mêlé : ce qui était conçu au départ comme un châtiment pour sa mauvaise conduite à l'Olympe s'était avéré une punition pour nous tous.

– Il se peut qu'Annabeth soit encore en vie, a dit Chiron. (J'ai senti à sa voix qu'il avait du mal à être optimiste. Il avait quasiment élevé Annabeth durant toutes ces années qu'elle avait entièrement passées à la colonie avant d'essayer une nouvelle fois de vivre avec son père et sa belle-mère.) Elle est très intelligente. Si… si elle est entre les mains de nos ennemis, elle essaiera de gagner du temps. Elle fera peut-être même semblant de collaborer avec eux.

– C'est exact, a acquiescé Thalia. Luke doit la vouloir vivante.

– En ce cas, a tranché Monsieur D., j'ai bien peur qu'il lui faille déployer assez d'astuce pour s'enfuir toute seule.

Je me suis levé.

– Percy, a dit Chiron d'un ton ferme, pour me mettre en garde.

Je savais bien, dans un coin de ma tête, que je n'avais pas intérêt à me braquer contre Monsieur D. Il ne tiendrait aucun compte du fait que j'étais un garçon impulsif, souffrant du syndrome d'hyperactivité avec déficit de l'attention. Mais j'étais tellement en colère que je m'en fichais.

– Vous êtes bien content d'avoir perdu un autre pensionnaire, lui ai-je lancé. Vous aimeriez bien qu'on meure tous !

– Tu as quelque chose à me dire ? a rétorqué le directeur en étouffant un bâillement.

– Ouais, ai-je grogné. C'est pas parce que vous avez été envoyé ici en punition que vous devez vous comporter en gros flemmard ! C'est votre civilisation, à vous aussi. Vous pourriez peut-être essayer de donner un petit coup de main !

Pendant quelques secondes, seul le crépitement du feu a troublé le silence. Les flammes se reflétaient dans les yeux de Monsieur D., les faisant briller d'une étincelle lugubre. Il a ouvert la bouche pour dire quelque chose – sans doute une malédiction qui allait me réduire en miettes – mais au même moment, Nico a déboulé dans la pièce, suivi de Grover.

– TROP COOL ! a hurlé Nico en tendant les bras vers Chiron. Vous... vous êtes un centaure !

Chiron est parvenu à esquisser un sourire crispé.

– Oui, monsieur Di Angelo, c'est exact. Même si je préfère garder une apparence humaine dans ce fauteuil roulant pour, disons, les premières rencontres.

– Et vous, waouh ! (Nico s'est tourné vers Monsieur D.) Vous êtes le mec du vin ? Géant !

Le directeur m'a quitté des yeux pour foudroyer Nico du regard.

– Le mec du vin ?

– Dionysos, c'est ça ? Oh, waouh ! J'ai votre figurine.

– Ma figurine ?

– Dans mon jeu de Mythomagic. Et une carte holographique, aussi ! Et même si vous n'avez que cinq cents points d'attaque et que tout le monde pense que vous êtes la plus nase des cartes de dieux, moi je trouve que vos pouvoirs sont trop sympas !

– Ah. (Monsieur D. semblait vraiment décontenancé, ce qui m'a sans doute sauvé la vie.) Eh bien, voilà qui est... valorisant.

– Percy, s'est empressé de dire Chiron, va aux bungalows avec Thalia. Informez les pensionnaires que nous jouerons à Capture-l'Étendard demain.

– Capture-l'Étendard ? Mais nous n'avons pas assez...

– C'est une tradition, m'a interrompu Chiron. Un match amical, chaque fois que les Chasseresses nous rendent visite.

– Ouais, a grommelé Thalia, je suis sûre que ce doit être très amical.

Chiron a donné un coup de menton dans la direction de Monsieur D., qui écoutait toujours, sourcils froncés, Nico lui expliquer combien de points de défense avaient les différents dieux de son jeu.

– Filez, nous a-t-il dit.

– D'accord, a répondu Thalia. Allez viens, Percy.

Sur ces mots, elle m'a traîné hors de la Grande Maison avant que Monsieur D. se rappelle qu'il voulait me tuer.

– Tu t'es déjà mis Arès à dos, m'a rappelé Thalia, en chemin vers les bungalows. Tu as besoin d'un autre ennemi immortel ?

Elle avait raison. Lors de mon premier été à la colonie, je m'étais débrouillé pour me battre avec Arès et, depuis, lui et tous ses enfants voulaient me tuer. Je n'avais pas besoin de m'attirer l'hostilité de Dionysos en prime.

– Excuse-moi, ai-je dit. Je n'ai pas pu me retenir. C'est trop injuste.

Elle s'est arrêtée près de l'arsenal et a porté le regard de l'autre côté de la vallée, vers le sommet de la colline des Sang-Mêlé. Son sapin était toujours là et la Toison d'or, accrochée à la plus basse branche, étincelait. La magie de l'arbre protégeait toujours la limite de la colonie, mais elle ne se nourrissait plus de l'esprit de Thalia.

– Percy, tout est injuste, a murmuré Thalia. Quelquefois, j'ai envie de...

Elle a laissé sa phrase en suspens mais sa voix était si triste que ça m'a fait de la peine pour elle. Avec ses cheveux de jais hirsutes, ses vêtements punks et son vieux manteau de lainage noirs, elle avait l'air d'un immense corbeau, totalement déplacé dans ce paysage blanc.

– Nous ramènerons Annabeth, ai-je promis. Mais je ne sais pas encore comment.

– D'abord je découvre que Luke est perdu. Maintenant c'est au tour d'Annabeth...

– Faut pas voir les choses comme ça.

– Tu as raison. (Thalia a relevé le menton.) Nous trouverons un moyen de la sauver.

Quelques Chasseresses jouaient sur le terrain de basket-ball. L'une d'elles se disputait avec un garçon du bungalow d'Arès. Le garçon avait la main sur le pommeau de son épée et la Chasseresse semblait prête à troquer son ballon de basket contre un arc et une flèche d'une seconde à l'autre.

– Je vais aller calmer le jeu entre ces deux-là, a dit Thalia. Toi, fais le tour des bungalows et préviens tout le monde pour Capture-l'Étendard demain.

– Entendu. Tu devrais être capitaine d'équipe.

– Non, non. Tu es à la colonie depuis plus longtemps. Il faut que ce soit toi.

– On pourrait, euh... diriger à deux, peut-être ?

Thalia a eu l'air de trouver l'idée aussi bizarre que moi, mais elle a hoché la tête quand même.

Alors qu'elle se dirigeait vers le terrain de basket, je l'ai retenue.

– Thalia ?

– Ouais ?

– Je m'excuse pour ce qui s'est passé à Westover. J'aurais dû vous attendre.

– C'est pas grave, Percy. J'aurais sans doute fait comme toi. (Elle s'est mise à piétiner sur place, comme si elle hésitait à ajouter autre chose.) Tu sais, tu m'as posé une question sur ma mère et je t'ai un peu envoyé balader. C'est juste que... Je suis partie la retrouver après sept ans et j'ai appris qu'elle était morte à Los Angeles. Elle... elle buvait beaucoup et apparemment, un soir, il y a deux ans, elle a pris le volant tard dans la nuit et...

Thalia a cligné des yeux très fort.

– Je suis désolé, ai-je dit.

– Ouais, bon. C'est pas comme si on était très proches, non plus. Je me suis sauvée de chez moi à dix ans. Les deux plus belles années de ma vie sont celles que j'ai passées en vadrouille avec Luke et Annabeth. Mais quand même...

– C'est pour ça que tu as eu du mal avec le bus du soleil.

– Qu'est-ce que tu veux dire ? (Thalia m'a lancé un regard méfiant.)

– C'est pour ça que tu t'es crispée. Tu devais penser à ta mère et appréhender de prendre le volant.

J'ai aussitôt regretté mes paroles. L'expression de Thalia ressemblait dangereusement à celle de Zeus, la seule fois où je l'avais vu en colère : ses yeux brillaient comme s'ils allaient envoyer un million de volts.

– T'as raison, ouais, a-t-elle bougonné. Ça devait être pour ça.

Elle est partie vers le terrain de basket-ball, où le pensionnaire du bungalow d'Arès et la Chasseresse tentaient de s'entretuer avec un ballon et une épée.

Les bungalows formaient l'ensemble de bâtiments le plus disparate qu'on puisse imaginer. Les grands édifices à colonnades blanches de Zeus et Héra, bungalows 1 et 2, se dressaient au milieu, entourés des cinq bungalows des dieux sur la gauche et des cinq bungalows des déesses sur la droite, le tout formant un U autour de la pelouse centrale et du barbecue.

J'ai fait le tour des bâtiments en prévenant tous les pensionnaires du match du lendemain. J'ai tiré un « Arès » de sa sieste et il m'a fichu à la porte en hurlant. Lorsque je lui ai demandé où était Clarisse, il a dit :

– Partie accomplir une quête pour Chiron. C'est top secret !

– Elle va bien ?

– On n'a pas eu de ses nouvelles depuis un mois. Elle est portée disparue. Comme toi bientôt, si tu te casses pas vite fait !

J'ai décidé de le laisser se rendormir.

Pour finir, je suis allé au bungalow 3, celui de Poséidon. C'était un bâtiment bas et gris, taillé dans de la pierre marine incrustée de coraux et coquillages. L'intérieur était aussi vide que d'habitude, à part mon lit de camp. Il y avait une corne de minotaure accrochée au mur à côté de mon oreiller.

J'ai sorti la casquette de base-ball d'Annabeth de mon sac à dos et l'ai posée sur ma table de chevet. Je la lui rendrais quand je la retrouverais. Car je la retrouverais.

J'ai retiré mon bracelet-montre et actionné le bouclier. Il s'est ouvert en spirale dans un concert de grincements et craquements. Les dards du professeur Thorn avaient déformé le bronze en plusieurs endroits. Une grande entaille empêchait le bouclier de se déployer entièrement, ce qui lui donnait l'allure d'une pizza amputée de deux parts. Les belles images que mon frère avait gravées dans le métal étaient toutes cabossées. Dans la scène qui nous représentait, Annabeth et moi, livrant bataille à l'Hydre, un trou béant remplaçait ma tête, comme un cratère creusé par une météorite. J'ai pendu le bouclier à son crochet, à côté de la corne de minotaure, mais il faisait peine à voir, maintenant. Peut-être que Beckendorf, du bungalow d'Héphaïstos, pourrait me le réparer. C'était le meilleur forgeron de toute la colonie. Je le lui demanderais au dîner.

Je regardais encore les dégâts sur mon armure quand j'ai remarqué un bruit insolite – une sorte de gargouillement –, et je me suis rendu compte qu'il y avait quelque chose de nouveau dans la pièce. Au fond du bungalow trônait un grand bassin de roche marine grise surmonté d'une tête de poisson en pierre sculptée. De la bouche du poisson déferlait un jet d'eau de mer qui tombait en cascade dans la vasque. L'eau devait être chaude car elle diffusait une brume légère dans l'air hivernal, comme dans un sauna. Cela donnait à la pièce une atmosphère chaude et estivale, qui sentait bon les embruns.

Je me suis approché. Il n'y avait ni carte ni petit mot attaché à la fontaine, mais je savais que ce ne pouvait être qu'un cadeau de Poséidon.

J'ai plongé le regard dans le bassin et dit :

– Merci, papa.

La surface de l'eau a ondulé. Des pièces de monnaie ont scintillé au fond ; il devait y avoir une douzaine de drachmes en or. J'ai alors compris à quoi servait la fontaine : elle me rappelait de maintenir le contact avec ma famille.

J'ai ouvert la fenêtre la plus proche et la lumière hivernale s'est prise en arc-en-ciel dans la brume. J'ai alors repêché une drachme dans l'eau brûlante.

– Iris, ô déesse de l'arc-en-ciel, ai-je dit à voix haute, accepte mon offrande.

J'ai lancé la pièce dans la brume, qui l'a aussitôt avalée. À ce moment-là seulement, je me suis rendu compte que je ne savais pas qui contacter en premier.

Maman ? Ce serait agir en « bon fils », mais elle n'était sans doute pas encore inquiète à mon sujet. Elle avait l'habitude de me voir disparaître plusieurs jours d'affilée, voire plusieurs semaines.

Mon père ? Cela faisait beaucoup trop longtemps, près de deux ans, que je ne lui avais pas parlé directement. Mais est-ce que ça se faisait, d'envoyer un message-Iris à un dieu ? Je n'avais jamais essayé. Et si ça les mettait en colère, comme un appel d'un télévendeur ?

J'ai hésité. Puis je me suis décidé.

– Montre-moi Tyson, ai-je demandé. Aux forges des Cyclopes.

La brume a scintillé et l'image de mon demi-frère s'est formée. Il était entouré de flammes, ce qui aurait posé problème s'il n'était pas un Cyclope. Penché sur une enclume, il martelait une lame d'épée chauffée au rouge. Des étincelles et des flammèches voletaient tout autour de lui. En arrière-plan, on voyait une fenêtre taillée dans du marbre, qui donnait sur des eaux bleu foncé : le fond de l'océan.

– Tyson ! ai-je crié.

Au début, il ne m'a pas entendu à cause de ses coups de marteau et du rugissement des flammes.

– TYSON !

Il s'est retourné en écarquillant son œil unique et énorme. Un sourire jaunâtre a fendu son visage en biais.

– Percy !

Lâchant la lame d'épée, il s'est rué vers moi, bras tendus, pour m'embrasser. L'image s'est brouillée et j'ai fait un bond en arrière, instinctivement.

– Tyson, c'est une image-Iris. Je ne suis pas là pour de vrai.

– Ah. (Tyson est revenu dans le champ, l'air gêné.) Ah oui, je le savais.

– Comment vas-tu ? lui ai-je demandé. Et le boulot, ça va ?

Son œil s'est éclairé.

– J'adore mon boulot ! Regarde ! (Il a attrapé la lame d'épée incandescente à mains nues.) C'est moi qui l'ai faite !

– C'est vraiment super.

– J'ai écrit mon nom dessus. Là, regarde.

– Géant. Dis-moi, tu parles souvent à papa ?

Tyson a perdu son sourire.

– Pas souvent. Papa est très occupé. Il s'inquiète pour la guerre.

– Qu'est-ce que tu veux dire ?

Tyson a soupiré. Il a sorti la lame d'épée par la fenêtre, ce qui a provoqué un nuage de bulles bouillonnantes. Lorsqu'il l'a rentrée, le métal était froid.

– Il y a des esprits de la mer très anciens qui causent des soucis. Aigaiôs, Océanos, ces types-là.

J'avais une vague idée de ce dont il parlait. Il faisait allusion aux immortels qui régnaient sur les océans au temps des Titans. Avant que les Olympiens prennent le pouvoir. Le fait qu'ils soient de retour sur scène aujourd'hui, alors que Cronos, le Seigneur des Titans, et ses alliés gagnaient en force, ne présageait rien de bon.

– Est-ce que je peux faire quelque chose ? ai-je demandé.

Tyson a secoué tristement la tête.

– Nous armons les sirènes. Il leur faut mille épées supplémentaires d'ici demain, a-t-il expliqué. (Il a regardé sa lame d'épée en soupirant.) Les esprits anciens protègent le méchant bateau.

– Le *Princesse Andromède* ? Le bateau de Luke ?

– Oui. Ils le rendent difficile à trouver. Ils le protègent des tempêtes de papa. Autrement, papa l'écraserait.

– Ce serait bien de l'écraser.

Le visage de Tyson s'est soudain égayé, comme s'il venait de penser à autre chose.

– Et Annabeth ? s'est-il écrié. Elle est là ?

– Eh ben... (Mon cœur m'a soudain semblé lourd comme une boule de bowling. Pour Tyson, Annabeth représentait ce qu'il y avait de mieux au monde depuis l'invention du beurre de cacahouètes – et Dieu sait qu'il adorait le beurre de cacahouètes. Je n'avais pas le courage de lui dire qu'elle avait disparu. Il pleurerait si fort qu'il éteindrait sans doute les flammes de sa forge.) Ben, non... elle n'est pas là pour le moment.

– Dis-lui bonjour ! Bonjour à Annabeth !

– D'accord. (J'ai ravalé le nœud qui se formait dans ma gorge à la vue du sourire rayonnant de Tyson.) Je lui dirai.

– Et, Percy, ne t'inquiète pas pour le méchant bateau. Il s'en va.

– Comment ça ?

– Au canal de Panama ! Très loin !

J'ai froncé les sourcils. Pourquoi Luke emmènerait-il là-bas son bateau de croisière grouillant de démons ? À notre dernière rencontre, il longeait la côte Est pour y recruter des sang-mêlé, tout en entraînant sa monstrueuse armée à bord.

– Bien, ai-je répondu, guère rassuré en mon for intérieur. C'est une bonne nouvelle, je suppose.

Une voix grave, dans les forges, a crié des paroles que je n'ai pas pu comprendre. Tyson a grimacé.

– Faut que je me remette au boulot ! Patron va se fâcher. Bonne chance, frère !

– D'accord, dis à papa...

Mais avant que je puisse finir, la vision a scintillé puis disparu. Je me suis retrouvé seul dans mon bungalow, avec un sentiment de solitude encore plus fort qu'avant.

Je n'avais vraiment pas le moral au dîner, ce soir-là.

La nourriture était excellente, comme toujours. Grillades, pizzas, sodas à volonté : ce sont des valeurs sûres, tout ça. Les flambeaux et braseros assuraient une douce chaleur dans le pavillon-réfectoire en plein air, mais nous devions nous placer avec nos compagnons de bungalow, ce qui voulait dire que j'étais seul à la table de Poséidon. Thalia était seule à la table de Zeus, mais nous ne pouvions pas dîner ensemble. C'était le règlement de la colonie. Les bungalows d'Héphaïstos, d'Arès et d'Hermès avaient quelques pensionnaires chacun, au moins. Nico était avec les frères Alatir car les nouveaux pensionnaires se retrouvaient toujours en rade au bungalow d'Hermès quand l'identité de leur parent olympien était inconnue. Les frères Alatir avaient entrepris, semblait-il, de le convaincre que le poker était un jeu bien plus intéressant que son Mythomagic. J'ai espéré pour Nico qu'il n'ait pas d'argent à perdre.

La seule table où on avait vraiment l'air de s'amuser était celle d'Artémis. Les Chasseresses buvaient et mangeaient comme une grande famille heureuse. Zoé était assise à la tête de la table, en vraie mama. Elle ne riait pas autant que les autres mais souriait de temps en temps. Son bandeau argenté de lieutenante brillait entre ses tresses brunes. Je la trouvais beaucoup plus jolie quand elle souriait. Bianca Di Angelo semblait ravie. Elle essayait d'apprendre à jouer au bras de fer avec la grande fille que j'avais vue se disputer avec le garçon du bungalow d'Arès sur le terrain de basket. La fille battait Bianca à chaque fois, mais ça n'avait pas l'air de l'embêter.

Après le dîner, Chiron a porté le toast habituel aux dieux puis souhaité officiellement la bienvenue aux Chasseresses. Les pensionnaires ont applaudi mollement. Il a ensuite annoncé le match « amical » de Capture-l'Étendard du lendemain soir, ce qui a suscité bien plus d'enthousiasme.

Ensuite, nous sommes tous retournés vers nos bungalows respectifs. L'extinction des feux, l'hiver, se faisait de bonne heure. J'étais épuisé et je me suis donc vite endormi. Ça, c'était le bon côté de la chose. Le mauvais côté, c'est que j'ai fait un cauchemar et, même selon mes critères, il était abominable.

Annabeth se tenait à mi-flanc d'une colline obscure, enveloppée de brouillard. L'endroit m'a fait penser aux Enfers parce que j'ai tout de suite éprouvé une sensation d'enfermement et que je ne voyais pas le ciel au-dessus de ma tête : rien qu'une obscurité écrasante et lourde, comme à l'intérieur d'une caverne.

Annabeth gravissait la pente avec effort. D'antiques colonnes grecques en marbre noir se dressaient çà et là, brisées, comme si une explosion avait réduit un immense édifice en ruine.

– Thorn ! a crié Annabeth. Où êtes-vous ? Pourquoi m'avez-vous amenée ici ?

Elle a escaladé un pan de mur effondré jusqu'au sommet de la colline.

Annabeth a alors laissé échapper un petit cri.

Luke était là. Et il souffrait.

Il était ratatiné sur le sol rocheux et s'efforçait vainement de se lever. L'obscurité semblait encore plus dense autour de lui, le brouillard plus épais et plus agité. Ses vêtements étaient en lambeaux et son visage inondé de sueur était couvert d'égratignures.

– Annabeth ! a-t-il appelé. Aide-moi ! S'il te plaît !

Elle s'est élancée vers lui.

J'ai voulu crier : *C'est un traître ! Ne lui fais pas confiance !*

Mais ma voix ne portait pas dans le rêve.

Annabeth avait les larmes aux yeux. Elle a tendu la main comme pour toucher le visage de Luke, mais s'est ravisée à la dernière seconde.

– Que s'est-il passé ? a-t-elle demandé.

– Ils m'ont abandonné ici, a gémi Luke. S'il te plaît. Ça me tue.

Je n'arrivais pas à voir ce qui le gênait. Il donnait l'impression de se débattre contre une malédiction invisible, comme si le brouillard était en train de le broyer.

– Pourquoi devrais-je te faire confiance ? a repris Annabeth d'une voix vibrante de chagrin.

– Tu n'as aucune raison de me faire confiance. Je t'ai traitée abominablement. Mais si tu ne m'aides pas, je vais mourir.

J'avais envie de hurler : *Laisse-le mourir*. Luke avait tenté de nous tuer de sang-froid à de trop nombreuses reprises. Il ne méritait aucune aide d'Annabeth.

Alors l'obscurité qui entourait Luke a commencé à s'effondrer, comme la voûte d'une grotte dans un tremblement de terre. De gros blocs de pierre noire se sont détachés. Annabeth s'est précipitée juste au moment où une fissure s'ouvrait et où la voûte entière tombait. Elle est parvenue miraculeusement à la retenir. Par sa simple force, elle empêchait ces tonnes de pierre de s'écraser sur eux. C'était infaisable. Elle n'aurait pas dû en être capable.

Luke s'est dégagé en roulant sur lui-même et hoquetant.

– Merci, a-t-il articulé avec effort.

– Aide-moi à le porter, a gémi Annabeth.

Luke a repris son souffle. Il avait le visage couvert de sueur et de crasse. Il s'est levé, les jambes chancelantes.

– Je savais que je pouvais compter sur toi, a-t-il dit.

Il a commencé à s'éloigner alors même que l'obscurité tremblante menaçait de terrasser Annabeth.

– AIDE-MOI ! a-t-elle supplié.

– Oh, ne t'inquiète pas, a répondu Luke. Les secours sont en route. Tout ça fait partie du plan. En attendant qu'ils arrivent, essaie de ne pas mourir.

La voûte d'obscurité s'est remise à s'effondrer, poussant Annabeth contre le sol.

Je me suis réveillé en sursaut, agrippant mes draps des deux mains. Le silence régnait dans mon bungalow, exception faite du gargouillis de la fontaine d'eau de mer. Il était minuit passé de quelques minutes, au réveil de ma table de chevet.

Ce n'était qu'un rêve, mais j'en retirais deux certitudes : Annabeth courait un grand danger. Et Luke en était responsable.

6 Un vieil ami mort nous rend visite

Le lendemain matin après le petit déjeuner, j'ai raconté mon rêve à Grover. Assis dans la prairie, nous regardions les satyres courir après les nymphes des bois dans la neige. Elles avaient promis d'embrasser les satyres s'ils les attrapaient, mais ils n'y arrivaient pratiquement jamais. En général, la nymphe laissait le satyre prendre de la vitesse et lorsqu'il était bien lancé elle se changeait en arbre enneigé. Le pauvre satyre percutait le tronc de plein fouet et recevait sur la tête un paquet de neige.

En entendant mon cauchemar, Grover s'est mis à tortiller quelques poils hirsutes de la fourrure de sa jambe autour de son doigt.

– La voûte d'une grotte s'écroulait sur elle ? a-t-il demandé.

– Ouais. Qu'est-ce que ça peut bien signifier ?

– Je ne sais pas. (Grover a secoué la tête.) Mais après ce qu'a rêvé Zoé...

– Qu'est-ce que tu veux dire ? Zoé a fait un rêve de ce genre ?

– Je... je ne sais pas exactement. Vers les 3 heures du matin, elle est allée à la Grande Maison et a demandé à parler à Chiron. Elle avait l'air paniquée.

– Attends une seconde. Comment tu le sais ?

Grover a rougi.

– J'étais posté devant le bungalow d'Artémis, si tu veux.

– Pour quoi faire ?

– Tu sais, juste pour être près d'elles.

– Tu es un harceleur à sabots.

– Pas du tout ! Enfin, toujours est-il que je l'ai suivie jusqu'à la Grande Maison et je me suis caché dans un buisson, d'où j'ai tout observé. Elle s'est mise dans tous ses états quand Argus a refusé de la laisser entrer. C'était une scène assez dangereuse.

J'ai essayé de l'imaginer. Argus était le responsable de la sécurité de la colonie ; c'était un grand blond baraqué au corps entièrement couvert d'yeux. Il se montrait rarement, sauf circonstances particulièrement graves. Je n'aurais pas voulu avoir à parier sur l'un ou l'autre dans un combat l'opposant à Zoé Nightshade.

– Qu'a-t-elle dit ? ai-je demandé.

Grover a fait la grimace.

– Tu sais comment elle se met à parler vieux jeu quand elle est émue, elle était assez difficile à comprendre. Mais en gros, elle disait qu'Artémis avait des ennuis et qu'elle avait besoin des Chasseresses. Et puis elle a traité Argus de butor à la cervelle recuite... je crois que c'est très insultant. Et il l'a traitée de...

– Waouh. Attends. Comment Artémis peut-elle avoir des ennuis ?

– Je... Quand Chiron est enfin sorti, en pyjama, avec ses bigoudis sur la queue et...

– Il met des bigoudis ?

Grover a porté la main devant la bouche.

– Excuse-moi. Continue.

– Alors Zoé a dit qu'elle avait besoin de sa permission de quitter la colonie sur-le-champ. Chiron a refusé. Il lui a rappelé que les Chasseresses devaient rester ici pour attendre les ordres d'Artémis. Et elle a dit... (Grover a ravalé sa salive.) Elle a dit : « Comment Artémis pourrait-elle nous faire parvenir ses ordres si Artémis est perdue ? »

– Qu'est-ce que tu entends par « perdue » ? Perdue comme si elle ne trouvait plus son chemin ?

– Non, je crois qu'elle voulait dire « disparue ». Enlevée. Kidnappée.

– *Kidnappée* ? (J'ai essayé d'intégrer cette idée.) Comment kidnappe-t-on une déesse immortelle ? Est-ce même faisable ?

– Ben ouais. Regarde, c'est bien arrivé à Perséphone.

– Oui, mais enfin, elle, c'était la déesse des fleurs, non ?

– Du Printemps, a rectifié Grover sur un ton offensé.

– Peu importe. Artémis est bien plus puissante. Qui pourrait la kidnapper ? Et pourquoi ?

Grover a secoué la tête, l'air malheureux.

– Je ne sais pas. Cronos ?

– Il ne peut pas avoir déjà repris tant de pouvoir, si ?

La dernière fois que nous avions vu Cronos, il était en menus morceaux. D'ailleurs, nous ne l'avions pas *vu* à proprement parler. Il y a plusieurs milliers d'années, après la grande guerre entre les dieux et les Titans, les dieux l'avaient découpé en petits morceaux avec sa propre faux et ils avaient dispersé ses vestiges dans le Tartare, dont ils se servent comme d'une sorte de fosse de recyclage de déchets pour leurs ennemis. L'été d'il y a deux ans, Cronos nous avait attirés par la ruse jusqu'au bord de la fosse et il avait failli nous y précipiter. Plus tard, l'été dernier, à bord du bateau de croisière démoniaque de Luke, nous avions vu un cercueil en or dans lequel Luke prétendait qu'il faisait revenir le Seigneur des Titans de l'abîme, petit bout par petit bout, à chaque fois qu'une nouvelle recrue se ralliait à leur cause. Cronos pouvait influencer les gens en leur envoyant des rêves et leur tendre des pièges, mais je ne voyais pas comment il pouvait dominer Artémis physiquement s'il était encore à l'état de compost.

– Je ne sais pas, a répété Grover. Je crois que ça se saurait, si Cronos s'était reformé. Les dieux seraient plus inquiets. Il n'empêche que c'est étrange que tu aies fait un cauchemar la même nuit que Zoé. On croirait presque...

– Qu'ils sont liés, ai-je acquiescé.

Sur la prairie gelée, un satyre a dérapé sur ses sabots en pourchassant une nymphe des bois rousse. Elle a pouffé de rire et ouvert grands les bras quand il a foncé vers elle. Et *paf* ! Elle s'est changée en pin sylvestre et il a embrassé le tronc de plein fouet.

– Ah, l'amour, a murmuré Grover d'un ton rêveur.

J'ai repensé au cauchemar de Zoé, qu'elle avait fait quelques heures à peine après le mien.

– Il faut que je parle à Zoé, ai-je dit.

– Euh, avant que tu lui parles... (Grover a sorti quelque chose de sa poche de manteau. C'était un dépliant à trois volets, comme une brochure d'agence de voyages.) Tu te souviens de ce que tu avais dit, que c'était bizarre que les Chasseresses aient débarqué comme ça par hasard à Westover ? Je crois qu'elles nous cherchaient.

– Qu'elles nous cherchaient ? Qu'est-ce que tu veux dire par là ?

Il m'a tendu la brochure. Celle-ci était entièrement consacrée aux Chasseresses d'Artémis. La page de couverture annonçait : UN CHOIX JUDICIEUX POUR TON AVENIR ! À l'intérieur il y avait des photos de jeunes filles vaquant à des activités de Chasseresses, traquant des monstres, bandant leurs arcs, et ainsi de suite. Les légendes étaient du style : PRESTATIONS MALADIE : L'IMMORTALITÉ ET CE QUE ÇA SIGNIFIE POUR TOI ! ou : DES LENDEMAINS SANS GARÇONS !

– Je l'ai trouvée dans le sac à dos d'Annabeth, a expliqué Grover.

Je l'ai regardé avec perplexité.

– Je ne comprends pas.

– Eh bien, à mon avis... Annabeth envisageait peut-être de s'engager.

J'aimerais pouvoir dire que j'ai bien pris la nouvelle.

La vérité, c'était que j'avais envie d'étrangler les Chasseresses d'Artémis une par une, jusqu'à la dernière vierge éternelle. J'ai eu beau m'efforcer de m'occuper le restant de la journée, je me faisais un sang d'encre pour Annabeth. Je suis allé au cours de lancer de javelot mais le pensionnaire d'Arès qui encadrait l'entraînement m'a engueulé quand, dans un moment de distraction, j'ai lancé le javelot sans attendre qu'il se soit écarté de la cible. Je me suis excusé pour le trou dans son pantalon, mais il m'a renvoyé quand même.

Je me suis rabattu sur les écuries des pégases, où j'ai trouvé Silena Beauregard, du bungalow d'Aphrodite, en pleine dispute avec une Chasseresse. J'ai préféré ne pas m'en mêler.

Après ça, je suis allé m'asseoir dans les stalles des chars et j'ai boudé. Au terrain de tir à l'arc, Chiron dirigeait l'entraînement. Je savais que c'était à lui que je devais parler. Il pouvait me donner des conseils, pourtant quelque chose me retenait. J'avais l'intuition que Chiron essaierait de me protéger, comme il le faisait toujours. Il ne me dirait peut-être pas tout ce qu'il savait.

J'ai regardé dans l'autre direction. En haut de la colline des Sang-Mêlé, Argus et Monsieur D. nourrissaient le bébé dragon qui surveillait la Toison d'or.

Et soudain ça a fait tilt dans ma tête : il n'y avait personne dans la Grande Maison. Je pouvais aller demander conseil à quelqu'un d'autre... à quelque *chose* d'autre, plus exactement.

Le sang battant à mes oreilles, j'ai couru jusqu'à la maison et gravi l'escalier. J'y étais déjà allé une fois dans ma vie et j'en faisais encore des cauchemars. J'ai ouvert la trappe et grimpé au grenier.

La pièce était sombre, poussiéreuse et encombrée d'un fatras hétéroclite, exactement comme dans mes souvenirs. Des boucliers portant des marques de dents de monstres côtoyaient des épées en forme de tête de démon et diverses créatures empaillées, notamment une harpie et un python orange.

Près de la fenêtre, perchée sur un tabouret en bois à trois pieds, se trouvait la momie ratatinée d'une vieille femme affublée d'une robe hippie en tie-dye. L'Oracle.

Je me suis forcé à avancer vers elle. J'ai attendu qu'une brume verte s'échappe de sa bouche en bouillonnant comme la fois précédente, mais il ne s'est rien passé.

– Salut, ai-je dit. Euh, quoi de neuf ?

Je me suis senti gêné par la stupidité de ma propre question. Qu'est-ce qu'on peut bien avoir de « neuf » à raconter, quand on est mort et remisé dans un grenier ? Mais je savais que l'esprit de l'Oracle était quelque part dans la pièce. Je sentais une présence froide, comme celle d'un serpent lové dans son sommeil.

– J'ai une question, ai-je repris d'une voix un peu plus forte. Il faut que je sache pour Annabeth. Comment puis-je la sauver ?

Pas de réponse. Le soleil qui entrait en biais par la lucarne éclairait les grains de poussière en suspension dans l'air.

J'ai attendu davantage.

Et puis je me suis senti gagné par la colère. Un cadavre me faisait poireauter.

– D'accord, ai-je dit. Très bien. Je trouverai tout seul.

J'ai tourné les talons et je me suis cogné contre une grande table jonchée de souvenirs. Elle m'a paru plus encombrée que lors de ma première visite. Les héros rangeaient toutes sortes de choses au grenier : des trophées qu'ils ne souhaitaient plus garder dans leurs bungalows, des objets chargés de souvenirs douloureux. Je savais que Luke avait remisé une griffe de dragon quelque part là-dedans – la griffe qui avait balafré son visage. Il y avait une poignée d'épée avec une étiquette qui disait : *Cette poignée s'est cassée et Leroy s'est fait tuer. 1999.*

Et puis j'ai remarqué un foulard de soie rose, étiqueté lui aussi. J'ai attrapé le morceau de papier et fait un effort pour déchiffrer l'inscription :

FOULARD DE LA DÉESSE APHRODITE
RETROUVÉ À AQUALAND, DENVER, COLORADO
PAR ANNABETH CHASE ET PERCY JACKSON

J'ai regardé le foulard. Je l'avais complètement oublié. Deux ans plus tôt, Annabeth me l'avait arraché des mains en disant quelque chose du genre : *Oh non ! Ne joue pas avec cette magie d'amour !*

J'avais supposé, à l'époque, qu'elle l'avait jeté. Et pourtant, il était là. L'avait-elle gardé tout ce temps-là ? Et pourquoi l'avait-elle rangé au grenier ?

Je me suis tourné vers la momie. Elle n'avait pas bougé mais un jeu d'ombres sur son visage donnait l'impression qu'elle m'adressait un sourire atroce.

J'ai lâché le foulard et me suis retenu de courir vers la trappe.

Ce soir-là après le dîner, j'étais on ne peut plus prêt à en découdre avec les Chasseresses pour Capture-l'Étendard. Ce serait un petit match : il n'y avait que treize Chasseresses, en comptant Bianca Di Angelo, et à peu près autant de pensionnaires.

Zoé Nightshade paraissait bouleversée. Elle lançait des regards lourds de rancune à Chiron comme si elle n'arrivait toujours pas à croire qu'il lui imposait cette épreuve. Les autres Chasseresses n'avaient pas l'air à la fête non plus. Contrairement à la veille, elles ne riaient pas, ni ne plaisantaient. Serrées l'une contre l'autre dans le pavillon-réfectoire, elles échangeaient des murmures inquiets tout en attachant leurs armures. Certaines semblaient même avoir pleuré. Je crois que Zoé leur avait raconté son cauchemar.

Dans notre équipe, nous avions Beckendorf et deux autres « Héphaïstos », quelques types du bungalow d'Arès (même si l'absence de Clarisse faisait toujours bizarre), les frères Alatir et Nico du bungalow d'Hermès, plus quelques « Aphrodite ». La décision des « Aphrodite » m'intriguait. D'ordinaire, ils se contentaient de jouer les spectateurs et suivaient le match en bavardant, regardaient leur reflet dans la rivière, badinaient, mais cette fois-ci, quand ils avaient appris que nous allions combattre les Chasseresses, ils avaient tenu à tout prix à être de la partie.

– Je vais leur montrer, moi, si « l'amour ne vaut rien », a grommelé Silena Beauregard en attachant son armure. Je vais les pulvériser !

Et puis il y avait Thalia et moi.

– Je vais prendre l'attaque, a proposé Thalia. Tu assureras la défense.

– Ah. (J'ai hésité car je m'apprêtais à suggérer exactement la même chose, mais à l'inverse.) Tu ne crois pas que tu ferais une meilleure défense, avec ton bouclier et tout ça ?

Thalia avait déjà passé Aegis à son bras et même les membres de notre équipe s'en tenaient à distance respectueuse, s'efforçant de surmonter la crainte que leur inspirait la tête de bronze de Méduse.

– Ben, je pensais que ça ferait une meilleure attaque, a répondu Thalia. Et puis tu as une plus grande expérience de la défense.

Je me suis demandé si elle me charriait. En matière de défense à Capture-l'Étendard, j'avais d'assez piètres états de service. La première année, Annabeth s'était servie de moi comme appât et j'avais failli mourir transpercé à coups de lance et dévoré par un chien des Enfers.

– Ouais, ai-je menti, pas de problème.

– Cool.

Thalia s'est éloignée pour aider certains « Aphrodite » qui avaient du mal à ajuster leurs armures sans se casser les ongles. Nico Di Angelo a accouru à ma rencontre, souriant jusqu'aux oreilles.

– Percy, c'est géant !

Son casque de bronze à crête de plumes bleues lui tombait sur les yeux et son plastron était facilement de six tailles trop grand pour lui. Je me suis demandé si j'avais pu avoir une dégaine aussi ridicule à mon arrivée à la colonie. La réponse, malheureusement, était oui.

Nico a soulevé son épée avec effort.

– Est-ce qu'on va tuer l'autre équipe ?

– En fait... non.

– Mais les Chasseresses sont immortelles, non ?

– Sauf si elles tombent au combat. Et de toute manière...

– Ce serait géant si on pouvait, genre, ressusciter dès qu'on est tués, et comme ça on pourrait continuer à se battre, et puis...

– Nico, c'est sérieux. Ce sont de vraies épées. Elles peuvent blesser.

Il m'a regardé, un peu déçu, et je me suis rendu compte que je venais de parler exactement comme ma mère. Waouh. Ça craignait.

Je lui ai tapoté l'épaule.

– Hé, t'inquiète pas. Suis l'équipe, c'est tout. Et évite Zoé. Tu vas voir, on va s'éclater.

Chiron a martelé la dalle du pavillon de la pointe de son sabot.

– Héros ! a-t-il annoncé. Vous connaissez les règles. Le ruisseau est la frontière. L'équipe bleue – la Colonie des Sang-Mêlé – prendra les bois ouest. L'équipe rouge – les Chasseresses d'Artémis – prendra les bois est. Je servirai d'arbitre et de médecin sur le champ de bataille. Ne mutilez pas délibérément vos adversaires, s'il vous plaît ! Tous les objets magiques sont autorisés. À vos postes !

– Trop fort, a chuchoté Nico, tout près de moi. Quel genre d'objets magiques ? Il y en a un pour moi ?

J'allais lui annoncer que non quand Thalia s'est écriée :

– Équipe bleue ! Suivez-moi !

Les pensionnaires se sont élancés derrière elle en poussant des acclamations. J'ai dû courir pour les rattraper et ce faisant j'ai trébuché sur un bouclier abandonné, ce qui ne me donnait pas tellement l'air d'un co-capitaine. Plutôt d'un imbécile.

Nous avons planté notre bannière au sommet du Poing de Zeus. C'est un amas de rochers situé au milieu des bois ouest qui, vu sous un certain angle, ressemble à un énorme poing sortant de terre. Vu sous n'importe quel autre angle, on dirait un tas de crottin de cerfs géants, mais Chiron nous a interdit de l'appeler « le Tas de caca », surtout depuis qu'il a été baptisé en l'honneur de Zeus, qui n'est pas connu pour son sens de l'humour.

Toujours est-il que c'était un bon endroit pour planter notre bannière. Le rocher du haut mesurait six mètres et il était vraiment difficile à escalader, de sorte que la bannière y serait bien visible, comme l'exigeait le règlement. Et ce ne serait pas très grave si les gardiens n'avaient pas le droit de se placer dans un périmètre de surveillance inférieur à dix mètres.

J'ai mis Nico en faction avec Beckendorf et les frères Alatir, en me disant que comme ça il serait en sécurité et qu'en prime nous ne l'aurions pas dans nos pattes.

– Nous allons lancer une diversion sur la gauche, a annoncé Thalia à l'équipe. Silena, tu assures son commandement.

– Ça marche !

– Prends Laurel et Jason. Ce sont de bons coureurs. Décrivez un grand arc de cercle autour des Chasseresses et attirez-en autant que vous pourrez. Je vais emmener le principal groupe d'attaque par la droite et les prendre par surprise.

Nous avons tous hoché la tête. Ça paraissait un bon plan et Thalia l'exposait avec tant d'assurance qu'on ne pouvait pas s'empêcher de croire que ça marcherait. Thalia m'a regardé.

– As-tu quelque chose à ajouter, Percy ?

– Euh, ouais. Restez très vigilants pour la défense. Nous avons quatre gardiens et deux éclaireurs, ce n'est pas beaucoup pour une grande forêt comme celle-ci. Je balayerai le terrain du regard constamment. Hurlez si vous avez besoin d'aide.

– Et ne quittez pas votre poste ! a dit Thalia.

– Sauf si vous voyez une occasion en or, ai-je ajouté.

Thalia a grimacé.

– Ne quittez pas votre poste et c'est tout !

– D'accord, sauf...

– Percy !

Thalia a posé la main sur mon bras et m'a balancé une décharge électrique. Tout le monde peut provoquer des décharges d'électricité statique l'hiver, ça arrive, bien sûr, mais quand ça vient de Thalia, croyez-moi, ça fait mal. Sans doute parce que son père est le dieu de la foudre. Elle est connue pour avoir roussi les sourcils de pas mal de gens.

– Excuse-moi, m'a-t-elle dit d'une voix qui n'exprimait pas de regrets particuliers. Bon, sommes-nous tous bien d'accord, à présent ?

Tout le monde a opiné. On s'est répartis dans nos petits groupes respectifs. Le cor a retenti et le match a commencé.

J'ai attendu qu'il se passe quelque chose. J'ai grimpé en haut du Poing de Zeus, d'où j'avais une bonne vue sur la forêt. Je me rappelais la façon dont les Chasseresses avaient surgi des bois pour combattre le manticore et je m'étais préparé à une offensive de ce type : un assaut de grande envergure qui pouvait nous écraser. Or il ne se passait rien.

J'ai aperçu Silena et ses deux éclaireurs. Ils traversaient une clairière en courant, suivis par cinq Chasseresses qu'ils entraînaient dans les profondeurs de la forêt, loin de Thalia. Le plan semblait marcher. C'est alors que j'ai vu un autre groupe de Chasseresses qui se dirigeaient vers la droite, arc à la main. Elles avaient dû repérer Thalia.

– Qu'est-ce qu'il y a ? a demandé Nico, qui essayait de grimper à mes côtés.

Mon cerveau tournait à cent à l'heure. Thalia ne pourrait jamais passer, mais les Chasseresses étaient divisées. Si elles étaient aussi nombreuses sur chaque flanc, leur centre devait être complètement ouvert. En agissant vite...

J'ai regardé Beckendorf.

– Vous pouvez assurer la garde, les gars ?

– Bien sûr, a répondu Beckendorf en plissant le nez.

– J'y vais !

Nico et les frères Alatir ont applaudi quand je me suis élancé vers la frontière.

Je courais au maximum de ma vitesse et je me sentais super bien. D'un bond, j'ai franchi le ruisseau et pénétré en territoire ennemi. Je voyais leur bannière argentée, droit devant, surveillée par une seule gardienne qui ne regardait même pas dans ma direction. J'entendais des bruits de combat dans les bois, sur ma gauche et ma droite. C'était dans la poche.

La gardienne s'est retournée à la dernière minute. C'était Bianca Di Angelo. Elle a écarquillé les yeux quand je lui ai donné un coup de boule en plein ventre et s'est étalée dans la neige.

– Désolé ! ai-je crié.

J'ai arraché l'étendard argenté de l'arbre où il était planté et j'ai filé.

J'avais déjà parcouru dix mètres quand Bianca s'est ressaisie et a pu appeler au secours. J'étais convaincu d'être tiré d'affaire.

ZIP ! Une cordelette argentée a fusé au ras de mes chevilles pour aller s'attacher à l'arbre d'à côté. Un fil de détente envoyé avec un arc ! Je suis tombé brutalement dans la neige, sans même avoir eu le temps de songer à m'arrêter.

– Percy ! a hurlé Thalia quelque part sur ma droite. Mais qu'est-ce que tu fabriques ?

Avant qu'elle arrive à ma hauteur, une flèche a explosé à ses pieds, soulevant un nuage de fumée jaune qui a enveloppé son équipe en bouillonnant. Ils se sont tous mis à tousser et crachoter. L'odeur du gaz m'est parvenue à travers les bois : l'horrible odeur du soufre.

– C'est pas juste ! a hoqueté Thalia. Les flèches péteuses, c'est pas du jeu !

Je me suis relevé et remis à courir. Plus que quelques mètres pour arriver au ruisseau et je gagnais le match. D'autres flèches sifflaient à mes oreilles. Une Chasseresse a surgi brusquement devant moi et tenté de me donner un coup de couteau, mais je l'ai esquivé et j'ai continué de courir.

J'ai entendu des cris en provenance de notre rive du ruisseau. Beckendorf et Nico couraient vers moi. J'ai d'abord cru qu'ils venaient m'accueillir, mais je me suis alors rendu compte qu'ils pourchassaient quelqu'un : Zoé Nightshade fonçait dans ma direction comme un guépard, esquivant les pensionnaires sans la moindre difficulté. Et elle tenait notre étendard entre ses mains.

– Non ! ai-je hurlé en redoublant de vitesse.

Je n'étais plus qu'à cinquante centimètres de l'eau quand Zoé, d'un dernier bond, a rejoint son camp – en me percutant de plein fouet par la même occasion. Les Chasseresses des deux rives ont convergé vers le ruisseau en poussant des acclamations. Chiron a surgi des bois, l'air morose. Les frères Alatir étaient juste derrière lui et ils avaient tous les deux l'air d'avoir reçu quelques bonnes taloches sur la tête. Connor Alatir avait deux flèches plantées dans son casque comme des antennes.

– Les Chasseresses ont gagné ! a annoncé Chiron sans joie – puis il a ajouté en bougonnant : Pour la cinquante-sixième fois de suite.

– Persée Jackson ! a hurlé Thalia, qui arrivait en trombe sur moi.

Elle sentait l'œuf pourri et elle était tellement en colère que des étincelles bleues crépitaient sur son armure. Tout le monde a reculé sur son passage à cause d'Aegis. Moi-même, j'ai dû faire appel à toute ma volonté pour ne pas battre en retraite.

– Peut-on savoir, au nom des dieux, ce qui t'est passé par la tête ? a-t-elle rugi.

J'ai serré les poings. J'avais encaissé assez de coups durs pour la journée. Je n'avais pas besoin de cette scène.

– J'avais l'étendard, Thalia ! (Je l'ai secoué sous son nez.) J'ai vu une occasion et je l'ai saisie !

– JE SUIS ARRIVÉE À LEUR BASE ! a hurlé Thalia. Mais l'étendard avait disparu. Si tu n'étais pas intervenu, on aurait gagné !

– Elles étaient trop nombreuses contre toi !

– Ah, maintenant c'est ma faute ?

– Je n'ai pas dit ça.

– Argh !

Thalia m'a poussé et une violente décharge m'a projeté dix pas en arrière, dans le ruisseau. Certains pensionnaires ont laissé échapper un petit cri de surprise. Deux ou trois Chasseresses se sont retenues de pouffer de rire.

– Désolée, a dit Thalia, soudain blême. Je n'ai pas fait exprès...

J'étais tellement en colère que mes oreilles vibraient. Une vague est montée du ruisseau et allée s'écraser à la figure de Thalia, la trempant de la tête aux pieds.

Je me suis relevé.

– Ouais, c'est ça, ai-je grommelé. Moi non plus, j'ai pas fait exprès.

Thalia respirait bruyamment.

– Ça suffit ! a ordonné Chiron.

Mais Thalia a brandi sa lance et crié :

– Tu veux en tâter, Cervelle d'Algues ?

Quand c'était Annabeth qui m'appelait comme ça, je ne sais pas pourquoi, mais ça passait – disons que je m'y étais habitué. Mais dans la bouche de Thalia, ça n'avait rien de sympa.

– Je t'attends, Tronche de Pignon !

J'ai levé Turbulence mais avant même que je puisse me défendre, Thalia a poussé un hurlement. Un éclair s'est abattu du ciel, a ricoché sur sa lance comme sur un paratonnerre et m'a percuté en pleine poitrine.

Je suis brutalement tombé sur le derrière. Une odeur de brûlé flottait dans l'air ; quelque chose me disait qu'elle provenait de mes vêtements.

– Thalia ! a grondé Chiron. Ça *suffit* !

Je me suis redressé et j'ai intimé l'ordre au ruisseau tout entier de se soulever : des centaines de litres d'eau, ramassés en une colonne de nuages glacés.

– Percy ! a supplié Chiron.

Je m'apprêtais à projeter la colonne d'eau contre Thalia quand j'ai aperçu quelque chose dans le bois. Ma colère et ma concentration m'ont abandonné d'un coup. L'eau est retombée dans le lit du ruisseau avec un grand *FLOC !* Thalia en a été si surprise qu'elle s'est retournée pour voir ce que je regardais.

Quelqu'un... quelque chose approchait, nimbé d'une brume verte. Quand la chose a été plus près de nous, les pensionnaires et les Chasseresses en sont tous restés bouche bée.

– C'est impossible, a dit Chiron, d'une voix que je ne lui avais jamais connue aussi inquiète. Il... elle n'a jamais quitté le grenier. Jamaïs.

Pourtant, la momie ratatinée qui abritait l'Oracle avançait en traînant des pieds vers nous ; elle ne s'est arrêtée qu'une fois parvenue au centre du groupe. Des langues de brume s'enroulaient à nos chevilles, teintant la neige d'un vert maladif.

Aucun de nous n'osait bouger. Alors sa voix chuintante a sifflé à l'intérieur de ma tête. Tout le monde devait l'entendre, car plusieurs d'entre nous ont plaqué les mains contre leurs oreilles.

Je suis l'esprit de Delphes, a dit la voix. *L'oratrice des prophéties de Phébus Apollon, qui a massacré le puissant Python.*

La momie a posé sur moi ses yeux froids et morts. Puis, sans équivoque possible, elle s'est tournée vers Zoé Nightshade.

Approche, toi qui cherches, et demande.

Zoé a ravalé sa salive.

– Que dois-je faire pour aider ma déesse ? a-t-elle articulé.

La momie a ouvert la bouche, laissant échapper des volutes de brume verte. J'ai vu se former l'image floue d'une montagne et d'une fille debout sur son sommet rocailleux. C'était Artémis, mais elle était couverte de chaînes et attachée aux rochers. Elle était à genoux, les mains levées comme pour repousser un ennemi, et semblait souffrir. L'Oracle a pris la parole :

Cinq iront vers l'ouest chercher la déesse enchaînée,
Un sera perdu dans la terre où il ne pleut pas de l'année,
Le fléau de l'Olympe donnera la direction,
Pensionnaires et Chasseresses vaincront dans l'union,

Il faudra résister à la malédiction du Titan,
Et un périra de la main d'un parent.

Et puis, sous nos yeux, la brume verte a tourbillonné et s'est repliée comme un grand serpent vert à l'intérieur de la bouche de la momie. Elle s'est assise sur un rocher et s'est immobilisée dans la même attitude qu'au grenier, comme si elle allait rester un siècle assise au bord de ce ruisseau.

7 Tout le monde me déteste sauf le cheval

La momie aurait pu regagner le grenier toute seule, ça semblait la moindre des choses.

Mais non. Grover et moi avons été désignés à mains levées pour la rapporter. Je n'en ai pas conclu que nous étions les deux pensionnaires les plus populaires.

– Attention à sa tête ! m'a averti Grover pendant que nous grimpions l'escalier – trop tard.

Boum ! J'ai cogné le visage parcheminé de la momie contre la trappe, soulevant un nuage de poussière.

– Ah, bon sang ! (Je l'ai déposée et examinée pour voir si j'avais fait des dégâts.) Est-ce que j'ai cassé quelque chose ?

– Je ne saurais pas dire, a avoué Grover.

Nous l'avons hissée au grenier et installée sur son tabouret, en suant et soufflant tous les deux. Qui aurait cru qu'une momie pesait si lourd ?

Je ne m'attendais pas à ce qu'elle me parle et, de fait, elle s'est abstenue. Quand nous sommes enfin ressortis en claquant la trappe du grenier derrière nous, j'ai poussé un gros soupir de soulagement.

– Eh ben, a fait Grover, quelle galère !

Je savais qu'il essayait de prendre les choses à la légère pour me remonter le moral, mais j'étais quand même sacrément déprimé. Je m'étais mis toute la colonie à dos en laissant les Chasseresses gagner le match, et puis il y avait cette nouvelle prophétie de l'Oracle. On aurait dit que l'esprit de Delphes avait fait un effort particulier pour m'exclure. Il avait ignoré ma question mais parcouru presque un kilomètre pour parler à Zoé. Et il n'avait rien dit sur Annabeth, n'y avait même pas fait allusion.

– Que va faire Chiron ? ai-je demandé à Grover.

– J'aimerais bien le savoir. (Par la fenêtre du premier étage, il a regardé les collines enneigées avec mélancolie.) Je veux partir.

– Pour chercher Annabeth ?

Il m'a regardé avec une légère confusion. Puis il a rougi et dit :

– Ah oui. Ça aussi, bien sûr.

– Pourquoi ? À quoi pensais-tu ?

Grover tapotait le sol du bout de son sabot, l'air mal à l'aise.

– Juste un truc qu'a dit le manticore au sujet du Grand Lever. Je ne peux pas m'empêcher de me demander... Si tous ces anciens pouvoirs se réveillent... peut-être que... peut-être qu'ils ne sont pas tous maléfiques.

– Tu penses à Pan.

Je me suis alors fait l'effet d'un égoïste, car j'avais complètement oublié la grande ambition de Grover. Le dieu de la nature avait disparu depuis deux mille ans. La rumeur disait qu'il était mort, mais les satyres n'y croyaient pas. Ils étaient résolus à le retrouver. Ils le cherchaient en vain depuis des siècles et Grover était convaincu qu'il serait celui qui y parviendrait. Cette année, comme Chiron avait réquisitionné d'urgence tous les satyres pour rechercher des sang-mêlé, Grover avait dû interrompre sa quête. Ça devait le rendre dingue.

– J'ai laissé la piste se perdre, a-t-il repris. Je me sens nerveux et agité, comme si quelque chose de capital m'échappait. Il est là, quelque part. Je le sens.

Je ne savais pas quoi dire. Je voulais l'encourager mais je ne savais pas comment m'y prendre. Mon optimisme avait pris une bonne claque dans les bois, piétiné dans la neige avec nos espoirs de gagner Capture-l'Étendard.

Avant que je ne puisse répondre, Thalia a grimpé les marches de l'escalier quatre à quatre. Elle m'ignorait officiellement, maintenant, mais elle s'est adressée à Grover :

– Dis à Percy de ramener sa fraise.

– Pourquoi ? ai-je demandé.

– Il a parlé ? a demandé Thalia à Grover.

– Euh, il a demandé pourquoi.

– Dionysos convoque un conseil des chefs de bungalow pour discuter de la prophétie. Malheureusement, cela inclut Percy.

Le conseil s'est tenu autour d'une table de ping-pong, dans la salle de loisirs. D'un geste de la main, Dionysos a fourni les amuse-gueules : crackers, Vache qui rit et plusieurs bouteilles de vin rouge. Chiron lui a fait remarquer que le vin n'entrait pas dans les boissons auxquelles il avait droit et que la plupart d'entre nous étaient mineurs. Monsieur D. a soupiré. Avec un claquement de doigts, il a changé le vin en Coca light. Personne ne buvait de ça non plus.

Monsieur D. et Chiron (dans son fauteuil roulant) se sont assis à un bout de la table. Zoé et Bianca Di Angelo (qui était devenue l'assistante personnelle de Zoé, en quelque sorte) se sont installées à l'autre bout. Thalia, Grover et moi, on s'est assis sur le côté droit, et les autres membres du conseil – Beckendorf, Silena Beauregard et les frères Alatir – sur le côté gauche. Les « Arès » étaient censés envoyer un représentant, eux aussi, mais ils s'étaient tous cassé qui un bras, qui une jambe – par accident – pendant Capture-l'Étendard, grâce aux Chasseresses. Ils étaient à l'infirmerie.

Zoé a ouvert le débat par un commentaire constructif :

– Cette réunion ne sert à rien.

– Vache qui rit ! a hoqueté Grover, qui s'est mis à tartiner fébrilement des crackers et des balles de ping-pong.

– Il n'y a pas de temps à perdre en discussions, a poursuivi Zoé. Notre déesse a besoin de nous. Les Chasseresses doivent partir immédiatement.

– Et pour aller où ? a demandé Chiron.

– Vers l'ouest ! a répondu Bianca. (J'étais stupéfait de son changement, au bout de quelques jours seulement parmi les Chasseresses. Ses cheveux noirs étaient tressés comme ceux de Zoé, maintenant, ce qui permettait de voir son visage. Elle avait le nez parsemé de taches de rousseur et ses yeux foncés me rappelaient vaguement quelqu'un de célèbre, mais je n'arrivais pas à déterminer qui. Elle semblait s'être musclée et elle avait la peau qui luisait, à l'instar des autres Chasseresses, comme si elle se douchait maintenant avec du clair de lune liquide.) Vous avez entendu la prophétie. *Cinq iront vers l'ouest chercher la déesse enchaînée.* Nous pouvons choisir cinq Chasseresses et partir.

– Oui, a renchéri Zoé. Artémis est retenue en otage ! Nous devons la retrouver et la libérer !

– Comme d'habitude, un point t'a échappé, a dit Thalia. *Pensionnaires et Chasseresses vaincront dans l'union.* Nous sommes censés accomplir cette quête ensemble.

– Non ! s'est écriée Zoé. Les Chasseresses n'ont point besoin du vostre secours.

– De votre secours, a grogné Thalia. Plus personne ne parle comme ça depuis des siècles. Essaie de suivre l'époque.

Zoé a hésité, comme si elle avait du mal à articuler les mots.

– Point n'ayons besoin de votre secours, a-t-elle dit.

– Laisse tomber ! (Thalia a roulé les yeux.)

– Je crains que la prophétie dise que vous avez bel et bien besoin de notre secours, est intervenu Chiron. Les pensionnaires et les Chasseresses doivent coopérer.

– Quoique... a lancé Monsieur D. sur un ton songeur, en passant son verre de Coca sous son nez comme s'il avait un fin bouquet. *Un sera perdu. Un périra.* Ce n'est guère sympathique, comme perspective, hein ? Et si vous échouiez précisément parce que vous essayez de coopérer ?

– Monsieur D., a soupiré Chiron, avec tout le respect que je vous dois, de quel côté êtes-vous ?

Dionysos a levé les sourcils.

– Excuse-moi, mon cher centaure. J'essayais juste de me rendre utile.

– Nous sommes censés travailler ensemble, a déclaré Thalia avec obstination. Ça ne me plaît pas plus qu'à toi, Zoé, mais tu connais les prophéties. Veux-tu en braver une ?

Zoé a fait la grimace mais je voyais bien que Thalia avait marqué un point.

– Il n'y a pas de temps à perdre, a observé Chiron. Aujourd'hui, nous sommes dimanche. Vendredi qui vient, le 21 décembre, c'est le solstice d'hiver.

– Ô joie ! a grommelé Dionysos. Encore une réunion annuelle barbante.

– Il faut qu'Artémis soit présente au solstice, a dit Zoé. Au sein du Conseil, elle fait partie de ceux qui préconisent le plus vigoureusement de combattre les laquais de Cronos. Si elle est absente, les dieux ne prendront aucune décision et nous perdrons encore une année dans les préparatifs de guerre.

– Suggères-tu que les dieux ont du mal à agir ensemble, jeune demoiselle ? a demandé Dionysos.

– Oui, seigneur Dionysos.

Monsieur D. a hoché la tête.

– D'accord. Juste pour savoir. Tu as raison, bien sûr. Continue.

– Je ne peux qu'être d'accord avec Zoé, a dit Chiron. La présence d'Artémis au Conseil d'hiver est essentielle. Nous n'avons qu'une semaine pour la retrouver. Et peut-être plus important encore : pour repérer le monstre qu'elle pourchassait. À présent, nous devons choisir ceux qui entreprendront cette quête.

– Trois et deux, ai-je dit.

Tous les visages se sont tournés vers moi. Thalia en a même oublié de m'ignorer.

– Nous sommes censés être cinq, ai-je expliqué, un peu embarrassé. Trois Chasseresses, deux pensionnaires de la Colonie des Sang-Mêlé. C'est plus que juste.

Thalia et Zoé ont échangé un regard.

– Effectivement, a dit Thalia, ça se tient.

Zoé a grogné.

– Je préférerais emmener toutes les Chasseresses. Nous aurons besoin d'avoir l'avantage du nombre.

– Vous allez refaire le chemin parcouru par la déesse, lui a rappelé Chiron. Vous déplacer rapidement. Il ne fait aucun doute qu'Artémis a suivi la piste de ce monstre exceptionnel, quel qu'il soit, en s'enfonçant vers l'ouest. Vous devrez en faire de même. La prophétie est claire : le fléau de l'Olympe donnera la direction. Que dirait votre maîtresse ? « Trop de Chasseresses brouillent la piste. » Un petit groupe est préférable.

Zoé a saisi une raquette de ping-pong et l'a examinée comme si elle se demandait sur quelle joue elle souhaitait l'asséner en premier.

– Ce monstre – le fléau de l'Olympe. Je chasse aux côtés de dame Artémis depuis de longues années, pourtant je n'ai pas la moindre idée de ce dont il peut s'agir.

Tous les regards se sont portés sur Dionysos, sans doute parce que c'était le seul dieu présent et que les dieux sont censés savoir. Il feuilletait un magazine sur le vin, mais quand tout le monde s'est tu, il a levé le nez.

– Ben, me regardez pas comme ça, a-t-il dit. Je suis un *jeune* dieu, vous vous souvenez ? Je ne suis pas au fait de tous ces monstres anciens et autres Titans poussiéreux. Ça donne des sujets de conversation complètement barbants.

– Chiron, ai-je dit, avez-vous une idée de qui peut être ce monstre ?

Chiron a pincé les lèvres.

– J'ai plusieurs idées, a-t-il répondu, mais aucune n'est bonne. Et aucune ne se tient vraiment. Typhon, par exemple, pourrait répondre à la description. C'était vraiment le fléau de l'Olympe. Ou Ketos, le monstre marin. Mais si l'un ou l'autre était en train de s'éveiller, nous le saurions. Ils sont grands comme des gratte-ciel. Ton père, Poséidon, aurait déjà donné l'alerte. J'ai peur que ce monstre soit plus insaisissable. Voire plus dangereux.

– Vous allez au-devant d'un danger terrible, a dit Connor Alatir. (J'ai apprécié sa façon de dire « vous » et non « nous ».) Il semblerait qu'au moins deux personnes sur les cinq vont mourir.

– *Un sera perdu dans la terre où il ne pleut pas de l'année*, a dit Beckendorf. À votre place, j'éviterais le désert.

Un murmure d'assentiment a parcouru l'assemblée.

– *Et il faudra résister à la malédiction du Titan*, a cité Silena. Qu'est-ce que ça peut bien signifier ?

J'ai surpris Chiron et Zoé qui échangeaient un regard inquiet, mais quelles que soient leurs pensées, ils ne nous en ont pas fait part.

– *Un périra de la main d'un parent*, a dit Grover entre deux bouchées de Vache qui rit et de balles de ping-pong. Comment est-ce possible ? Quel parent irait tuer son enfant ?

Un lourd silence s'est abattu sur la table.

J'ai jeté un coup d'œil à Thalia en me demandant si elle pensait la même chose que moi. Il y a de nombreuses années, Chiron avait eu une prophétie sur le prochain enfant d'un des Trois Grands – Zeus, Poséidon et Hadès – qui atteindrait l'âge de seize ans. Cet enfant allait prendre une décision qui sauverait ou détruirait les dieux à tout jamais – ou l'un, ou l'autre. À cause de cela, après la Seconde Guerre mondiale, les Trois Grands avaient fait le serment de ne plus avoir d'enfants. Mais

Thalia et moi étions nés quand même, et nous approchions tous les deux de nos seize ans, à présent.

Je me suis souvenu d'une conversation que j'avais eue avec Annabeth l'année dernière. Je lui avais demandé pourquoi, si j'étais aussi dangereux potentiellement, les dieux ne me tuaient pas, tout simplement.

Certains dieux aimeraient bien te tuer, avait-elle répondu, *mais ils craignent sans doute d'offenser Poséidon.*

Un parent olympien pouvait-il se retourner contre son enfant sang-mêlé ? Serait-il parfois plus facile de le faire mourir ? S'il y avait bien deux sang-mêlé qui devaient s'inquiéter de cette question, c'était Thalia et moi. Je me suis demandé si je n'aurais pas dû envoyer à Poséidon cette cravate à imprimé coquillages pour la fête des Pères, en fin de compte.

– Il y aura des morts, a déclaré Chiron. De cela, au moins, nous avons la certitude.

– Ah, chouette ! s'est exclamé Dionysos.

Tout le monde l'a regardé. Il a levé des yeux innocents de son magazine *Vins fins*.

– Euh, le pinot noir revient à la mode. Ne vous occupez pas de moi.

– Percy a raison, a dit Silena Beauregard. Il faudrait que deux pensionnaires y aillent.

– Je vois, a fait Zoé d'un ton sarcastique. Et je suppose que tu te portes volontaire ?

Silena a rougi.

– Je n'irai nulle part en compagnie des Chasseresses. Ne me regarde pas !

– Une fille d'Aphrodite qui ne veut pas qu'on la regarde, a raillé Zoé. Que dirait la tienne mère ?

– Arrêtez, a dit Beckendorf. (C'était un grand gaillard avec une grosse voix. Il ne parlait pas beaucoup, mais quand il le faisait, en général les gens écoutaient.) Commençons par les Chasseresses. Quelles sont les trois d'entre vous qui vont y aller ?

Zoé s'est levée.

– J'irai, bien sûr, et j'emmènerai Phoebe. C'est notre meilleure traqueuse.

– La grande fille qui aime taper les gens sur la tête ? a demandé Travis Alatir d'un ton prudent.

Zoé a acquiescé d'un geste.

– Celle qui m'a planté des flèches dans le casque ? a ajouté Connor.

– Oui, a répondu Zoé d'un ton sec. Pourquoi ?

– Oh, pour rien, a dit Travis. C'est juste que nous avons un tee-shirt de la boutique de la colonie pour elle. (Il a levé un grand tee-shirt argenté qui portait l'inscription ARTÉMIS DÉESSE DE LA LUNE, CHASSE D'AUTOMNE 2002, suivie d'une longue liste de parcs nationaux.) C'est un collector. Elle a flashé dessus. Tu veux bien le lui donner ?

Je savais que les Alatir tramaient quelque chose. Ils tramaient toujours quelque chose. Mais j'imagine que Zoé ne les connaissait pas aussi bien que moi. Elle s'est contentée de prendre le tee-shirt en soupirant.

– Comme je disais, a-t-elle repris, j'emmènerai Phoebe. Et j'aimerais que Bianca vienne.

Bianca a paru sonnée.

– Moi ? Mais... je suis toute nouvelle. Je ne vous serai d'aucune aide.

– Tu te débrouilleras très bien, a insisté Zoé. Il n'y a pas de meilleur moyen pour faire les tiennes preuves.

Bianca s'est tue. J'ai eu de la peine pour elle. Je me souvenais de la première quête qu'on m'avait confiée, quand j'avais douze ans. J'avais eu l'impression de ne pas être préparé du tout. J'étais honoré, certes, mais surtout plein de rancune et de peur. J'ai supposé que Bianca était en proie aux mêmes sentiments en cet instant même.

– Et les pensionnaires ? a demandé Chiron.

Son regard a croisé le mien sans que je puisse y lire ce qu'il pensait.

– Moi ! (Grover s'est levé si brusquement qu'il a heurté la table de ping-pong. D'un revers de main, il a chassé des miettes de crackers et des débris de balles de ping-pong de ses genoux.) Je ferais tout pour aider Artémis !

– Je ne crois pas, satyre, a dit Zoé en plissant le nez. Tu n'es même pas un sang-mêlé.

– Mais c'est un pensionnaire, est intervenue Thalia. Et il a des sens de satyre et maîtrise la magie sylvestre. As-tu appris à jouer un air de traque, Grover ?

– Absolument !

Zoé a flanché. J'ignorais ce qu'était un air de traque, mais Zoé semblait penser que c'était quelque chose de très utile.

– Très bien, a-t-elle dit. Et le deuxième pensionnaire ?

– Je viendrai.

Thalia s'est levée et a balayé l'assemblée du regard, comme si elle mettait quiconque au défi de contester sa décision.

Bon, maintenant je n'étais peut-être pas le roi de l'arithmétique, mais j'ai brusquement réalisé que nous avions atteint le nombre de cinq et que je n'étais pas dans le groupe.

– Attendez une seconde, ai-je dit. Je veux venir, moi aussi.

Thalia n'a pas bronché. Chiron m'observait toujours, le regard triste.

– Oh ! s'est écrié Grover, prenant soudain conscience du problème. Waouh, bien sûr, j'avais oublié ! Il faut que Percy y aille. Je ne voulais pas... Je vais rester. Percy doit y aller à ma place.

– Impossible, a dit Zoé. C'est un garçon. Je ne permettrai pas que les Chasseresses fassent route en compagnie d'un garçon.

– Vous êtes venues ici avec moi, lui ai-je rappelé.

– C'était une urgence à court terme et la déesse en avait donné l'ordre. Je ne compte pas traverser le pays et affronter de nombreux dangers en compagnie d'un garçon.

– Et Grover ? ai-je demandé.

Zoé a secoué la tête.

– Il ne compte pas. C'est un satyre. Techniquement, ce n'est pas un garçon.

– Hé ! a protesté Grover.

– Il faut que j'y aille, ai-je dit. Il faut que je participe à cette quête.

– Pourquoi ? a demandé Zoé. À cause de la tienne amie Annabeth ?

Je me suis senti rougir. Tout le monde me regardait et je détestais ça.

– Non ! Enfin, en partie. J'ai juste le sentiment qu'il faut que j'y aille !

Personne n'a pris ma défense. Monsieur D., toujours le nez dans son magazine, avait l'air de s'ennuyer. Silena, les frères Alatir et Beckendorf gardaient les yeux rivés sur la table. Bianca m'a lancé un regard compatissant.

– Non, a repris Zoé sur un ton catégorique. J'insiste. Je veux bien emmener un satyre s'il le faut, mais pas de héros mâle.

Chiron a soupiré.

– Il s'agit d'une quête pour Artémis, a-t-il dit. Les Chasseresses sont en droit d'approuver le choix de leurs compagnons.

Je me suis rassis, les oreilles bourdonnantes. Je savais que Grover et quelques autres me regardaient avec compassion, mais je n'avais pas le courage de croiser leurs regards. Je suis resté prostré tandis que Chiron concluait la réunion :

– Eh bien soit. Thalia et Grover accompagneront Zoé, Bianca et Phoebe. Vous partirez aux premières lueurs de l'aube. Et puissent les dieux – Chiron a jeté un coup d'œil à Dionysos –, compagnie présente incluse, espérons-nous, être avec vous.

Je ne suis pas allé dîner ce soir-là, ce qui s'est avéré une erreur car Grover et Chiron sont venus me trouver dans mon bungalow.

– Percy, je suis vraiment désolé ! s'est écrié Grover en s'asseyant à côté de moi sur mon lit de camp. Je ne savais pas qu'elles... que tu... Je te jure !

Il s'est mis à renifler et j'ai deviné que si je ne le réconfortais pas rapidement, il allait éclater en sanglots ou se mettre à grignoter mon matelas. Grover a tendance à manger des articles ménagers quand il est troublé.

– Ce n'est pas grave, ai-je menti. Ça va. Je t'assure.

La lèvre inférieure de Grover a tremblé.

– Je ne pensais même pas... J'étais tellement obsédé par l'idée d'aider Artémis. Mais je te promets que je chercherai Annabeth partout. Si je peux la trouver, je la trouverai.

J'ai hoché la tête en essayant d'ignorer l'énorme cratère qui se creusait dans ma poitrine.

– Grover, a dit Chiron, me laisserais-tu parler quelques instants avec Percy ?

– Bien sûr, a-t-il reniflé.

Chiron a attendu.

– Ah ! Tu veux dire seul, a fait Grover. Bien sûr, Chiron. (Il m'a regardé d'un air malheureux.) Tu vois ? Personne n'a besoin d'une chèvre.

Et il a trotté vers la porte en s'essuyant le nez contre sa manche.

Avec un soupir, Chiron s'est agenouillé sur ses pattes de cheval.

– Percy, je ne prétends pas comprendre les prophéties.

– Ouais. Peut-être parce qu'elles sont absurdes.

Chiron a contemplé la fontaine d'eau de mer qui chantait dans le coin de la pièce.

– Je n'aurais pas donné ma préférence à Thalia pour cette quête. Elle est trop impétueuse. Elle agit sans réfléchir. Elle est trop sûre d'elle.

– M'aurais-tu choisi ?

– Pour être franc, non. Thalia et toi, vous avez de nombreux points communs.

– Merci beaucoup.

Il a souri.

– La différence, c'est que tu es moins sûr de toi que Thalia. Ça peut être bien comme ça peut être mal. Mais il y a une chose dont j'ai la certitude : ensemble, vous seriez dangereux.

– On pourrait gérer.

– Comme vous avez géré au ruisseau ce soir ?

Je n'ai pas répondu. Il m'avait coincé.

– C'est peut-être pour le mieux, a poursuivi Chiron sur un ton songeur. Tu peux rentrer chez ta mère pour les vacances. Nous pourrons t'appeler si nous avons besoin de toi.

– Ouais, peut-être.

J'ai sorti Turbulence de ma poche et je l'ai posée sur ma table de chevet. À en juger par la façon dont se présentaient les choses, je ne m'en servirais que pour écrire mes cartes de vœux, et pour rien d'autre.

À la vue du stylo-bille, Chiron a grimacé.

– Pas étonnant que Zoé ne souhaite pas que tu l'accompagnes. Pas tant que tu auras cette arme.

Je n'ai pas compris ce qu'il entendait par là. Puis je me suis souvenu d'une chose qu'il m'avait dite il y a longtemps, le jour où il m'avait offert l'épée magique : *Elle a une histoire longue et tragique qu'il n'est pas nécessaire d'évoquer.*

J'allais l'interroger à ce sujet quand il a sorti une drachme d'or de sa sacoche de selle et me l'a lancée.

– Appelle ta mère. Dis-lui que tu vas rentrer demain matin. Ah, et, à titre informatif... j'ai beaucoup hésité à me proposer pour cette mission. Sans le dernier vers, je l'aurais fait.

Et un périra de la main d'un parent.

Je n'avais pas besoin de lui demander pourquoi. Je savais que le père de Chiron n'était autre que Cronos, le Seigneur des Titans. Si Chiron se lançait dans la quête, ce vers risquait de prendre tout son sens. Cronos n'aimait personne, pas même ses enfants.

– Chiron, tu sais ce qu'est cette malédiction du Titan, n'est-ce pas ?

Son visage s'est assombri. Il a porté trois doigts en griffe sur le cœur et les a repoussés loin de lui, un geste antique pour chasser le mauvais œil.

– Espérons que la prophétie ne signifie pas ce que je crois, a-t-il répondu. Et maintenant, bonne nuit, Percy. Et sache que ton heure viendra. J'en suis convaincu. Inutile de te précipiter.

Il a prononcé *ton heure* sur le ton que prennent les gens quand ils veulent dire *ta mort.* Je ne sais pas si c'était dans ce sens qu'il voulait employer ces mots, mais l'expression que j'ai vue dans ses yeux m'a fait peur et je ne lui ai posé aucune question.

Debout devant la fontaine d'eau de mer, la drachme d'or de Chiron au creux de ma main, je me demandais ce que j'allais bien pouvoir raconter à ma mère. Je n'étais vraiment pas d'humeur à entendre un adulte de plus me dire qu'il était urgent de ne rien faire, mais je devais bien reconnaître que ma mère avait droit à être tenue au courant.

J'ai inspiré à fond et lancé la pièce en l'air.

– Ô déesse, accepte mon offrande.

La brume a scintillé. Il venait tout juste assez de lumière de la salle de bains pour créer un arc-en-ciel diaphane.

– Montre-moi Sally Jackson, ai-je demandé. À Manhattan, New York.

Est alors apparue dans la brume une scène que je ne m'étais pas attendu à voir. Ma mère était assise à la table de notre cuisine avec un... homme. Ils riaient comme des baleines. Il y avait une grande pile de livres et de manuels devant eux. Le type devait avoir, je ne sais pas, trente et quelques années ; il avait des cheveux mi-longs, poivre et sel, et portait un blouson de cuir sur un tee-shirt noir. Un look d'acteur : le genre qui aurait pu jouer les flics en civil dans une série télé.

J'étais trop stupéfait pour parler mais, heureusement, ma mère et le type étaient tellement occupés qu'ils n'ont pas remarqué mon message-Iris.

– Sally, disait le gars, tu me fais trop rire. Je te ressers un peu de vin ?

– Non merci, je ne devrais pas. Mais vas-y, sers-toi.

– En fait, je te demanderais bien où sont les toilettes ?

– Au bout du couloir, a-t-elle répondu en se retenant de rire.

Le type au look d'acteur s'est levé en souriant et a quitté la pièce.

– Maman ! ai-je appelé.

Elle a sursauté si fort qu'elle a failli renverser la pile de livres. Et puis ses yeux se sont posés sur moi.

– Percy ! Oh, mon chéri ! Est-ce que tout va bien ?

– Qu'est-ce que tu fais ? ai-je demandé.

– Mes devoirs. (Elle a battu des paupières et fini par comprendre l'expression de mon visage.) Oh, chéri, c'est juste Paul... euh... M. Blofis. Il est dans mon atelier d'écriture.

– M. Bouffi ?

– Blofis. Il va revenir tout de suite, Percy. Dis-moi ce qui ne va pas.

Elle le sentait toujours, quand il y avait un problème. Je l'ai mise au courant de la disparition d'Annabeth. Et je lui ai parlé du reste, aussi, mais surtout d'Annabeth.

Maman avait les larmes aux yeux. Je voyais qu'elle faisait un gros effort pour maîtriser son chagrin devant moi.

– Oh, Percy...

– Ouais. Donc ils m'ont dit que je ne pouvais rien faire. Alors je crois que je vais rentrer à la maison.

Maman tournait son crayon entre ses doigts.

– Percy, tu sais à quel point j'aimerais que tu rentres à la maison – là, elle a soupiré comme si elle était en colère contre elle-même –, à quel point je voudrais te savoir en sécurité, mais je veux que tu comprennes une chose. Il faut que tu fasses ce que tu estimes être ton devoir.

– Qu'est-ce que tu veux dire ? lui ai-je demandé en la dévisageant.

– Je veux dire ceci : es-tu convaincu, tout au fond de ton cœur, que tu dois aider à la sauver ? Crois-tu que ce soit ce que tu dois faire ? Parce que je sais une chose à ton sujet, Percy. Ton cœur voit toujours juste. Va où il te porte.

– Tu... tu me dis d'y aller ?

Maman a pincé les lèvres.

– Je te dis que... que tu deviens trop grand pour que je te dise ce que tu dois faire. Je te dis que je te soutiendrai même si ce que tu décides de faire est dangereux. Je n'arrive pas à croire que je te dis ça.

– Maman...

On a entendu la chasse d'eau au bout du couloir.

– Je n'ai pas beaucoup de temps, a-t-elle repris. Percy, quelle que soit ta décision, je t'aime. Et je sais que tu feras ce qui est le mieux pour Annabeth.

– Comment peux-tu en être aussi sûre ?

– Parce qu'elle en ferait autant pour toi.

Et sur ces mots, maman a agité la main dans la brume et la liaison s'est dissipée en me laissant comme dernière image celle de son nouvel ami, M. Bouffi, qui se penchait vers elle en souriant.

Je ne me souvenais pas de m'être endormi, mais je me souvenais du rêve.

J'étais de nouveau dans cette sinistre grotte, à la voûte écrasante et basse. Annabeth était agenouillée sous le poids d'une masse sombre qui ressemblait à un tas de rochers. Elle était trop fatiguée pour crier. Ses jambes tremblaient. Je savais que d'une seconde à l'autre elle arriverait au bout de ses forces et la voûte de la caverne s'effondrerait sur elle.

– Comment va notre hôte mortelle ? a tonné une voix masculine.

Ce n'était pas Cronos. Cronos avait une voix rauque et métallique, comme une lame de couteau grattant la pierre. À plusieurs reprises, je l'avais entendu me narguer dans mes rêves. Cette voix-ci était plus grave et plus profonde, comme une guitare basse. Sa force faisait vibrer le sol.

Luke a surgi de la pénombre. Il a couru vers Annabeth, s'est agenouillé près d'elle puis s'est tourné vers l'homme que je ne voyais pas.

– Elle décline. Il faut faire vite.

L'hypocrite. Comme s'il en avait quelque chose à faire, de ce qui arrivait à Annabeth.

L'homme à la voix grave a gloussé. Il se trouvait dans l'ombre, à la lisière de mon rêve. Puis une main charnue a poussé quelqu'un dans la lumière : Artémis, prisonnière de chaînes en bronze céleste.

J'ai hoqueté de surprise. Sa robe argentée était en lambeaux. Elle avait le visage et les bras tailladés en plusieurs endroits et saignait de l'Ichor, le sang doré des dieux.

– Tu as entendu le garçon, a dit l'homme dans l'obscurité. À toi de choisir !

Les yeux d'Artémis lançaient des éclairs de colère. Je ne comprenais pas pourquoi elle n'ordonnait pas aux chaînes de se briser ou ne se volatilisait pas, mais elle n'avait pas l'air de pouvoir le faire. Peut-être que les chaînes l'en empêchaient, ou que quelque sombre magie était à l'œuvre dans cette horrible grotte.

La déesse a regardé Annabeth et la colère de son regard s'est muée en inquiétude et indignation.

– Comment oses-tu torturer ainsi une jeune fille !

– Elle va bientôt mourir, a dit Luke. Tu peux la sauver.

Annabeth a émis un faible gémissement de protestation. J'avais l'impression que mon cœur se déchirait. Je voulais courir la rejoindre, mais je ne pouvais pas bouger.

– Détache-moi, a dit Artémis.

Luke a dégainé Perfide, son épée. D'un coup de maître, il a tranché les chaînes de la déesse.

Artémis a couru vers Annabeth et lui a retiré son fardeau des épaules. Annabeth s'est écroulée au sol où elle est restée inerte, à peine parcourue de frissons. Artémis a titubé sous l'effort pour soutenir le poids des rochers noirs.

L'homme caché dans la pénombre a gloussé.

– Tu es aussi prévisible que facile à battre, Artémis.

– Tu m'as eue par surprise, a rétorqué la déesse, ployant sous son fardeau. Cela ne se reproduira pas.

– Ça, c'est sûr ! Te voici définitivement hors d'état de nuire ! Je savais que tu ne pourrais pas résister à porter secours à une jeune fille. C'est ta spécialité, ma chérie, après tout.

Artémis a grogné.

– Espèce de porc, a-t-elle dit. Tu ignores tout de la pitié.

– Là-dessus, nous sommes d'accord. Luke, tu peux tuer la fille, maintenant.

– Non, a crié Artémis.

Luke a paru hésiter.

– Elle... elle peut encore nous servir, mon général, a-t-il balbutié. Comme appât.

– Oh ! Tu y crois vraiment ?

– Oui, mon général. Ils viendront la chercher. J'en suis convaincu.

L'homme a réfléchi.

– Soit. En ce cas les drakaina peuvent la surveiller ici. En supposant qu'elle ne meure pas de ses blessures, tu peux la garder en vie jusqu'au solstice d'hiver. Après, si notre sacrifice se déroule comme prévu, sa vie n'aura plus aucune utilité. La vie de tous les mortels sera parfaitement inutile.

Luke a pris le corps inerte d'Annabeth dans ses bras et l'a emporté.

– Tu ne trouveras jamais le monstre que tu cherches, a dit Artémis. Ton plan échouera.

– Tu ignores tant de choses, ma jeune déesse, a répondu l'homme dissimulé dans la pénombre. À l'instant même où nous parlons, tes chères compagnes se lancent à ta recherche. Elles vont jouer mon jeu. Maintenant tu nous excuseras mais nous avons un long voyage devant nous. Nous devons accueillir tes Chasseresses et veiller à ce que leur quête soit assez... mouvementée.

Le rire de l'homme a résonné dans l'obscurité, faisant trembler le sol si fort que la voûte de la caverne a semblé sur le point de s'effondrer.

Je me suis réveillé en sursaut. J'étais sûr d'avoir entendu frapper fort.

J'ai balayé mon bungalow du regard. Dehors, il faisait noir. La fontaine d'eau de mer gazouillait toujours. Aucun autre bruit que le hululement d'une chouette dans les bois et le clapotis lointain des vagues sur la plage. Sur ma table de chevet, la casquette de base-ball d'Annabeth était prise dans un rayon de lune. Je l'ai regardée une seconde et puis... *BOUM, BOUM.*

Quelqu'un – ou quelque chose – tambourinait à ma porte.

J'ai saisi Turbulence et sauté de mon lit.

– Oui ?

CLOP, CLOP.

J'ai gagné la porte à pas feutrés.

J'ai dégainé l'épée, ouvert brusquement la porte et je me suis retrouvé nez à nez avec un pégase noir.

Waouh, patron ! a dit sa voix dans ma tête, tandis qu'il reculait, effrayé par la lame de l'épée. *J'ai pas envie de finir en hippokebab !*

Il a déployé ses ailes et le souffle d'air m'a chassé d'un pas en arrière.

– Blackjack ! me suis-je écrié, soulagé mais un peu agacé. On est en pleine nuit !

Blackjack a renâclé.

Même pas vrai, patron. Il est 5 heures du matin. Qu'est-ce que tu fabriques encore dans ton lit, à cette heure-là ?

– Combien de fois dois-je te dire de ne pas m'appeler « patron » ?

Comme tu voudras, patron. C'est toi qui commandes. C'est toi le chef.

Je me suis frotté les yeux en m'efforçant de masquer mes pensées au pégase. C'est ça le problème, quand on est fils de Poséidon : comme il a créé les chevaux avec de l'écume de mer, je comprenais la plupart des animaux équestres, mais eux aussi me comprenaient. Il arrivait que certains, et c'était le cas de Blackjack, m'adoptent.

Voyez-vous, Blackjack était prisonnier sur le bateau de Luke l'été dernier, jusqu'au jour où nous avons créé une petite diversion qui lui a permis de s'enfuir. Je n'y étais pas pour grand-chose, en réalité, mais Blackjack m'attribuait tout le mérite de son sauvetage.

– Blackjack, ai-je dit, tu es censé rester à l'écurie.

Pff ! Les écuries ! Parce que Chiron reste à l'écurie, peut-être ?

– Euh... non.

Exactement. Écoute, on a un autre petit ami marin qui a besoin d'aide.

– Encore ?

Ouais. J'ai dit aux hippocampes que je viendrais te chercher.

J'ai grogné. Dès que j'étais près de la plage, les hippocampes me demandaient de les aider à résoudre leurs problèmes. Et ils en avaient plein : des baleines échouées sur le rivage, des tortues prises dans des filets de pêche, des sirènes avec des hameçons... Ils m'appelaient pour que j'aille sous l'eau les aider.

– D'accord. J'arrive.

T'es le meilleur, patron.

– Et ne m'appelle pas « patron » !

Blackjack a poussé un petit hennissement. C'était peut-être un rire.

J'ai jeté un coup d'œil à mon lit douillet. Mon bouclier de bronze était toujours accroché au mur, cabossé et inutilisable. Et la casquette magique d'Annabeth était sur ma table de chevet. Sur un coup de tête, je l'ai fourrée dans ma poche. Je crois que je devais avoir l'intuition que je n'allais pas revoir mon bungalow de sitôt.

8 Je fais une promesse dangereuse

Blackjack m'a emmené à la plage et il faut bien reconnaître que c'était sympa. Raser les vagues à cent cinquante à l'heure, perché sur un cheval volant, les embruns dans la figure, j'aime autant vous dire que c'est autre chose que le ski nautique.

C'est ici. Blackjack a ralenti et décrit un cercle. *En profondeur, toujours tout droit.*

– Merci.

J'ai glissé de son dos et plongé dans la mer glacée.

Au cours des deux dernières années, j'avais acquis plus d'aisance pour ce genre d'opérations. Je pouvais me déplacer sous l'eau à ma guise, pratiquement, rien qu'en intimant aux courants marins de se réorganiser autour de moi et de me porter. Je n'avais aucune difficulté à respirer sous l'eau et mes vêtements ne se mouillaient jamais, sauf si je le voulais.

Je me suis enfoncé dans l'obscurité.

Six mètres, neuf mètres, douze mètres. La pression n'était pas pénible. Je n'avais jamais essayé de forcer pour voir s'il y avait une limite de profondeur que je ne pouvais pas dépasser. Je savais que la plupart des humains normaux ne pouvaient pas plonger au-delà de soixante mètres sans se ratatiner comme des boîtes d'aluminium. J'aurais dû être aveugle, aussi, à cette profondeur et en pleine nuit, mais je voyais la chaleur dégagée par les formes vivantes et le froid des courants. C'est difficile à décrire. Ce n'était pas comme une vision normale, mais je pouvais localiser chaque chose.

En me rapprochant du fond marin, j'ai aperçu trois hippocampes – des chevaux à queue de poisson – qui nageaient en cercle autour d'un bateau renversé. Ils étaient superbes à regarder. Leurs queues de poisson scintillaient de toutes les couleurs de l'arc-en-ciel, phosphorescentes. Ils avaient des crinières blanches et galopaient furieusement dans l'eau, comme des chevaux énervés par un orage. Quelque chose les perturbait.

Je me suis rapproché et j'ai vu quel était le problème. Une forme sombre – un animal quelconque – était à demi coincée sous le bateau et prise dans un filet de pêche, un de ces grands filets que les pêcheurs utilisent sur les chalutiers pour tout ratisser. Je détestais ces engins. Non seulement ils causaient la noyade de tortues et de dauphins, mais il arrivait que des animaux mythologiques se fassent prendre. Quand les filets s'emmêlaient, des pêcheurs paresseux se contentaient de s'en débarrasser d'un coup de couteau, laissant mourir l'animal prisonnier du piège.

Apparemment, cette malheureuse créature devait folâtrer au fond du détroit de Long Island quand elle s'était empêtrée dans le filet de ce bateau de pêche englouti. Elle avait dû tenter de se dégager et s'enferrer encore davantage, tout en entraînant le bateau avec elle. À présent la coque, perchée sur un gros rocher, vacillait et menaçait de tomber sur l'animal captif.

Les hippocampes nageaient frénétiquement tout autour de l'épave, désireux de porter secours à la créature mais sans trop savoir comment s'y prendre. L'un d'eux essayait de ronger le filet, seulement les dents d'hippocampe ne sont pas faites pour trancher de la corde. Les hippocampes sont très forts mais ils n'ont pas de mains et ils ne sont pas (hélas !) terriblement futés.

Libère-le, seigneur ! a dit l'un d'eux en m'apercevant.

J'ai nagé vers la créature prise dans les mailles. Au début, j'ai cru que c'était un jeune hippocampe. J'en avais déjà sauvé plusieurs. Mais alors j'ai entendu un drôle de son, un son qui n'avait pas sa place sous les eaux :

– Meuh !

Je me suis rapproché davantage de l'animal et j'ai découvert que c'était une vache. J'avais entendu parler des vaches marines, bien sûr, et des lamantins, tout ça, mais là il s'agissait d'une vraie vache avec une queue de serpent. Le haut de son corps avait l'apparence d'un veau – un bébé à la fourrure noir et blanc, avec de grands yeux marron tristes et un museau blanc – et la seconde moitié était une queue de serpent noir et marron bordée de nageoires tout du long, un peu comme une anguille géante.

– Waouh, mon petit gars, d'où tu sors, toi ?

L'animal m'a regardé de ses grands yeux tristes.

– Meuh !

Mais je n'ai pas pu comprendre ses pensées. Je ne parle que le cheval.

Nous ignorons ce que c'est, seigneur, a dit un des hippocampes. *Beaucoup de créatures bizarres se réveillent, ces temps-ci.*

– Ouais, ai-je murmuré, c'est ce que j'ai entendu dire.

J'ai dégainé Turbulence et la lame de bronze de l'épée s'est déployée dans ma main, étincelant dans l'obscurité.

Prise de panique, la vache-serpent s'est mise à gigoter.

– Hé ! Je ne vais pas te faire mal ! Laisse-moi juste couper ce filet.

Mais la vache-serpent s'est débattue de plus belle, s'empêtrant encore davantage dans les mailles. Le bateau a vacillé, menaçant de tomber sur elle, et la vase du fond s'est soulevée en nuages sombres. Affolés, les hippocampes se sont mis à hennir et ruer dans l'eau, ce qui n'arrangeait pas les choses.

– Ça va, ça va ! (J'ai rengainé l'épée et j'ai pris ma voix la plus calme possible pour que tous cessent de paniquer. J'ignorais si on pouvait se faire piétiner sous l'eau, mais je ne tenais pas à le vérifier.) Tout va bien. Pas d'épée. Tu vois ? Pas d'épée. Pensées calmes. Herbe marine. Mamans vaches. Végétariens.

La vache-serpent ne comprenait sans doute pas mes paroles mais elle réagissait au ton de ma voix. Les hippocampes étaient toujours nerveux, toutefois ils tournaient un petit peu moins vite autour de moi.

Libère-le, seigneur ! suppliaient-ils.

– Ouais, j'ai bien compris. Je réfléchis.

Comment pouvais-je libérer la vache-serpent alors qu'elle (j'ai estimé que ça devait être une femelle) paniquait à la vue d'une lame ? On aurait dit qu'elle avait déjà vu des épées et qu'elle savait combien elles étaient dangereuses.

– Bien, ai-je dit aux hippocampes. J'ai besoin que vous poussiez tous exactement comme je vous le demanderai.

On a commencé par le bateau. Ce n'était pas facile, mais avec une puissance de trois chevaux, nous sommes arrivés à déplacer l'épave de façon qu'elle ne menace plus de s'écraser sur le bébé vache-serpent. Ensuite je me suis attaqué au filet, démêlant maille après maille ; j'ai remis à leur place les plombs et les hameçons, fait passer les nœuds derrière les sabots de l'animal. Ça m'a pris une éternité – pire que la fois où j'avais entrepris de démêler les câbles de ma console de jeu vidéo. Et tout au long de la manœuvre je n'ai pas cessé de parler à la vache-serpent, lui assurant que tout allait bien, tandis qu'elle meuglait et gémissait.

– Ça va aller, Bessie. (Ne me demandez pas pourquoi je l'ai appelée comme ça ; j'ai trouvé que c'était un bon nom pour une vache, c'est tout.) Gentille vache, gentille...

Je suis enfin arrivé à bout du filet, et la vache-serpent, libérée, a foncé comme une flèche et fait une galipette dans l'eau.

Les hippocampes ont poussé des hennissements de joie.

Merci, seigneur !

– Meuh !

La vache-serpent est venue frotter son museau contre moi en me regardant tendrement de ses grands yeux marron.

– Ouais, t'es gentille, ai-je dit. Gentille vache. Fais bien attention à toi, maintenant, hein ?

Ce qui m'a rappelé que j'étais sous l'eau depuis... combien de temps ? Au moins une heure. Il fallait que je regagne mon bungalow en vitesse, avant qu'Argus et les harpies découvrent que j'avais enfreint le couvre-feu.

Je suis remonté en flèche à la surface. Aussitôt, Blackjack a piqué vers moi et m'a tendu le cou. J'ai grimpé sur son dos et il m'a ramené vers la plage.

Alors, patron, ça s'est bien passé ?

– Ouais. On a sauvé un bébé je sais pas quoi. Ça a pris une éternité. J'ai failli me faire piétiner par les hippocampes.

Les bonnes actions sont toujours dangereuses, patron. Tu te souviens quand tu m'as sauvé la crinière ?

Je n'arrêtais pas de penser à mon rêve, à cette image d'Annabeth inanimée dans les bras de Luke. Je me démenais pour sauver des bébés monstres, mais je n'étais pas fichu de sauver mon amie.

Alors que Blackjack mettait le cap sur mon bungalow, j'ai tourné la tête par hasard vers le pavillon-réfectoire. J'ai aperçu la silhouette d'un garçon accroupi derrière une colonne corinthienne, comme s'il se cachait.

C'était Nico, et le jour ne pointait même pas encore. On était à des heures du petit déjeuner. Qu'est-ce qu'il fabriquait là ?

J'ai hésité. Je n'avais aucune envie de donner l'occasion à Nico de me parler de son Mythomagic, mais il y avait quelque chose qui clochait. Je le voyais à la façon dont il était tapi.

– Blackjack, ai-je demandé, tu peux me déposer là, juste derrière cette colonne ?

J'ai failli tout faire foirer.

J'ai grimpé les marches et j'arrivais derrière Nico, qui ne m'avait pas vu du tout. Il était caché derrière une colonne et pointait furtivement le nez pour observer le réfectoire. J'étais à un mètre cinquante de lui et j'allais m'écrier : *Qu'est-ce que tu fais ?* bien fort, quand je me suis enfin rendu compte qu'il jouait son petit Grover : il espionnait les Chasseresses.

J'ai entendu des voix : deux filles qui parlaient entre elles, assises à une des tables. À cette heure improbable ? Vous me direz, quand on sert la déesse de l'aube...

J'ai sorti la casquette magique d'Annabeth et l'ai mise sur ma tête.

Je ne me suis pas senti changé, mais lorsque j'ai levé les bras, je ne les ai pas vus. J'étais devenu invisible.

Je me suis rapproché de Nico sur la pointe des pieds et j'ai jeté un coup d'œil par-dessus son épaule. J'avais du mal à distinguer les filles dans le noir, mais je reconnaissais leurs voix : Zoé et Bianca. Elles étaient en grande conversation.

– Ça ne se guérit point, disait Zoé. Pas rapidement, en tout cas.

– Mais comment a-t-elle attrapé ça ? a demandé Bianca.

– Un mauvais tour, a grommelé Zoé. Ces frères Alatir, du bungalow d'Hermès. Le sang de Centaure est comme un acide, tout le monde le sait. Ils en avaient aspergé l'intérieur du tee-shirt « Chasse d'automne d'Artémis ».

– C'est horrible !

– Elle survivra, mais elle risque d'être alitée pour plusieurs semaines et d'avoir de violentes poussées d'urticaire. Il n'est pas question qu'elle nous accompagne. Désormais, la quête est entre mes mains... et les tiennes.

– Mais la prophétie ? Si Phoebe ne peut pas venir, nous ne serons plus que quatre. Il faut que nous choisissions une cinquième personne.

– Nous n'avons pas le temps, a objecté Zoé. Nous devons partir aux premières lueurs de l'aube. C'est-à-dire tout de suite. Par ailleurs, la prophétie disait que nous perdrions un membre de notre équipe.

– *Dans la terre où il ne pleut pas de l'année,* a dit Bianca. Ça ne peut pas être ici.

– Ça pourrait, a riposté Zoé, sans paraître très convaincue pour autant. La colonie a une limite magique. Rien, pas même les intempéries, ne peut y pénétrer sans autorisation. Ça peut être un lieu où il ne pleut pas de l'année.

– Mais...

– Bianca, écoute-moi. (La voix de Zoé était tendue.) Je... je ne sais pas comment te l'expliquer, mais je sens que nous *ne devons pas* choisir une cinquième personne. Ce serait trop dangereux. Elle connaîtrait un sort pire que celui de Phoebe. Je ne veux pas que Chiron nous affecte un pensionnaire comme cinquième coéquipier. Et... je ne veux pas exposer une autre Chasseresse au danger.

Bianca s'est tue un instant, puis elle a dit :

– Tu devrais raconter le reste de ton rêve à Thalia.

– Non. Cela ne nous aiderait en rien.

– Mais si tes soupçons s'avèrent justifiés, pour le Général...

– Tu m'as donné la tienne parole de ne pas en parler, a dit Zoé, d'une voix très angoissée. Nous découvrirons de quoi il retourne bien assez tôt. Viens, maintenant. L'aube point.

Nico a fait un bond pour s'écarter de leur passage. J'ai été moins rapide que lui.

Quand les filles ont dévalé les marches, Zoé a failli me rentrer dedans. Elle s'est immobilisée, plissant les yeux. Sa main a grimpé vers son arc, mais à ce moment-là, Bianca a lancé :

– Les lumières de la Grande Maison sont allumées. Dépêchons-nous !

Et Zoé l'a suivie.

Je savais ce que Nico avait en tête. Il a inspiré à fond et il allait s'élancer sur les pas de sa sœur quand j'ai retiré la casquette d'invisibilité.

– Attends ! lui ai-je dit.

Il a failli glisser sur les marches verglacées en se retournant vers moi.

– D'où tu sors ?

– J'étais là depuis le début. Invisible.

Il a articulé silencieusement le mot *invisible*.

– Waouh ! Cool.

– Comment savais-tu que Zoé et ta sœur seraient là ?

Nico a rougi.

– Je les ai entendues passer devant le bungalow d'Hermès. Je... je ne dors pas très bien à la colonie. Alors j'ai entendu des bruits de pas, et puis des chuchotements. Alors je les ai suivies, si tu veux.

– Et maintenant, tu envisages de les suivre dans leur quête ?

– Comment tu le sais ?

– Parce que si c'était ma sœur, j'aurais peut-être la même idée. Mais tu ne peux pas.

– Parce que je suis trop petit ? a-t-il riposté avec une lueur de défi dans le regard.

– Parce qu'elles ne te laisseront pas les accompagner. Elles te verront et elles te renverront ici. Et... ouais, parce que tu es trop petit. Tu te souviens du manticore ? Il y en aura plein d'autres, des comme ça. Et même plus dangereux. Certains héros vont mourir.

Les épaules de Nico se sont affaissées. Il s'est mis à se balancer d'un pied sur l'autre.

– T'as peut-être raison, a-t-il admis. Mais, toi, tu pourrais y aller à ma place !

– Quoi ?

– Tu peux devenir invisible. Tu peux y aller !

– Les Chasseresses n'aiment pas les garçons, lui ai-je rappelé. Si elles découvrent...

– Ne te fais pas voir. Suis-les en invisible et veille sur ma sœur ! Il faut que tu le fasses. S'il te plaît ?

– Nico...

– Tu comptes y aller, de toute façon, non ?

J'avais envie de dire non. Mais il m'a regardé droit dans les yeux et je me suis senti incapable de lui mentir.

– Ouais. Il faut que je retrouve Annabeth. Il faut que je les aide, même si elles ne le veulent pas.

– Je ne cafterai pas. Mais tu dois me promettre de protéger ma sœur.

– Je... c'est une promesse difficile, Nico, dans une quête comme celle-ci.

– Promets-moi, a-t-il insisté.

– Je ferai de mon mieux. Je peux te promettre ça.

– Pars, alors. Et bonne chance !

C'était de la folie. Je n'avais pas fait mes bagages. Je n'avais rien d'autre que la casquette, l'épée et les vêtements que je portais. J'étais censé rentrer chez moi, à New York, ce matin même.

– Dis à Chiron...

– T'en fais pas, a fait Nico avec un sourire en coin. J'inventerai quelque chose. Je suis très fort pour ça. Vas-y !

J'ai mis la casquette d'Annabeth et je suis parti à toutes jambes. Je suis devenu invisible à l'instant où le soleil perçait. Arrivé en haut de la colline des Sang-Mêlé, j'ai vu la camionnette de la colonie qui s'éloignait le long du chemin de la ferme – Argus conduisait sans doute le groupe chargé de la quête à New York. Ensuite, ce serait à eux de jouer.

Je me suis senti un peu coupable, et stupide par-dessus le marché. Comment allais-je les suivre ? En courant sur mes petites jambes ?

C'est alors que j'ai entendu un grand battement d'ailes. Blackjack s'est posé à côté de moi. L'air de rien, il s'est mis à brouter quelques brins d'herbe qui pointaient à travers la glace.

M'est avis, patron, que t'as besoin d'un cheval pour filer. Je me trompe ou ça t'intéresse ?

J'ai senti la reconnaissance me nouer la gorge, mais je suis arrivé à articuler :

– Ouais. Filons.

9 J'APPRENDS À FAIRE POUSSER DES ZOMBIES

Le problème, quand on se déplace à dos de pégase pendant la journée, c'est que si on ne fait pas attention on peut provoquer de graves accidents sur l'autoroute. Je devais veiller à rester au-dessus des nuages, heureusement assez bas en hiver. On a foncé en essayant de ne pas perdre de vue la camionnette blanche de la colonie. Et s'il faisait froid au sol, vous pouvez imaginer la température qui sévissait dans les airs, sans parler de la pluie glaciale qui me cinglait le visage.

Je regrettais de ne pas avoir mis un de ces Thermolactyl orange marqués « Colonie des Sang-Mêlé » qu'ils vendent au magasin de la colonie ; cela dit, après ce qui était arrivé à Phoebe avec le tee-shirt imbibé de sang de centaure, je ne faisais qu'à moitié confiance à leurs marchandises.

Nous avons perdu la camionnette deux fois, mais j'étais quasiment sûr qu'ils passeraient d'abord par Manhattan, donc je n'ai pas eu trop de mal à les retrouver.

Il y avait des bouchons à cause des vacances. Ils sont arrivés en ville en milieu de matinée seulement. J'ai dit à Blackjack de se poser au sommet du Chrysler Building, le célèbre gratte-ciel du centre-ville, et je m'attendais à voir la camionnette blanche entrer dans la gare routière, mais elle a continué de rouler.

– Où Argus les emmène-t-il ? ai-je grommelé.

Oh, c'est pas Argus qui conduit, patron. C'est cette fille, là.

– Quelle fille ?

La Chasseresse. Celle qui a le diadème argenté dans les cheveux.

– Zoé ?

Ouais, c'est elle. Hé, regarde ! Une boutique à beignets. On peut en acheter quelques-uns ?

J'ai essayé d'expliquer à Blackjack qu'emmener un cheval volant dans une boutique à beignets donnerait une attaque à tous les policiers du quartier, mais il n'avait pas l'air convaincu. Et pendant ce temps, la camionnette s'éloignait dans la direction du Lincoln Tunnel. Il ne m'était jamais venu à l'idée que Zoé savait conduire. À la voir, on ne lui donnait pas seize ans. Cela dit, elle était immortelle. Je me suis demandé si elle avait son permis de conduire et, dans ce cas, quelle date de naissance pouvait bien y figurer.

– Bien. Rattrapons-les.

Nous allions sauter du Chrysler Building quand Blackjack a poussé un hennissement effrayé et failli me faire tomber. Quelque chose s'enroulait comme un serpent autour de ma jambe. J'ai attrapé mon épée, mais lorsque j'ai baissé les yeux, je n'ai pas vu de serpent. Des vrilles – des vrilles de vigne – avaient jailli entre les interstices des pierres du gratte-ciel. Elles grimpaient le long des pattes de Blackjack et ligotaient mes chevilles, nous empêchant complètement de bouger.

– On se promène ? a fait la voix de Monsieur D.

Il était appuyé contre le building, les pieds en suspension dans l'air, son survêtement léopard et ses cheveux noirs flottant au vent.

Alerte au dieu ! a hurlé Blackjack. *C'est le mec du vin !*

Monsieur D. a poussé un soupir exaspéré.

– Le prochain qui m'appelle « le mec du vin », qu'il soit humain ou *cheval*, je le change en bouteille de merlot !

– Monsieur D., ai-je dit en m'efforçant de parler calmement malgré cette vigne folle qui continuait de s'entortiller autour de mes jambes. Qu'est-ce que vous voulez ?

– Qu'est-ce que *je veux* ? Tu t'imaginais peut-être que le directeur immortel et tout-puissant de la colonie ne remarquerait pas que tu es parti sans autorisation ?

– Ben... peut-être.

– Je devrais te jeter du haut du building sans le cheval volant, pour voir quel genre de héros tu fais en tombant.

J'ai serré les poings. Je savais bien que j'avais intérêt à la fermer, mais Monsieur D. allait soit me tuer, soit me ramener à la colonie couvert de honte, et je ne supportais aucune de ces deux perspectives.

– Pourquoi me détestez-vous autant ? lui ai-je demandé. Qu'est-ce que je vous ai fait ?

Des flammes violettes ont tremblé dans ses yeux.

– Tu es un héros, mon garçon. Je n'ai pas besoin d'autre raison.

– Il *faut* que je me joigne à cette quête ! Il faut que j'aide mes amis. C'est quelque chose que vous ne pouvez pas comprendre !

Euh, patron, a glissé Blackjack d'une voix inquiète. *Rapport à comment nous sommes ficelés dans cette végétation à trois cents mètres du sol, ce serait une bonne idée de rester poli.*

Les vrilles se sont resserrées autour de mes jambes. À terre, la camionnette s'éloignait de plus en plus. Bientôt, nous allions la perdre de vue.

– Je ne vous ai jamais parlé d'Ariane ? a demandé Monsieur D. Une jeune princesse crétoise ravissante ? Elle aussi, elle aimait aider ses amis. En fait, elle a aidé un jeune héros du nom de Thésée, fils de Poséidon lui aussi. Elle lui a donné une pelote de fil magique qui lui a permis de sortir du labyrinthe. Et sais-tu comment Thésée l'a remerciée ?

J'avais envie de répondre : *Je m'en fiche pas mal !* Mais je me suis dit que Monsieur D. ne finirait pas son histoire plus vite pour autant.

– Ils se sont mariés, ai-je dit. Ils vécurent heureux et eurent beaucoup d'enfants.

– Pas tout à fait, a rétorqué Monsieur D. avec un rictus. Thésée avait *dit* qu'il l'épouserait. Il l'a prise à bord de son bateau et ils ont fait voile vers Athènes. À mi-chemin, sur une petite île du nom de Naxos, il... quel est le mot que vous employez, aujourd'hui, vous autres mortels ?... il l'a *larguée*. Je l'ai trouvée là, tu sais. Toute seule. Le cœur brisé. Pleurant toutes les larmes de son corps. Elle avait tout abandonné, renoncé à tout ce qu'elle connaissait, pour aider un jeune héros fringant qui l'a jetée comme une vieille sandale.

– C'est mal. Mais ça s'est passé il y a des milliers d'années. Quel rapport avec moi ?

Monsieur D. m'a toisé d'un regard froid.

– Je suis tombé amoureux d'Ariane, mon garçon. J'ai guéri son cœur meurtri. Et lorsqu'elle est morte, j'en ai fait mon épouse immortelle sur l'Olympe. Elle m'attend en ce moment même. J'irai la retrouver dès que j'en aurai fini de ce siècle infernal de punition à votre colonie ridicule.

– Vous... vous êtes marié ? ai-je demandé en le dévisageant avec stupéfaction. Mais je croyais que vous aviez eu des ennuis parce que vous aviez pourchassé une nymphe des bois...

– Là où je veux en venir, c'est que vous ne changez jamais, vous autres les héros. Vous nous accusez, nous les dieux, d'être vaniteux, mais vous feriez mieux de vous regarder ! Vous prenez ce que vous voulez, vous utilisez qui peut vous servir et puis vous trahissez tout le monde autour de vous. Alors tu m'excuseras si je n'aime pas les héros. C'est un ramassis d'égoïstes ingrats. Demande à Ariane. Ou à Médée. Demande donc à Zoé Nightshade, d'ailleurs.

– Demander à Zoé ? Que voulez-vous dire ?

Avec un geste dédaigneux de la main, Monsieur D. m'a lancé :

– Va, va. Suis tes imbéciles d'amis.

J'ai senti les vrilles se dénouer à mes chevilles.

– Vous... vous me laissez partir ? ai-je demandé en écarquillant les yeux. Comme ça ?

– La prophétie dit que vous serez au moins deux à mourir. Avec un peu de chance, tu seras l'un des deux. Mais écoute-moi bien, fils de Poséidon : que tu vives ou que tu meures, au bout du compte tu montreras que tu ne vaux pas mieux que les autres héros.

Sur ces mots, Dionysos a claqué des doigts. Son image s'est repliée comme une page électronique. Et puis, avec un bruit de bouchon qui saute, il a disparu en laissant une légère odeur de raisin que le vent a vite emportée.

On a eu chaud, patron, a dit Blackjack.

J'ai hoché la tête, pourtant je me serais peut-être moins inquiété si Monsieur D. m'avait ramené à la colonie. S'il m'avait laissé partir, c'est qu'il devait vraiment croire que nous courions de gros risques de périr dans cette quête.

– Viens, Blackjack, ai-je dit d'une voix que je voulais enthousiaste. Je vais t'acheter des beignets dans le New Jersey.

Finalement je n'ai pas acheté de beignets à Blackjack dans le New Jersey. Zoé a roulé vers le sud comme une folle et nous avions déjà atteint l'État du Maryland quand elle s'est enfin arrêtée sur une aire de repos. Blackjack était à deux doigts de dégringoler du ciel, tant il était fatigué.

Ça va aller, patron, a-t-il haleté. *Je... je reprends juste mon souffle.*

– Reste là, lui ai-je ordonné. Je vais en repérage.

Rester là, ça je peux faire. C'est dans mes cordes.

J'ai mis la casquette d'invisibilité et je me suis dirigé vers la supérette. Je devais faire un effort pour ne pas me recroqueviller sur moi-même en marchant et me souvenir que personne ne me voyait. C'était difficile, parce que je devais aussi penser à m'écarter à temps pour que les gens ne me rentrent pas dedans.

Je comptais rentrer dans le magasin et me réchauffer, prendre un chocolat chaud peut-être. J'avais quelques pièces de monnaie dans ma poche ; je pouvais les laisser sur le comptoir. J'étais en train de me demander si le gobelet deviendrait invisible quand je l'attraperais ou si je me retrouverais avec un problème de chocolat chaud volant quand mon plan a été fichu en l'air par Zoé, Thalia, Grover et Bianca qui sont tous sortis du magasin ensemble.

– Tu es certain, Grover ? disait Thalia.

– Oui... plutôt certain. À quatre-vingt-quinze pour cent. D'accord, à quatre-vingt-cinq pour cent.

– Et tu as fait ça avec des glands de chêne ? a demandé Bianca, comme si elle avait du mal à y croire.

Grover a paru offensé.

– C'est un sortilège de traque séculaire. Je veux dire, je suis quasiment certain que je l'ai fait comme il fallait.

– Washington est à quatre-vingt-dix kilomètres d'ici, a dit Bianca. Avec Nico... (Elle a froncé les sourcils.) On y a habité. C'est... C'est bizarre. J'avais oublié.

– Je n'aime pas ça du tout, est intervenue Zoé. Nous devrions mettre le cap sur l'ouest. La prophétie disait *ouest*.

– Ah, parce que tes talents de traque sont supérieurs, peut-être ? a grogné Thalia.

Zoé s'est avancée d'un pas vers elle.

– Tu doutes de mes talents, grouillotte ? Tu n'as aucune idée de ce que ça signifie d'être Chasseresse !

– Grouillotte, vraiment ? Tu me traites de grouillotte ? Et c'est quoi, une grouillotte, on peut savoir ?

– Oh, vous deux ! s'est exclamé Grover d'un ton énervé. Vous n'allez pas recommencer !

– Grover a raison, a dit Bianca. On devrait aller à Washington.

Zoé, qui n'avait pas l'air convaincue, a hoché la tête à contrecœur.

– Très bien, a-t-elle dit. Reprenons la route.

– On va se faire arrêter, avec toi au volant, a grommelé Thalia. J'ai l'air plus près des seize ans que toi.

– Peut-être, a rétorqué Zoé, mais je conduis depuis l'invention de l'automobile. Allons-y.

Pendant que Blackjack et moi volions vers le sud en suivant la camionnette, je me suis demandé si Zoé avait plaisanté ou non. Je ne savais pas à quand exactement remontait l'invention de l'automobile, mais je la situais dans la préhistoire, en gros : au temps où les gens avaient des télés noir et blanc et chassaient le dinosaure.

Mais quel âge avait Zoé ? Et à quoi Monsieur D. avait-il fait allusion ? Quelle mésaventure avait-elle connue avec des héros ?

Quand nous nous sommes approchés de Washington, Blackjack a commencé de ralentir et perdre de l'altitude. Il respirait bruyamment.

– Ça va ? lui ai-je demandé.

Au poil, patron... Je pourrais affronter une armée.

– Tu ne m'as pas l'air tellement en forme.

Soudain, je me suis senti coupable. Ça faisait une demi-journée, non-stop, que je faisais galoper le pégase pour suivre la circulation. Même pour un cheval volant, ça devait être épuisant.

T'inquiète ! Je suis costaud.

J'ai pensé que ça devait être vrai, mais je me suis aussi dit que Blackjack était du genre à crever à la tâche plutôt que de se plaindre et, ça, il n'en était pas question.

Heureusement, la camionnette a commencé à ralentir. Elle a traversé le Potomac pour se diriger vers le centre-ville de Washington. J'ai alors pensé aux patrouilles aériennes et autres missiles. Je ne savais pas comment marchaient tous ces systèmes de défense, ni même si les pégases pouvaient être repérés par un radar militaire lambda, mais je ne tenais pas à l'apprendre en me faisant abattre.

– Dépose-moi ici. Ça ira.

Blackjack était tellement épuisé qu'il n'a pas protesté. Il a piqué vers le monument de Washington et m'a déposé sur la pelouse.

La camionnette était à quelques centaines de mètres, garée au bord du trottoir.

J'ai regardé Blackjack.

– Je veux que tu rentres à la colonie, lui ai-je ordonné. Que tu te reposes. Que tu broutes. Ne t'inquiète pas pour moi, ça ira.

Il a incliné la tête, l'air sceptique.

T'es sûr, patron ?

– Tu en as déjà fait plus qu'assez. Je vais me débrouiller. Un énorme merci.

Un énorme tas de foin, peut-être. Ça me paraît une bonne idée. D'accord, patron, mais sois prudent. J'ai comme qui dirait l'impression qu'ils ne sont pas venus ici pour rencontrer une créature avenante et sympathique comme moi.

J'ai promis à Blackjack que je serais prudent et il a décollé, décrit deux cercles au-dessus du monument puis disparu entre les nuages.

J'ai jeté un coup d'œil vers la camionnette. Ils en descendaient tous. Grover a montré du doigt un des grands bâtiments du National Mall, l'avenue de Washington entièrement bordée de musées. Thalia a hoché la tête et tous les quatre sont partis dans le froid mordant.

J'ai commencé à les suivre. Et je me suis figé sur place.

Au coin de la rue suivante, la portière d'un break noir s'est ouverte. Un type aux cheveux gris coupés à la tondeuse, façon militaire, en est sorti. Il portait des lunettes de soleil foncées et un manteau noir. Bon, maintenant, peut-être qu'à Washington il fallait s'attendre à voir ce genre de gars à tous les coins de rue. Sauf que je me suis rendu compte que j'avais vu cette voiture à deux ou trois reprises sur l'autoroute, en venant ici : elle suivait la camionnette.

Le type a sorti son téléphone portable et dit quelques mots. Puis il a regardé autour de lui, comme pour vérifier que la voie était libre, avant de prendre la direction du Mall, emboîtant le pas à mes amis.

Et le pire, c'était ceci : quand il s'est tourné, j'ai reconnu son visage. C'était le professeur Thorn, le manticore de Westover Hall.

Coiffé de la casquette d'invisibilité, j'ai suivi Thorn de loin. Mon cœur battait à se rompre. S'il avait survécu à cette chute du haut de la falaise, Annabeth devait avoir survécu elle aussi. Mes rêves disaient vrai. Elle était vivante, retenue prisonnière quelque part.

Thorn se tenait à bonne distance de mes amis, soucieux de ne pas se faire voir.

Au bout d'un moment, Grover s'est arrêté devant un grand édifice qui portait l'inscription : MUSÉE NATIONAL DE L'AIR ET DE L'ESPACE. Le grand complexe de musées de Washington ! J'étais déjà venu avec ma mère, il y a un million d'années, mais à l'époque tout m'avait paru bien plus grand.

Thalia a poussé la porte. Le musée était ouvert, mais peu de gens entraient. Il faisait trop froid et c'étaient les vacances. Mes amis se sont engouffrés à l'intérieur du bâtiment.

Le professeur Thorn a hésité. Je n'ai pas compris pourquoi, mais il n'est pas entré dans le musée. Il a tourné les talons et il est reparti dans la direction du Mall. J'ai pris ma décision en un quart de seconde : je l'ai suivi.

Thorn a traversé la rue et gravi les marches du muséum d'Histoire naturelle. Un grand panneau était affiché sur la porte. Au premier regard j'ai cru qu'il disait : FERMÉ POUR CAUSE DE DÉCEPTION PRIVÉE. Puis j'ai compris que ça devait être RÉCEPTION.

J'ai suivi le professeur Thorn dans une immense galerie pleine de squelettes de mastodontes et de dinosaures. Des bruits de voix me parvenaient d'une salle plus avant dans le bâtiment, derrière des doubles portes surveillées par deux gardiens. Ils ont ouvert à Thorn et j'ai dû piquer un petit sprint pour entrer moi aussi avant qu'ils ne referment.

La vision à laquelle j'ai été brusquement confronté était si horrible que j'ai failli laisser échapper un cri, ce qui m'aurait sans doute coûté la vie.

J'avais déboulé dans une immense salle ronde, avec un balcon intérieur qui faisait tout le tour de l'étage du dessus. Une douzaine de gardiens humains, au moins, étaient en faction là-haut sur le balcon, plus deux monstres – des femmes-reptiles dotées d'un double corps de serpent en guise de jambes. J'en avais déjà vu. Annabeth les avait appelées des « drakaina de Scythie ».

Mais ce n'était pas le pire. Debout entre les femmes-serpents – et j'aurais juré qu'il me regardait – se tenait mon vieil ennemi Luke. Il avait une mine abominable. Le teint blême, les cheveux blond terne et presque gris, comme s'il avait pris dix ans en quelques mois. Et toujours cette étincelle de colère qui brillait dans ses yeux, de même que la cicatrice qui lui barrait la joue, souvenir d'un coup de griffes asséné par un dragon. Mais à présent la cicatrice était d'un rouge hideux, comme si elle s'était rouverte récemment.

Près de lui se trouvait un autre homme, assis et en partie caché dans la pénombre. Tout ce que je voyais de lui, c'étaient ses mains sur les accoudoirs dorés de son fauteuil, qui m'a fait penser à un trône.

– Alors ? a demandé cet homme.

Sa voix était exactement semblable à celle que j'avais entendue dans mon rêve : pas aussi terrifiante que celle de Cronos, mais plus grave et plus forte, comme si c'était la Terre elle-même qui parlait. Elle emplissait la salle alors qu'il ne criait même pas.

Le professeur Thorn a retiré ses lunettes de soleil. Ses yeux vairons, un bleu et un marron, brillaient d'excitation. Il s'est incliné avec raideur puis a annoncé avec son drôle d'accent français :

– Ils sont là, mon général.

– Je sais, espèce d'imbécile, a tonné l'homme. Mais où exactement ?

– Au musée des Fusées.

– Au musée de l'Air et de l'Espace, a corrigé Luke d'un ton agacé.

– Comme vous voudrez, mon commandant, a dit Thorn en lui lançant un regard noir.

J'ai eu l'impression qu'il aurait cent fois préféré embrocher Luke avec un de ses dards plutôt que de l'appeler « mon commandant ».

– Combien sont-ils ? a demandé Luke.

Thorn a fait semblant de ne pas entendre.

– Combien ? a répété le Général.

– Quatre, mon général, a répondu Thorn. Le satyre, Grover Underwood. Et la fille aux cheveux hérissés avec la tenue, comment on dit ? la tenue *punk*, et l'horrible bouclier.

– Thalia, a dit Luke.

– Et deux autres filles, des Chasseresses. L'une d'elles a un diadème argenté.

– Je la connais, celle-là, a grommelé le Général.

Tout le monde, dans la salle, a paru soudain mal à l'aise.

– Permets-moi de les capturer, a dit Luke au Général. Nous avons plus qu'assez de...

– Patience. Ils ont déjà de quoi faire. Je leur ai envoyé un petit camarade de jeu qui devrait les occuper.

– Mais...

– Nous ne pouvons pas prendre le risque de te perdre, mon garçon.

– Oui, *garçon*, a repris le professeur Thorn avec un sourire cruel. Tu es beaucoup trop fragile pour qu'on t'expose au danger. C'est moi qui devrais les achever.

– Non.

Le Général s'est levé de son fauteuil et je l'ai vu pour la première fois.

Il était grand et musclé, avec la peau brun clair et des cheveux noirs lissés en arrière. Il portait un luxueux costume en soie comme les gros bonnets de la Bourse, à Wall Street, mais ce type-là ne risquait pas de passer pour un courtier. Il avait le visage brutal, des épaules immenses et des mains capables de briser un mât aussi facilement qu'une simple baguette. Des yeux de pierre. J'ai eu l'impression de regarder une statue vivante. C'était même étonnant qu'il puisse bouger.

– Tu m'as déjà déçu une fois, Thorn, a poursuivi le Général.

– Mais, mon général...

– Pas d'excuses !

Thorn a accusé le coup. Je l'avais trouvé effrayant la première fois que je l'avais vu dans son uniforme noir, à l'académie militaire, mais à présent, debout à côté du Général, Thorn avait l'air d'un soldat d'opérette. Le Général, ça c'était du sérieux. Il n'avait pas besoin d'uniforme, lui. Il était né pour commander.

– Je devrais te jeter dans les fosses du Tartare pour ton incompétence, a dit le Général. Je t'envoie capturer un enfant d'un des trois grands dieux et tu me ramènes une maigrelette fille d'Athéna.

– Mais tu m'avais promis vengeance ! a protesté Thorn. Tu m'avais promis un poste de commandement !

– Je suis le commandant en chef du seigneur Cronos, a tonné le Général. J'entends m'entourer de lieutenants qui obtiennent des résultats ! Sans Luke, nous n'aurions jamais pu sauver le coup. Alors maintenant, Thorn, disparais de ma vue. Je t'appellerai quand j'aurai une quelconque besogne à te confier.

Thorn est devenu rouge de rage. J'ai cru qu'il allait se mettre à écumer ou à projeter des dards empoisonnés, mais il s'est contenté de s'incliner gauchement puis il a quitté la pièce.

Le Général s'est tourné vers Luke.

– Bien, mon garçon. La première chose que nous devons faire, c'est isoler la sang-mêlé dénommée Thalia. Après quoi le monstre que nous cherchons se montrera pour la rejoindre.

– Il va être difficile de se débarrasser des Chasseresses, a dit Luke. Zoé Nightshade...

– Ne prononce pas son nom !

– Dé... désolé, mon général, a fait Luke en ravalant sa salive. Je...

Le Général l'a fait taire d'un geste de la main.

– Je vais te montrer, mon garçon, comment nous allons venir à bout des Chasseresses.

Il a pointé l'index vers un des gardiens en faction au rez-de-chaussée, six mètres plus bas.

– Tu as les dents ?

– Oui, mon général ! a répondu l'homme, qui s'est avancé en titubant, une urne en céramique entre les mains.

– Plante-les ! a ordonné le Général.

Un grand rond de terre occupait le centre de la pièce ; il était sans doute prévu d'y exposer un dinosaure. J'ai regardé avec inquiétude le gardien sortir des crocs blancs et pointus de sa jarre et les enfoncer un à un dans la terre, puis tasser. Le Général observait depuis le balcon, un sourire glacial aux lèvres.

Le gardien s'est écarté en s'essuyant les mains l'une contre l'autre.

– C'est prêt, mon général !

– Parfait ! Arrose-les, et puis nous leur ferons sentir leur proie.

Le gardien a attrapé un petit arrosoir en fer-blanc décoré d'un motif de marguerites, ce qui était plutôt bizarre car il ne contenait pas d'eau : c'est un liquide rouge foncé qui a coulé du bec, et un je ne sais quoi me disait que ce n'était pas du kir.

La terre s'est mise à faire des bulles.

– Bientôt, a dit le Général, je vais te montrer, Luke, des soldats à côté desquels l'armée de ton petit bateau aura l'air dérisoire.

Luke a serré les poings.

– J'ai passé un an à entraîner mes troupes ! Lorsque le *Princesse Andromède* arrivera à la montagne, ce seront les meilleures...

– Ha ! Je ne nie pas que tes troupes formeront une bonne garde d'honneur pour le seigneur Cronos. Et toi, bien sûr, tu auras un rôle à jouer...

Il m'a semblé voir Luke blêmir encore davantage à ces mots.

– ... mais, sous mes ordres, les troupes du seigneur Cronos verront leur puissance centuplée. Rien ne pourra nous arrêter. Admire mes toutes dernières machines à tuer.

La surface de la terre s'est ouverte. J'ai reculé d'un pas.

À chaque endroit où une dent avait été plantée, une créature s'extirpait de la terre. La première d'entre elles a fait :

– Miaou ?

C'était un chaton. Un petit minou caramel rayé comme un tigre. Un deuxième a surgi du sol, puis un autre, et pour finir ils se sont retrouvés une douzaine, à jouer et se rouler dans la terre.

Tous les individus présents dans la salle les regardaient avec incrédulité. Alors le Général a tonné :

– *QU'EST-CE QUE C'EST QUE ÇA* ? D'adorables petits chatons ? Où as-tu trouvé ces dents ?

Le gardien qui avait apporté les dents tremblait de peur.

– De l'exposition, mon général ! Comme vous l'avez dit. Le tigre à dents de sabre...

– Mais non, espèce d'idiot ! J'avais dit le tyrannosaure ! Ramasse-moi ces... ces petites boules de fourrure infernales et flanque-les-moi dehors. Et que je ne revoie jamais ta figure !

Terrifié, le gardien a laissé tomber son arrosoir. Il a pris tous les chatons dans ses bras avant de détaler.

– Toi ! (Le Général a pointé du doigt un autre gardien.) Va me chercher les *bonnes dents* ! Tout de suite !

Le deuxième gardien a filé exécuter les ordres.

– Quels imbéciles, a grommelé le Général.

– C'est pour ça que je ne recrute pas de mortels, a dit Luke. Ils ne sont pas fiables.

– Ils sont faibles d'esprit, violents et faciles à corrompre, a rétorqué le Général. Je les adore.

Une minute plus tard, le gardien a déboulé dans la salle, les mains pleines de grosses dents pointues.

– Parfait, a dit le Général, qui a grimpé sur la balustrade du balcon et sauté du haut des six mètres.

Quand il a atterri au rez-de-chaussée, le sol de marbre s'est fissuré sous ses chaussures de cuir. Il s'est redressé en grimaçant et s'est frotté les épaules.

– Bon sang, ce que j'ai la nuque raide, a-t-il grommelé.

– Une autre compresse chaude, mon général ? Une autre aspirine ? a demandé un des gardiens.

– Non, ça va passer. (Il a épousseté son costume de soie puis attrapé les dents.) Je vais le faire moi-même.

Il a saisi un des crocs en souriant.

– Dents de dinosaure... tu parles ! Ces imbéciles de mortels ne savent même pas qu'ils ont des dents de dragon en leur possession. Et pas n'importe quel dragon, en plus ! Elles proviennent de l'ancienne dragonne Sybaris, rien de moins ! Ça devrait faire joliment l'affaire.

Sur ces mots, le Général a planté les dents – douze en tout – dans la terre. Puis il a attrapé l'arrosoir, aspergé ses plantations de liquide rouge, jeté l'arrosoir et ouvert grands les bras.

– Debout !

La terre s'est mise à trembler. Une main squelettique, unique, a jailli du sol et s'est tendue dans l'air.

Le Général a levé la tête vers le balcon.

– Vite, vous avez l'odeur ?

– Oui, sssseigneur, a répondu une des femmes-serpents, qui a brandi une écharpe de tissu argenté, comme en portent les Chasseresses.

– Parfait. Quand mes guerriers auront trouvé la piste, ils traqueront sa propriétaire avec acharnement. Rien ne pourra les arrêter, aucune arme connue des sang-mêlé ni des Chasseresses. Ils tailleront les Chasseresses et leurs alliés en pièces. Envoie !

À peine finissait-il de parler que des squelettes ont surgi du sol. Ils étaient douze au total, un par dent plantée. J'aime autant vous dire que ce n'était pas des squelettes de foire du Trône ou de films d'horreur ringards. Sous mes yeux, ils se sont couverts de chair et transformés en hommes, mais des hommes à la peau grise et terne, aux yeux jaunes, habillés moderne : débardeurs de sport gris, pantalons de treillis et bottes de combat. Si on n'y regardait pas de trop près, on pouvait presque les prendre pour des humains, mais ils avaient la chair transparente et les os qui luisaient au travers, comme sur des radiographies.

L'un d'eux a braqué le regard sur moi, un regard glacial, et j'ai compris que ce n'était pas une casquette d'invisibilité qui le bernerait.

La femme-serpent a lâché l'écharpe, qui a dégringolé en voletant vers la main du Général. Dès qu'il la donnerait aux guerriers, ceux-ci se lanceraient à la poursuite de Zoé et des autres et c'en serait fini d'eux.

Je n'avais pas le temps de réfléchir. J'ai couru, pris mon élan, sauté au beau milieu des squelettes et attrapé l'écharpe au vol.

– Qu'est-ce qui se passe ? a rugi le Général.

Je suis retombé aux pieds d'un guerrier-squelette qui s'est mis à siffler entre ses dents.

– Un intrus ! a grondé le Général. Dissimulé par une cape d'obscurité. Barrez les portes !

– C'est Percy Jackson ! a hurlé Luke. Ça ne peut être que lui.

J'ai foncé vers la porte, mais alors j'ai entendu un déchirement et je me suis rendu compte que le guerrier-squelette avait arraché un bout de ma manche. Quand j'ai tourné la tête, il portait le tissu à ses narines, le reniflait, le passait à ses acolytes. J'ai voulu hurler, mais je n'ai pas pu. Je me suis faufilé par la porte une fraction de seconde avant que les gardiens ne la claquent.

Et j'ai pris mes jambes à mon cou.

10 Je fracasse quelques vaisseaux spatiaux

J'ai traversé le Mall sans oser tourner la tête. J'ai débarqué en trombe dans le musée de l'Air et de l'Espace et n'ai retiré ma casquette d'invisibilité qu'une fois franchie la caisse.

Le cœur du musée se composait d'une salle immense et très haute, pleine d'avions et de fusées qui pendaient au plafond. Trois niveaux de balcons couraient sur les murs pour permettre de voir les pièces exposées depuis différentes hauteurs. Il n'y avait pas beaucoup de monde, seulement quelques familles et deux ou trois groupes scolaires, sans doute en excursion pour les vacances. J'avais envie de leur crier à tous de partir, mais je me suis dit que ça me vaudrait seulement de me faire arrêter. Il fallait que je trouve Thalia, Grover et les Chasseresses. D'un instant à l'autre, les squelettes allaient envahir le musée et, à mon avis, ils ne se satisferaient pas d'une visite guidée.

J'ai heurté Thalia de plein fouet. Je fonçais le long de la rampe du balcon supérieur quand je l'ai percutée sans la voir et l'ai envoyée bouler contre une capsule spatiale d'Apollo.

Grover a poussé un glapissement de surprise.

Je n'ai même pas eu le temps de reprendre mon équilibre que Zoé et Bianca pointaient des flèches vers ma poitrine. Leurs arcs avaient surgi dans leurs mains comme par magie.

Quand Zoé m'a reconnu, elle n'a pas paru pressée de détourner son arc pour autant.

– Toi ! Comment oses-tu montrer le tien nez ici ?

– Percy ! s'est écrié Grover. Les dieux soient loués.

Zoé l'a fusillé du regard et il s'est empourpré.

– Je veux dire, mais enfin ! Tu ne devrais pas être là !

– Luke, ai-je dit en essayant de reprendre mon souffle. Il est là.

La colère qui brillait dans les yeux de Thalia s'est immédiatement dissipée. Elle a porté la main à son bracelet d'argent.

– Où ça ?

Je leur ai raconté ce qui s'était passé au musée d'Histoire naturelle, avec le professeur Thorn, Luke et le Général.

– Le Général est *là* ? (Zoé était abasourdie.) Impossible ! Tu mens !

– Pourquoi mentirais-je ? Écoute, on n'a pas le temps. Il y a des guerriers-squelettes qui...

– Quoi ? a fait Thalia. Combien ?

– Douze. Et ce n'est pas tout. Ce type, le Général, il a dit qu'il vous envoyait un « petit camarade de jeu » pour vous distraire. Un monstre.

Thalia et Grover ont échangé un regard.

– On suivait la piste d'Artémis, a dit Grover. J'étais quasiment persuadé qu'elle menait ici. Une forte odeur de monstre... Artémis a dû faire halte ici dans sa traque du mystérieux monstre. Mais on n'a encore rien trouvé.

– Zoé, a dit Bianca d'une voix tendue, si c'est vraiment le Général...

– Cela ne se peut point ! a lancé Zoé d'un ton sec. Percy a dû voir un message-Iris ou n'importe quelle autre illusion.

– Les illusions ne fissurent pas les sols de marbre, ai-je signalé.

Zoé a respiré à fond pour se calmer. Je ne savais pas pourquoi ça l'affectait autant, ni comment elle connaissait ce Général, mais ça ne m'a pas semblé le moment de le lui demander.

– Si Percy dit vrai pour les guerriers-squelettes, nous n'avons pas le temps de nous disputer, a-t-elle dit. Ce sont les pires, les plus horribles des... Nous devons partir immédiatement.

– Bonne idée, ai-je acquiescé.

– Je ne t'incluais point, garçon. Tu ne fais point partie de cette quête.

– Hé, j'essaie juste de vous sauver la vie !

– Tu n'aurais pas dû venir, Percy, a dit Thalia d'un ton sévère. Mais tu es là maintenant, alors viens avec nous. Retournons à la camionnette.

– Ce n'est point à toi de décider ! a lancé Zoé.

– Tu n'es pas le chef ici, Zoé, a riposté Thalia en la fusillant du regard. Je me fiche de l'âge que tu as ! Tu es toujours une petite peste vaniteuse !

– Tu n'as jamais su faire preuve de sagesse envers les garçons, a grogné Zoé. Tu n'as jamais pu t'en passer !

Thalia semblait prête à frapper Zoé. Et soudain, tout le monde s'est figé sur place. J'ai entendu un grondement si fort que j'ai cru qu'un des moteurs de fusée démarrait.

En contrebas, quelques adultes ont hurlé. Une petite voix d'enfant a gazouillé avec ravissement :

– Minou !

Une créature gigantesque grimpait la rampe d'accès en bondissant. Grosse comme un pick-up, des griffes argentées, une étincelante fourrure dorée : j'avais déjà vu ce monstre une fois. Deux ans plus tôt, à bord d'un train, je l'avais brièvement aperçu par la vitre. À présent, de près et sans rien pour nous séparer, il avait l'air encore plus énorme.

– Le lion de Némée, a dit Thalia. Ne bougez pas.

Le lion a rugi si fort que mes cheveux se sont dressés sur ma tête. Ses crocs luisaient comme de l'acier inoxydable.

– Séparez-vous à mon signal, a dit Zoé. Essayez de le distraire.

– Jusqu'à quand ? a demandé Grover.

– Jusqu'à ce que je trouve un moyen de le tuer. Partez !

J'ai dégainé Turbulence et roulé sur ma gauche. Des flèches ont fendu l'air en sifflant sous mon nez, et Grover s'est mis à jouer une chanson stridente et rapide sur sa flûte de Pan. J'ai tourné la tête et vu que Zoé et Bianca escaladaient la capsule d'Apollo. Elles décochaient des flèches qui toutes, l'une après l'autre, se fracassaient vainement contre la fourrure métallique de l'animal. Ce dernier, d'un coup de patte, a renversé la capsule sur le côté, jetant à terre les Chasseresses. Grover a attaqué un air horriblement discordant et le lion s'est tourné vers lui, mais Thalia lui a barré le chemin en brandissant Aegis et il a reculé en rugissant.

– RAAAHHH !

– Taïaut ! a crié Thalia. Arrière !

L'espace d'une seconde, j'ai cru que Thalia dominait la situation. Puis j'ai remarqué que le lion se tapissait, contractait les muscles des pattes. J'avais vu assez de chats de gouttière se battre dans les ruelles de mon quartier, à New York. Je savais qu'il allait bondir.

– Hé ! ai-je hurlé.

Sans réfléchir, j'ai chargé le fauve. Je voulais juste l'éloigner de mes amis. Je lui ai asséné Turbulence sur le flanc, un coup vigoureux qui aurait dû le réduire en hachis, mais la lame de mon épée a tinté contre sa fourrure en déclenchant une gerbe d'étincelles.

Il m'a donné un coup de griffes qui a emporté un grand pan de mon manteau. J'ai reculé contre la balustrade. Il a sauté vers moi, de tous ses cinq cents kilos de monstre, et je n'ai pas eu d'autre choix que de me retourner et sauter.

Je suis tombé sur l'aile d'un vieil aéronef argenté qui a penché et failli me projeter au sol, trois étages plus bas.

Une flèche a sifflé à mes oreilles. Le lion a bondi sur l'avion et les cordes qui le retenaient en l'air ont grincé.

J'ai reçu un coup de patte qui m'a projeté sur l'engin d'à côté, un drôle de vaisseau spatial doté de pales comme un hélicoptère. En relevant la tête, j'ai vu le fauve rugir : et, à l'intérieur de sa gueule, une langue et une gorge roses.

Sa gueule, me suis-je dit. Rien ne pouvait percer sa fourrure mais si je pouvais atteindre sa gueule... Le seul problème, c'était qu'il était bien trop rapide. Entre ses coups de griffes et ses coups de crocs, jamais je ne pourrais m'approcher sans qu'il me taille en pièces.

– Zoé ! ai-je hurlé. Vise la bouche !

Le monstre a bondi. Une flèche est passée à côté de lui, le manquant complètement. Je suis tombé du vaisseau spatial et j'ai atterri sur un immense globe, au rez-de-chaussée. J'ai glissé le long de la Russie et perdu pied à la hauteur de l'équateur.

Avec un grondement, le lion de Némée a repris son équilibre sur le vaisseau spatial, mais il était bien trop lourd pour l'appareil. Une des cordes de suspension a craqué. Alors que le vaisseau commençait à balancer de gauche à droite comme un pendule, le fauve a sauté sur le pôle Nord du globe.

– Grover ! ai-je hurlé. Évacue le secteur !

Des groupes d'enfants couraient en poussant des cris. Grover s'est efforcé de réunir les gosses et de les éloigner, c'est alors que la seconde corde a lâché et que le vaisseau spatial s'est écrasé au sol. Thalia s'est laissée tomber de la balustrade du premier balcon et s'est posée en face de moi, de l'autre côté du globe. Le lion nous a regardés tour à tour, comme s'il se demandait qui il voulait tuer en premier.

Zoé et Bianca étaient au-dessus de nous, arcs bandés, mais elles devaient bouger sans cesse pour avoir un bon angle de tir.

– On n'a pas de brèche ! a hurlé Zoé. Fais-lui ouvrir la gueule de nouveau !

Perché sur le globe, le lion a grondé.

J'ai regardé autour de moi. Quelle tactique adopter ? Il me fallait...

La boutique du musée. Je me suis souvenu d'une petite mésaventure, la fois où j'étais venu quand j'étais petit. J'avais insisté pour que ma mère m'achète quelque chose, et je m'en étais mordu les doigts. S'ils vendaient toujours ce truc-là...

– Thalia, occupe-le.

Elle a acquiescé de la tête, l'air grave.

– *Taïaut !*

Elle a pointé sa lance et un éclair d'électricité, bleu et ramifié, en a jailli pour aller frapper le lion à la queue.

– RAAAHHH !

Le monstre a fait volte-face et bondi. Thalia l'a esquivé en roulant sur elle-même, brandissant Aegis pour le tenir à distance, pendant que je fonçais à la boutique.

– Pas le moment d'acheter des souvenirs, garçon ! a crié Zoé.

Je suis entré en trombe dans le magasin, renversant au passage des piles de tee-shirts et quelques tables chargées de planètes phosphorescentes. La vendeuse n'a pas protesté. Elle était trop occupée à trembler de peur derrière sa caisse.

Repéré ! Sur le mur du fond : des paquets argentés étincelants. Il y en avait des étagères pleines. J'ai ramassé toutes les variétés que j'ai pu et suis ressorti en courant du magasin, les bras chargés.

Zoé et Bianca faisaient toujours pleuvoir des flèches sur le lion, mais sans succès. Il semblait savoir qu'il n'avait pas trop intérêt à ouvrir la gueule. Il lançait des coups de patte vers Thalia, toutes griffes dehors. Même ses yeux étaient réduits à deux fines fentes.

Thalia lui a donné un coup de lance avant de reculer. Il l'a coincée.

– Percy, a-t-elle crié, je ne sais pas ce que tu veux faire, mais...

Le fauve a poussé un rugissement et l'a envoyée valdinguer contre une fusée Titan. La tête de Thalia a heurté le métal et elle s'est affaissée au sol.

– Ohé ! ai-je hurlé au lion.

Comme j'étais trop loin pour le frapper, j'ai pris un risque : j'ai lancé Turbulence comme un poignard. Elle a ricoché contre son flanc, mais ça a suffi pour capter son attention. Il s'est tourné vers moi en montrant les crocs.

Il n'y avait pas trente-six façons d'approcher. J'ai chargé et, au moment où le lion s'élançait pour me faire barrage, je lui ai fourré dans la gueule un pack de nourriture spatiale – un entremets fraise lyophilisé, sous cellophane.

Il a écarquillé les yeux et s'est étranglé comme un chat qui avale une boule de poils.

Je le comprenais. Ça m'avait fait exactement le même effet la fois où j'avais essayé de manger de la nourriture spatiale, quand j'étais petit : c'est franchement craignos.

– Zoé, prépare-toi ! ai-je hurlé.

J'ai entendu des gens pousser des cris, derrière moi. Grover avait attaqué un autre air abominable avec sa flûte de Pan.

Je me suis éloigné du lion. Il est arrivé à déglutir le pack spatial et m'a toisé d'un regard brûlant de haine.

– C'est l'heure du goûter ! ai-je crié.

Le monstre a commis l'erreur de rugir, et je lui ai balancé une barre glacée en travers de la gorge. J'ai toujours été un assez bon lanceur, heureusement, même si le base-ball n'est pas mon sport préféré. Sans laisser de répit au lion qui s'étouffait, je l'ai gratifié de deux autres parfums de glace et d'un spaghetti bolognaise lyophilisé.

Ses yeux se sont exorbités. Il a ouvert grande la gueule et s'est dressé sur ses pattes arrière pour échapper à mes tirs nourris.

– Allez-y ! ai-je hurlé.

Aussitôt, des flèches ont transpercé la gueule du lion : deux, quatre, six. Il s'est agité furieusement, a tourné sur lui-même, donné des coups de patte dans l'air, puis s'est écroulé en arrière. Et n'a plus bougé.

Des alarmes retentissaient dans tout le musée. Les gens se ruaient vers les sorties. Des gardiens accouraient, paniqués, en se demandant ce qui pouvait bien se passer.

Grover s'est agenouillé près de Thalia et l'a aidée à se relever. Elle n'avait pas l'air blessée, juste un peu sonnée. Bianca et Zoé ont sauté du balcon et se sont posées à côté de moi.

Zoé m'a zyeuté avec circonspection.

– Plutôt... intéressante, ta stratégie, a-t-elle commenté.

– Je vais te dire, ça a marché.

Elle n'a pas discuté.

Le lion avait commencé à fondre, comme cela arrive parfois aux monstres morts, et il n'en est bientôt plus resté que sa fourrure scintillante. Et même cette dernière a continué à rétrécir jusqu'à prendre une taille normale.

– Prends-la, m'a dit Zoé.

Je l'ai regardée avec stupéfaction.

– Quoi, la peau du lion ? Mais ce ne serait pas une violation du droit des animaux ?

– C'est un butin de guerre. Il est juste qu'il te revienne.

– C'est toi qui l'as tué, ai-je objecté.

Elle a secoué la tête et l'ombre d'un sourire est passée sur ses lèvres.

– Je crois que c'est la tienne barre glacée qui l'a tué. Prends la dépouille, Percy Jackson. Ce n'est que justice.

Je l'ai soulevée ; elle était étonnamment légère. La fourrure était douce et souple. Au toucher, elle ne donnait pas du tout l'impression d'un matériau capable d'arrêter des lames d'épée. Sous mes yeux, la peau de lion s'est transformée en manteau, un long pardessus brun mordoré.

– Pas vraiment mon genre, ai-je murmuré.

– Il faut qu'on s'en aille, a dit Grover. Les gardiens ne vont pas tarder à se ressaisir.

Pour la première fois, j'ai trouvé bizarre que les gardiens ne se ruent pas sur nous pour nous arrêter. Ils couraient dans toutes les directions sauf la nôtre, comme s'ils cherchaient frénétiquement quelque chose.

– C'est toi qui as fait ça ? ai-je demandé à Grover.

Il a hoché la tête, l'air un peu gêné.

– C'est un petit sortilège d'embrouille. Je leur ai joué du Barry Manilow, ça marche à tous les coups. Mais ça ne va durer que quelques secondes.

– Les gardiens ne sont pas notre plus grand souci, est intervenue Zoé. Regardez.

À travers les murs vitrés du musée, j'ai vu un groupe d'hommes qui traversaient la pelouse. Des hommes gris en treillis gris. Ils étaient trop loin pour qu'on puisse voir leurs yeux, mais j'ai senti leur regard braqué droit sur moi.

– Partez, ai-je dit. C'est moi qu'ils traquent. Je vais les distraire.

– Non, a dit Zoé. Nous partons ensemble.

J'en suis resté stupéfait.

– Mais tu as dit que...

– Cette quête est aussi la tienne, à présent, a-t-elle expliqué à contrecœur. Ça ne me plaît pas, mais nul ne peut changer le cours du destin. Tu es le cinquième membre de notre équipe. Et nous n'abandonnons personne.

11 Grover roule en Lamborghini

Nous traversions le Potomac quand nous avons repéré l'hélicoptère. C'était un appareil militaire noir et fuselé, exactement semblable à celui que nous avions vu à Westover Hall. Et il venait droit sur nous.

– Ils connaissent la camionnette, ai-je dit. Il faut s'en débarrasser.

D'un coup de volant, Zoé a changé de voie. L'hélico gagnait du terrain.

– Peut-être que les militaires vont l'abattre, a dit Grover avec espoir.

– Les militaires croient que c'est un des leurs, ai-je objecté. Comment fait le Général pour employer des humains, de toute façon ?

– Ce sont des mercenaires, a expliqué Zoé avec amertume. C'est abject, mais beaucoup de mortels sont prêts à se battre pour n'importe quelle cause, du moment qu'ils sont payés.

– Mais ces mortels ne voient-ils pas pour qui ils travaillent ? ai-je demandé. Ils ne remarquent pas les monstres qui les entourent ?

Zoé a secoué la tête.

– J'ignore ce qu'ils voient à travers la Brume. À mon avis, s'ils connaissaient toute la vérité, cela ne changerait pas grand-chose. Certains mortels sont pires que des monstres.

L'hélicoptère se rapprochait toujours ; il avançait bien plus vite que nous, qui étions pris dans les embouteillages de Washington.

Thalia a fermé les yeux et prié en se concentrant très fort.

– Hé, papa. Si tu pouvais balancer un éclair, là, ce serait vraiment bien. S'il te plaît.

Mais le ciel est resté obstinément gris et neigeux. Aucun signe d'un orage de secours.

– Là ! s'est écriée Bianca. Entre dans ce parking !

– Nous serons coincés, a objecté Zoé.

– Fais-moi confiance.

Zoé a coupé deux voies d'autoroute pour se rabattre dans le parking d'un centre commercial, sur la rive gauche du fleuve. Nous avons abandonné la camionnette et suivi Bianca, qui nous a fait descendre un escalier.

– C'est une entrée de métro, a-t-elle expliqué. Prenons la direction du sud. Alexandria.

– Comme tu voudras, a acquiescé Thalia.

On a acheté des tickets et franchi les tourniquets, en jetant un coup d'œil derrière nous pour nous assurer que personne ne nous suivait. Quelques minutes plus tard, nous étions à bord d'une rame qui s'éloignait de Washington, à destination des banlieues sud. En sortant du tunnel souterrain, nous avons vu l'hélicoptère survoler le parking, mais il ne nous a pas suivis.

Grover a poussé un soupir de soulagement.

– Bravo, Bianca, d'avoir pensé au métro.

– Ben, tu sais... J'ai remarqué cette station quand Nico et moi sommes passés par ici l'été dernier. Je me souviens que ça m'avait vraiment étonnée parce qu'elle n'existait pas quand on vivait à Washington.

Grover a froncé les sourcils.

– Cette station a l'air vieille, pourtant.

– Sans doute. Mais crois-moi, à l'époque où on vivait ici, quand on était petits, il n'y avait pas de métro.

Thalia s'est avancée sur son siège.

– Une seconde. Il n'y avait pas de métro *du tout* ?

Bianca a hoché la tête.

Bon, je ne connaissais pas Washington, il n'empêche que je ne voyais vraiment pas comment son réseau métropolitain tout entier pouvait avoir moins de douze ans. Je crois que les autres se posaient la même question, car tout le monde avait l'air perplexe.

– Bianca, a demandé Zoé. Ça fait combien de temps...

Sa voix a flanché : le grondement de l'hélico nous avait rejoints.

– Il faut qu'on change à la prochaine, ai-je dit.

Pendant la demi-heure qui a suivi, nous n'avons pensé qu'à une chose, notre sécurité. On a changé de rame deux fois. Je n'avais aucune idée de l'endroit où nous allions, mais nous avons fini par semer l'hélicoptère.

Malheureusement, en sortant du métro, on s'est retrouvés en bout de ligne, dans une espèce de zone industrielle où il n'y avait rien que des entrepôts et des voies de chemin de fer. Et de la neige. Il faisait beaucoup plus froid par ici. J'étais bien content de mon nouveau manteau en peau de lion.

Nous avons erré dans le dépôt en espérant trouver un autre train de voyageurs, mais il n'y avait que des rangées de wagons de marchandises qui s'alignaient à perte de vue, pour la plupart couverts de neige comme s'ils n'avaient pas bougé depuis un bail.

Un SDF était debout devant un feu de poubelle. On devait faire peine à voir parce qu'il nous a lancé, avec un sourire édenté :

– Vous avez besoin de vous réchauffer, les gars ? Venez !

On s'est regroupés autour de son feu. Thalia claquait des dents.

– C'est s-s-super, a-t-elle dit.

– J'ai les sabots gelés, a râlé Grover.

– Les *pieds*, ai-je corrigé, par égard pour le SDF.

– On devrait peut-être contacter la colonie, a suggéré Bianca. Chiron...

– Non, a tranché Zoé. Ils ne peuvent plus nous aider. Nous devons mener cette quête à bien par nous-mêmes.

J'ai regardé le dépôt d'un œil malheureux. Quelque part, loin à l'ouest, Annabeth était en danger. Artémis était enchaînée. Un monstre infernal circulait en liberté. Et nous étions en rade dans la banlieue de Washington, recroquevillés autour du feu de poubelle d'un SDF.

– Vous savez, a dit l'homme, on n'est jamais totalement sans amis. (Il avait le visage crasseux et la barbe en bataille, mais son regard semblait bienveillant.) Vous avez besoin d'un train à destination de l'ouest, les enfants ?

– Oui, monsieur, ai-je répondu. Vous savez s'il y en a un ?

Il a pointé le doigt devant lui en tendant une main graisseuse.

Soudain, j'ai remarqué un train de marchandises scintillant, qui n'était pas couvert de neige. C'était un de ces convois de transport d'automobiles, bordé de grillage d'acier, avec trois étages de voitures. Le côté du wagon annonçait : LIGNE SUN-OUEST.

– Ça... tombe bien, a dit Thalia. Merci, euh...

Mais quand elle s'est tournée vers le SDF, il avait disparu. La poubelle était froide et vide, comme s'il avait emporté les flammes avec lui.

Une heure plus tard, nous roulions vers l'ouest. La question du conducteur ne se posait plus, vu que nous avions chacun notre propre voiture de luxe. Zoé et Bianca s'étaient installées dans une Lexus, à l'étage supérieur. Grover jouait au pilote de course au volant d'une Lamborghini. Et Thalia avait bidouillé les câbles de l'autoradio d'une Mercedes SLK noire pour capter les stations de rock alternatif de Washington.

– Je peux venir ? lui ai-je demandé.

Elle a haussé les épaules et je me suis glissé sur le siège passager.

Les White Stripes passaient à la radio. Je connaissais la chanson parce que c'était le seul de mes CD qui plaisait à ma mère. Elle disait que ça lui rappelait Led Zeppelin. Ça m'a rendu triste de penser à ma mère parce que au train où allaient les choses (c'était le cas de le dire), je ne risquais pas de passer Noël à la maison. Qui sait même si je vivrais jusque-là.

– Joli manteau, m'a dit Thalia.

J'ai serré les pans de fourrure contre moi, heureux de la douce chaleur qu'elle m'apportait.

– Ouais, mais le lion de Némée n'était pas le monstre qu'on cherche.

– Non, loin de là. On a encore beaucoup de route à faire.

– Je ne sais pas qui sera ce monstre mystérieux, mais le Général a dit qu'il s'en prendrait à toi. Ils veulent t'isoler du groupe pour que le monstre t'attaque à ce moment-là, en duel.

– Il a dit ça ?

– Ouais. Quelque chose dans ce goût-là.

– Super. J'adore servir d'appât.

– Tu n'as aucune idée de qui pourrait être ce monstre ?

Elle a secoué négativement la tête, l'air morose.

– Mais tu sais où on va, hein ? a-t-elle dit. À San Francisco. C'est là qu'allait Artémis.

Je me suis alors souvenu d'une chose qu'Annabeth m'avait dite à la fête dansante de Westover Hall ; que son père partait vivre à San Francisco et qu'il était hors de question pour elle de l'accompagner. Que les sang-mêlé ne pouvaient pas vivre là-bas.

– Pourquoi ? ai-je demandé à Thalia. Je veux dire, c'est quoi le problème, à San Francisco ?

– La Brume y est particulièrement épaisse à cause de la proximité de la montagne du Désespoir. La Magie des Titans, du moins ses vestiges, y flotte encore. Les monstres sont attirés là-bas comme pas possible.

– Qu'est-ce que c'est, la montagne du Désespoir ?

Thalia a dressé le sourcil.

– Tu l'ignores vraiment ? Demande donc à cette tarte de Zoé, c'est la grande spécialiste.

Elle a braqué le regard sur le pare-brise. J'aurais aimé lui demander à quoi elle faisait allusion, mais je n'avais pas envie de passer pour un imbécile. Et comme ça m'horripilait d'avoir l'impression que Thalia en savait plus que moi, je me suis tu.

Le soleil de l'après-midi qui traversait le grillage du wagon projetait l'ombre des losanges sur le visage de Thalia. Je me suis fait la réflexion qu'elle était tellement différente de Zoé, avec ses fringues miteuses et son attitude rebelle, tout à l'opposé des manières altières et distantes de princesse qu'affectait Zoé. Et pourtant, elles avaient quelque chose en commun. La même force de caractère. Là, assise dans l'ombre, avec son expression morose et déterminée, Thalia ressemblait beaucoup à une Chasseresse.

Soudain, ça a fait tilt et je me suis écrié :

– C'est pour ça que tu ne t'entends pas avec Zoé.

– Pour quoi donc ? a fait Thalia en fronçant les sourcils.

– Les Chasseresses ont essayé de t'enrôler.

Une lueur dangereuse s'est allumée dans ses yeux. J'ai bien cru qu'elle allait m'éjecter de la Mercedes d'un éclair, mais elle s'est contentée de soupirer.

– J'ai failli rentrer dans leurs rangs, a-t-elle reconnu. On les a rencontrées une fois, avec Luke et Annabeth, et Zoé a essayé de me convaincre. J'ai failli le faire, mais...

– Mais ?

Les doigts de Thalia se sont crispés sur le volant.

– J'aurais dû quitter Luke.

– Ah.

– On s'est disputées, Zoé et moi. Elle m'a dit que j'étais stupide. Que je regretterais ma décision. Elle a dit que Luke me trahirait un jour.

J'ai regardé le soleil à travers le grillage métallique. J'avais l'impression que nous roulions plus vite de seconde en seconde ; les ombres clignotaient, comme projetées par un vieux projecteur de cinéma.

– C'est dur, ça, ai-je dit. De devoir admettre que Zoé avait raison.

– Elle n'avait *pas* raison ! Luke ne m'a pas trahie. Jamais !

– On va devoir l'affronter. C'est inévitable.

Thalia n'a pas répondu.

– Tu ne l'as pas vu récemment, l'ai-je avertie. Je sais que c'est dur à croire, mais...

– Je ferai ce que j'ai à faire.

– Même si cela signifie le tuer ?

– Fais-moi plaisir, a-t-elle dit. Sors de ma voiture.

J'avais tellement de peine pour elle que je n'ai pas discuté.

Quand j'ai tourné la tête, elle avait les yeux rouges mais je n'aurais pas su dire si c'était de colère ou de tristesse.

– Annabeth voulait rentrer chez les Chasseresses, elle aussi, m'a-t-elle lancé. Tu devrais peut-être te demander pourquoi.

Sans me laisser le temps de répondre, elle a remonté les vitres automatiques sous mon nez.

Je me suis assis sur le siège conducteur de la Lamborghini de Grover. Lequel dormait sur la banquette arrière. Il avait fini par renoncer à impressionner Bianca et Zoé par ses talents de musicien car, à force de jouer *Poison Ivy*, du groupe islandais Mùm, il avait fait sortir du sumac vénéneux de la clim de la Lexus.

En regardant le soleil baisser, j'ai pensé à Annabeth. J'avais peur de m'endormir. Je redoutais les rêves que je pourrais faire.

– Oh, n'aie pas peur des rêves, a dit une voix près de moi.

J'ai tourné la tête. Et, curieusement, je n'ai pas été plus surpris que ça de découvrir le SDF du dépôt assis à la place du passager. Son jean était tellement usé qu'il en était presque blanc. Son manteau était déchiré et des touffes de molleton en sortaient. Il avait un peu l'air d'un ours en peluche qui se serait fait écraser par un camion.

– Sans les rêves, a-t-il ajouté, je ne saurais pas la moitié de ce que je sais sur l'avenir. Ils valent bien mieux que les tabloïds de l'Olympe.

Il s'est éclairci la gorge puis a écarté les bras en une posture théâtrale.

Rêves qui téléchargent
Des vérités à l'oreille,
Et disent des trucs cool.

– Apollon ? ai-je deviné, car personne d'autre, me semblait-il, n'aurait pu pondre un haïku aussi nul.

Il a porté un doigt à ses lèvres.

– Je suis incognito. Appelle-moi Fred.

– Un dieu nommé Fred ?

– Eh bien... Zeus est très pointilleux sur certaines règles. Strictement défendu d'intervenir dans les quêtes des humains. Même si l'enjeu est crucial. Seulement moi, personne touche à ma petite sœur. Personne.

– Vous pouvez nous aider, alors ?

– Chut. Je le fais déjà. T'as pas regardé dehors ?

– Le train. On va à quelle vitesse ?

Apollon a gloussé.

– Assez vite. Malheureusement nous allons manquer de temps, c'est presque le coucher du soleil. Mais je crois que je vous aurai fait traverser un bon bout des États-Unis, déjà.

– Mais où est Artémis ?

Le visage de « Fred » s'est assombri.

– Je sais beaucoup, je vois beaucoup. Pourtant cela, même moi, je l'ignore. Elle m'est... dissimulée. Je n'aime pas ça.

– Et Annabeth ?

Il a froncé les sourcils.

– Ah, tu veux parler de cette fille que vous avez perdue ? Hum. Je ne sais pas.

J'ai essayé de ne pas être blessé. Je savais que les dieux avaient du mal à prendre au sérieux les mortels, et même les demi-dieux. Nos vies sont si courtes, comparées aux leurs.

– Et le monstre qu'Artémis traquait ? ai-je repris. Savez-vous de quoi il s'agit ?

– Non. Mais il y a quelqu'un qui pourrait savoir. Si vous n'avez pas encore trouvé le monstre à votre arrivée à San Francisco, cherchez Nérée, le Vieillard de la mer. Il a la mémoire longue et l'œil perçant. Il a le don de déceler des choses qui demeurent parfois obscures à mon Oracle.

– Mais c'est votre Oracle, ai-je protesté. Ne pouvez-vous pas nous dire ce que signifie la prophétie ?

Apollon a soupiré.

– Autant demander à un peintre d'expliquer ses tableaux, à un poète d'expliquer ses poèmes. Ce n'est pas le but du jeu. Le sens ne se révélera que par la recherche.

– Autrement dit, vous ne savez pas.

Il a jeté un coup d'œil à sa montre et s'est écrié :

– Ah, tu as vu l'heure ! Il faut que je file. Je doute de pouvoir t'aider de nouveau, Percy, mais n'oublie pas ce que je t'ai dit ! Dors ! Et à ton retour, je compte sur un bel haïku relatant ton expédition !

Je voulais protester que je n'avais pas sommeil et que je n'avais jamais composé de haïku de ma vie, mais Apollon a claqué des doigts et mes paupières se sont fermées aussitôt.

Dans mon rêve, j'étais quelqu'un d'autre. Je portais une tunique grecque à l'ancienne, un peu trop aérée par en bas à mon goût, et des sandales lacées en cuir. La dépouille du lion de Némée était nouée en cape sur mes épaules et je courais, entraîné par une fille qui m'agrippait par la main.

– Dépêche-toi ! a-t-elle dit. (Il faisait trop sombre pour distinguer son visage, mais j'entendais la peur dans sa voix.) Il va nous trouver !

C'était la nuit. Un million d'étoiles étincelaient dans le ciel. Nous courions entre de hautes herbes et le parfum de mille fleurs différentes enivrait l'air. Nous nous trouvions dans un jardin splendide, pourtant la fille me le faisait traverser comme si notre vie était menacée.

– Je n'ai pas peur, lui ai-je dit.

– Tu devrais ! a-t-elle rétorqué en me tirant de plus belle.

Ses longs cheveux noirs étaient tressés en une natte dans son dos et les pans de sa robe de soie luisaient à la lumière des étoiles.

Nous avons gravi la colline en courant. Elle m'a conduit derrière un buisson épineux et nous nous sommes effondrés au sol tous les deux, pantelants. Je ne comprenais pas pourquoi la fille avait peur. Le jardin paraissait tellement paisible. Et je me sentais fort. Plus fort que jamais.

– Ce n'est pas la peine de courir, ai-je dit d'une voix plus grave, beaucoup plus assurée que d'habitude. J'ai vaincu mille monstres à mains nues.

– Pas celui-ci, a riposté la fille. Ladon est trop fort. Il faut que tu fasses le tour, que tu ailles chez mon père en grimpant la montagne. C'est le seul moyen.

J'ai été surpris par le chagrin que j'ai entendu dans sa voix. Elle était vraiment inquiète, presque comme si elle se souciait de mon sort.

– Je ne fais pas confiance à ton père, ai-je dit.

– Et tu as raison. Tu vas devoir le berner. Mais tu ne pourras pas t'emparer directement du trophée. Tu mourrais !

J'ai gloussé.

– Alors pourquoi ne m'aides-tu pas, ma jolie ?

– Je... j'ai peur. Ladon m'en empêcherait. Et mes sœurs, si elles venaient à l'apprendre, me renieraient.

– Alors il n'y a rien à faire.

Je me suis relevé en me frottant les mains.

– Attends ! a dit la fille.

Elle semblait en proie aux affres d'une hésitation terrible. Et puis, les mains tremblantes, elle a retiré une longue épingle blanche de ses cheveux.

– S'il faut que tu te battes, prends ceci. Ma mère, Pléioné, me l'a donnée. C'était la fille de l'Océan et le pouvoir de l'Océan est renfermé dans cet objet. Mon pouvoir immortel.

Elle a soufflé sur l'épingle, qui s'est mise à luire. À la lumière des étoiles, elle brillait comme de la nacre.

– Prends-la, a dit la fille. Et fais-t'en une arme.

– Une épingle à cheveux pour arme ? ai-je rétorqué en riant. Comment pourrais-je tuer Ladon avec ça, ma jolie ?

– Tu ne pourras peut-être pas, mais c'est tout ce que j'ai à t'offrir, si tu t'obstines dans ton projet insensé.

Mon cœur s'est attendri. J'ai tendu la main et pris l'épingle à cheveux, qui s'est alors mise à s'allonger et s'alourdir. Et rapidement, je me suis retrouvé nanti d'une épée de bronze familière.

– Elle est bien équilibrée, ai-je dit. Même si d'habitude, je préfère me battre à mains nues. Comment dois-je appeler cette fine lame ?

– Anaklusmos, a répondu la fille sur un ton triste. Le courant qui te prend par surprise. Qui t'emporte au large sans que tu aies rien vu venir.

Avant que j'aie pu la remercier, des bruits de pas dans l'herbe se sont fait entendre, accompagnés d'un sifflement de pneu crevé, et elle s'est écriée :

– Trop tard ! Le voilà !

Je me suis réveillé en sursaut derrière le volant de la Lamborghini. Grover me secouait par le bras.

– Percy. C'est le matin. Le train s'est arrêté. Viens.

J'ai essayé de chasser le sommeil qui m'engourdissait. Thalia, Zoé et Bianca avaient déjà remonté les rideaux métalliques. Dehors scintillaient des montagnes enneigées, parsemées de sapins. Un soleil rouge pointait entre deux sommets.

J'ai sorti mon stylo-bille de ma poche et je l'ai regardé. *Anaklusmos*, le nom de Turbulence en grec ancien. La forme était différente, mais j'étais sûr que c'était l'épée que j'avais vue dans mon rêve.

Et j'étais sûr d'une autre chose, également : la fille que j'avais vue était Zoé Nightshade.

12 Je fais du surf sur neige avec un cochon

Nous étions aux abords d'une petite station de ski nichée dans les montagnes. Un panneau à l'entrée de la ville disait : BIENVENUE À CLOUDCROFT, NOUVEAU-MEXIQUE. L'air était vif et raréfié. L'hiver avait blanchi les toits des chalets et des tas de neige sale bordaient les rues. De hauts pins surplombaient la vallée, projetant de longues ombres noir d'encre dans la matinée pourtant ensoleillée.

Malgré mon manteau en peau de lion, le temps que nous arrivions à la rue principale, qui était à environ deux kilomètres de la voie ferrée, j'étais gelé. En chemin, j'ai raconté à Grover ma conversation de la veille avec Apollon, en particulier qu'il m'avait dit de chercher Nérée à San Francisco.

Grover a paru inquiet.

– C'est une bonne idée, je présume, a-t-il répondu. Encore faut-il qu'on y arrive.

J'ai essayé de ne pas me décourager. Je ne voulais pas paniquer Grover, mais je savais que nous avions une autre date butoir terrible, en plus de celle du Conseil des dieux pour lequel nous devions avoir libéré Artémis. Le Général avait dit qu'il ne garderait Annabeth en vie que jusqu'au solstice d'hiver. Or c'était vendredi prochain, dans quatre jours. Et il avait parlé d'un sacrifice. Cette idée ne me disait rien qui vaille.

Nous nous sommes arrêtés au milieu de la rue. De là, on pouvait voir presque toute la bourgade : une école, quelques boutiques et cafés pour touristes, quelques chalets, une épicerie.

– Au poil, a dit Thalia en balayant l'ensemble du regard. Pas d'arrêt d'autocar, pas de taxis, pas de loueur de voitures, pas d'issue.

– Il y a un café ! s'est écrié Grover.

– Oui, a dit Zoé. C'est bon, le café.

– Et les viennoiseries, a ajouté Grover d'un ton rêveur. Et le papier d'emballage...

Thalia a soupiré.

– D'accord. Allez acheter à manger, vous deux. Percy, Bianca et moi, on va aller se renseigner à l'épicerie. Ils pourront peut-être nous donner des indications.

On est convenus de se retrouver un quart d'heure plus tard devant la vitrine. Bianca n'avait pas l'air très à l'aise de se retrouver seule avec nous, mais elle nous a accompagnés.

Dans le magasin, on a appris deux ou trois choses bonnes à savoir sur cette ville : il n'y avait pas assez de neige pour skier, l'épicerie vendait des rats en caoutchouc à un dollar pièce et il n'y avait aucun moyen de venir à Cloudcroft ou d'en repartir si on n'avait pas sa propre voiture.

– Vous pourriez faire venir un taxi d'Alamogordo, a dit le vendeur sans grande conviction. C'est au pied des montagnes, mais il mettrait au moins une heure à arriver ici. Ça vous coûterait plusieurs centaines de dollars.

Il avait l'air tellement solitaire que je lui ai acheté un rat en caoutchouc. Ensuite on est ressortis du magasin et on a attendu sur le perron.

– Formidable, a grommelé Thalia. Je vais descendre la rue, voir s'il n'y a pas quelqu'un dans les autres magasins qui aurait une meilleure idée.

– Mais le vendeur a dit que...

– Je sais. Je veux vérifier quand même.

Je l'ai laissée partir. Je savais ce que c'était de ne pas tenir en place. Tous les sang-mêlé ont des troubles de l'attention ; ça vient de nos réflexes de combat innés. Nous sommes incapables d'attendre sans rien faire. En plus, j'avais l'impression que Thalia était encore fâchée de notre conversation de la veille sur Luke.

On s'est retrouvés plantés là, Bianca et moi, plutôt gênés. Je veux dire... déjà que je n'étais jamais super à l'aise en tête à tête avec une fille, mais en plus je n'avais jamais été seul avec elle. Je ne savais pas trop de quoi lui parler, surtout maintenant qu'elle faisait partie des Chasseresses.

– Sympa, le rat, a-t-elle fini par dire.

J'ai posé le jouet sur le trottoir. Peut-être que ça ferait venir des clients.

– Alors... ça te plaît d'être une Chasseresse, jusqu'à présent ? lui ai-je demandé.

Elle a pincé les lèvres.

– Tu m'en veux toujours d'avoir rejoint leurs rangs ?

– Non. Du moment que, tu sais... que tu es heureuse.

– Je ne suis pas sûre qu'*heureuse* soit le terme exact, maintenant que dame Artémis a disparu. Mais c'est vraiment cool d'être Chasseresse. Je me sens plus calme. J'ai l'impression que tout a ralenti autour de moi. Je suppose que c'est l'effet de l'immortalité.

Je l'ai regardée en m'efforçant de déceler la différence. Elle semblait effectivement plus assurée qu'avant, plus paisible. Elle ne cachait plus son visage derrière sa casquette verte. Elle avait les cheveux tirés en arrière, maintenant, et elle me regardait droit dans les yeux quand elle me parlait. Avec un frisson, j'ai songé que dans cinq cents ou mille ans, Bianca Di Angelo serait exactement la même, physiquement, qu'aujourd'hui. Elle pourrait tenir le même genre de conversation avec un sang-mêlé bien après ma mort, et elle aurait toujours l'air d'avoir douze ans.

– Nico n'a pas compris ma décision, a murmuré Bianca en me regardant comme si elle souhaitait que je lui dise que ce n'était pas grave.

– Ne t'inquiète pas pour lui. La Colonie des Sang-Mêlé prend beaucoup de jeunes enfants. C'est le cas d'Annabeth, qui y est arrivée très petite.

Bianca a hoché la tête.

– J'espère qu'on va la trouver. Annabeth, je veux dire. Elle a de la chance, d'avoir un ami comme toi.

– Tu vois un peu comme ça lui a réussi.

– Tu n'as rien à te reprocher, Percy. Tu as risqué ta vie pour nous sauver, mon frère et moi. C'était super-courageux. Si je ne t'avais pas rencontré, je ne me serais pas sentie de laisser mon frère à la colonie. Mais je me suis dit que s'il y avait des gens comme toi, là-bas, Nico y serait bien. Tu es un type bien.

Son compliment m'a pris complètement de court.

– Même si je t'ai fait tomber pendant Capture-l'Étendard ?

– OK, a-t-elle répondu en riant. À part ça, t'es un type bien.

À deux ou trois cents mètres, Grover et Zoé ressortaient du café chargés de boissons à emporter et de sacs de croissants. Je n'étais pas vraiment pressé qu'ils reviennent, en fait. C'était bizarre, mais je me suis aperçu que je prenais plaisir à discuter avec Bianca. Elle n'était pas de compagnie désagréable. Bien plus cool que Zoé Nightshade, en tout cas.

– Alors c'est quoi, votre histoire, à Nico et toi ? lui ai-je demandé. À quelle école alliez-vous, avant Westover Hall ?

– On était en pension à Washington, a-t-elle répondu en fronçant les sourcils. Ça paraît tellement loin.

– Vous n'avez jamais vécu avec vos parents ? Votre parent mortel, je veux dire ?

– On nous a dit que nos parents étaient morts. Il y avait un compte en fidéicommis pour nous. Avec beaucoup d'argent, je crois. Un avocat venait de temps en temps voir ce qu'on devenait. Et puis Nico et moi, on a dû quitter la pension.

– Pourquoi ?

Bianca a fait la grimace.

– Il fallait qu'on aille quelque part. Je me souviens que c'était important. On a fait un très long trajet. Et puis on a passé quelques semaines dans un hôtel. Ensuite... je ne sais pas. Un jour, un autre avocat est venu nous chercher. Il a dit que nous devions partir, qu'il était temps. Il nous a conduits sur la côte Est en voiture, en passant par Washington. Jusque dans le Maine. C'est là qu'on est entrés à Westover.

C'était une histoire étrange. Cela dit, Bianca et Nico étaient des sang-mêlé ; rien ne pouvait être normal, dans leur cas.

– Alors tu as passé pratiquement toute ta vie à élever Nico ? lui ai-je demandé. Vous étiez seuls, tous les deux ?

Elle a fait oui de la tête.

– C'est pour cette raison que j'étais tellement désireuse de rentrer chez les Chasseresses. Je sais que c'est égoïste, mais je voulais avoir une vie à moi, des amis à moi. J'aime Nico de tout mon cœur, ce n'est pas ça le problème, mais j'avais besoin de voir comment ce serait de ne pas être une grande sœur vingt-quatre heures sur vingt-quatre.

J'ai repensé à l'été dernier et à ce que j'avais ressenti en découvrant que j'avais un Cyclope comme petit frère. Je comprenais ce que me disait Bianca.

– Zoé semble te faire confiance, ai-je dit. De quoi parliez-vous, à propos, une histoire de danger qui menace la quête ?

– Quand ça ?

– Hier matin au pavillon. (Décidément, j'étais incapable de tenir ma langue.) Il était question du Général.

Le visage de Bianca s'est rembruni.

– Comment as-tu pu... la casquette d'invisibilité. Tu nous espionnais ?

– Non ! Enfin, pas vraiment. Simplement...

L'arrivée de Grover et Zoé avec les boissons et les viennoiseries m'a épargné de m'enliser dans mes explications. Chocolat chaud pour Bianca et moi, café pour eux. Et j'ai eu droit à un chausson aux pommes tellement délicieux que je suis presque parvenu à ignorer le regard indigné dont me gratifiait Bianca.

– Il faut que nous recourions au sortilège de traque, a dit Zoé. Grover, il te reste des glands de chêne ?

– Hum, a grommelé Grover, qui mâchait un muffin entier, emballage de cellophane compris. Je crois. Il faut juste que...

Il s'est brusquement immobilisé.

J'allais lui demander ce qui lui prenait quand une brise tiède est passée, comme un souffle d'air printanier qui se serait égaré au cœur de l'hiver. Un air doux chargé de parfums de fleurs sauvages et de soleil. Et quelque chose d'autre, presque comme une voix, qui essayait de dire quelque chose. De communiquer un avertissement.

– Grover, a hoqueté Zoé. Le tien gobelet.

Grover a lâché son gobelet, qui était décoré de photos d'oiseaux. Soudain, les oiseaux se sont décollés du carton et envolés, comme autant de minuscules colombes. Mon rat en caoutchouc a couiné. Il a trottiné le long du caniveau et filé entre les arbres – un vrai rat, avec de vraies moustaches et de vrais poils.

Grover s'est évanoui à côté de son café qui fumait dans la neige. On s'est regroupés autour de lui et on a essayé de le réveiller. Il a gémi et battu des paupières.

– Hé ! a crié Thalia, qui revenait en courant. Je viens de... Qu'est-ce qu'il a, Grover ?

– Je ne sais pas, ai-je dit. Il s'est évanoui.

– Euheuheuh... a gémi Grover.

– Ben, relevez-le ! (Thalia avait sa lance à la main. Elle a jeté un coup d'œil derrière son épaule comme si elle était suivie.) Il faut qu'on file d'ici.

Nous sommes parvenus à sortir de la station de ski avant que les deux premiers squelettes se montrent. Ils ont surgi des arbres qui bordaient la route, un de chaque côté. Ils avaient troqué leur treillis gris contre des uniformes bleus de la police du Nouveau-Mexique, mais ils avaient toujours la même peau grise et transparente, les mêmes yeux jaunes.

Ils ont dégainé leurs pistolets. Je dois reconnaître qu'à l'époque je trouvais que ce serait sympa d'apprendre à tirer, mais j'ai changé d'avis dès que les guerriers-squelettes ont braqué leurs armes sur moi.

Thalia a tapoté son bracelet. Aegis s'est déployé à son bras, mais les guerriers-squelettes n'ont pas sourcillé. Leurs yeux jaunes et luisants m'ont transpercé.

J'ai dégainé Turbulence, tout en me demandant en quoi elle pouvait me servir face à des armes à feu.

Zoé et Bianca ont bandé leurs arcs, Bianca non sans peine parce que Grover n'arrêtait pas de défaillir et de s'appuyer contre elle.

– Reculez ! a ordonné Thalia.

Nous avons obtempéré, mais un bruissement de branches nous a alertés.

Deux autres squelettes ont surgi sur la route, derrière nous. On était cernés.

Je me suis demandé où étaient les autres guerriers-squelettes. Au musée, j'en avais vu douze. À ce moment-là, un des guerriers a sorti un téléphone portable et s'est mis à parler.

Sauf qu'il ne parlait pas. Il produisait des cliquetis secs, comme des claquements de dent contre un os. Soudain j'ai compris ce qui se passait. Les squelettes s'étaient séparés pour nous chercher. Ceux-là appelaient leurs camarades. Bientôt, on aurait toute la bande sur le dos.

– Il est tout près, a gémi Grover.

– Ils sont là, ai-je dit.

– Non. Le don. Le don de la Nature.

J'ignorais de quoi il parlait, mais son état m'inquiétait. Il n'était pas en état de marcher, encore moins de se battre.

– Tous les quatre, on va en attaquer un chacun, a dit Thalia. Ils sont quatre, contre nous quatre. Peut-être que comme ça ils laisseront Grover tranquille.

– Entendu ! a dit Zoé.

– La Nature ! a gémi Grover.

Un vent tiède a parcouru le canyon en faisant bruisser les arbres, mais j'ai gardé les yeux rivés sur les squelettes. J'ai repensé au Général riant du sort d'Annabeth. J'ai repensé à la façon dont Luke l'avait trahie.

Et j'ai chargé.

Le premier squelette a fait feu. Le temps a ralenti. Je ne dirais pas que je voyais la balle, mais je percevais sa trajectoire, de la même façon que je sentais les courants marins dans l'océan. Je l'ai parée du revers de ma lame d'épée et j'ai continué à charger.

Le squelette a sorti une matraque et je lui ai tranché les deux bras à hauteur des coudes. Ensuite j'ai fait un moulinet avec Turbulence et l'ai coupé en deux à la taille.

Ses os se sont disloqués et entassés en cliquetant sur l'asphalte. Presque aussitôt, ils se sont mis en mouvement pour se rassembler. Un deuxième squelette m'a toisé en entrechoquant les mâchoires et visé, mais j'ai envoyé bouler son pistolet dans la neige.

Je trouvais que je m'en sortais assez bien, jusqu'au moment où les deux autres squelettes m'ont tiré dans le dos.

– Percy ! a hurlé Thalia.

Je suis tombé à plat ventre sur la chaussée. C'est alors que je me suis aperçu de quelque chose... je n'étais pas mort. Les balles m'avaient touché, certes, mais d'un coup sourd, comme une bourrade dans le dos, sans me blesser.

La fourrure du lion de Némée ! J'avais un manteau pare-balles.

Thalia a attaqué le deuxième squelette. Bianca et Zoé se sont mises à cribler de flèches le troisième et le quatrième. Quant à Grover, debout, il tendait les mains vers les arbres comme s'il voulait les embrasser.

Un bruit de bulldozer est monté de la forêt, sur notre gauche. Peut-être étaient-ce les renforts des guerriers-squelettes qui arrivaient. Je me suis relevé en esquivant un coup de matraque : le squelette que j'avais coupé en deux s'était déjà reformé et il m'attaquait.

Il était impossible de les arrêter. Zoé et Bianca envoyaient leurs flèches à bout portant, mais celles-ci ne faisaient que traverser les crânes vides des guerriers en sifflant. L'un d'eux s'est jeté sur Bianca et j'ai vraiment cru qu'elle était fichue, mais elle a sorti son couteau de chasse et a poignardé son agresseur en pleine poitrine. Le guerrier-squelette s'est embrasé de la tête aux pieds, comme une torche, qui s'est ensuite éteinte pour ne laisser qu'un petit tas de cendres et une plaque de policier.

– Comment tu as fait ? a demandé Zoé.

– Je ne sais pas, a répondu Bianca d'une voix tendue. Un coup de chance ?

– Eh bien, recommence !

Elle a essayé, mais les trois squelettes restants se méfiaient, à présent. Ils nous ont repoussés en nous tenant à distance de matraque.

– Quelqu'un a un plan ? ai-je demandé en battant en retraite.

Personne n'a répondu. Derrière les squelettes, les arbres tremblaient. Des craquements parcouraient les branches.

– Un don, a murmuré Grover.

Alors, avec un grondement puissant, le plus gros cochon que j'aie vu de ma vie a déboulé sur la route. C'était un sanglier haut de neuf mètres, au museau rose et couvert de morve, aux défenses longues comme des canoës. Il avait le dos hérissé de soies brunes et les yeux féroces et rageurs.

GROIIIIINKKK ! Le sanglier a chargé et propulsé les trois guerriers avec ses défenses. Sa force était telle qu'ils ont volé au-dessus des arbres et se sont écrasés sur le flanc de la montagne, fémurs et autres tibias partant dans tous les sens.

Alors le cochon géant s'est tourné vers nous.

Thalia a brandi sa lance, mais Grover a hurlé :

– Ne le tue pas !

Le sanglier grondait en grattant le sol du sabot, prêt à charger.

– C'est le sanglier d'Érymanthe, a dit Zoé en s'efforçant de garder son calme. Je ne crois pas qu'on puisse le tuer.

– C'est un don, a dit Grover. Une bénédiction de la Nature !

GROIIIIINKKK ! L'animal a donné un coup de défenses. Bianca et Zoé se sont écartées d'un bond. J'ai dû pousser Grover pour qu'il ne se retrouve pas expédié dans les montagnes par Sanglier Défenses Express.

– Tu parles d'une bénédiction ! Dispersez-vous ! me suis-je écrié.

Nous sommes tous partis dans des directions différentes, ce qui a brièvement déconcerté le sanglier.

– Il veut nous tuer ! a dit Thalia.

– Bien sûr ! a répondu Grover. Il est sauvage !

– Alors en quoi est-ce une bénédiction ? a demandé Bianca.

La question me paraissait justifiée mais le cochon l'a mal prise et il a foncé sur Bianca. Elle a été plus rapide que je n'aurais imaginé : elle a roulé sur le côté et s'est retrouvée derrière le sanglier géant, qui a poursuivi sa trajectoire et fait voler en éclats le panneau BIENVENUE À CLOUDCROFT.

Je me suis creusé la cervelle pour me souvenir du mythe du sanglier. J'étais presque sûr qu'Héraclès avait affronté cette créature, mais je ne me rappelais pas comment il en était venu à bout. J'avais le vague souvenir de l'animal réduisant quelques cités grecques en ruines avant qu'Héraclès parvienne à le terrasser. Cloudcroft avait intérêt à être bien assuré contre les attaques de sangliers géants.

– Continuez de courir ! a hurlé Zoé.

Bianca et elle ont pris deux directions opposées. Grover dansait autour du sanglier en jouant de la flûte de Pan, tandis que la bête grondait et essayait de l'embrocher. Mais c'est Thalia et moi qui avons décroché le gros lot de la poisse. Quand le sanglier s'est tourné vers nous, Thalia a commis l'erreur de lever Aegis pour nous défendre. À la vue de la tête de Méduse, il a poussé un grognement furieux – peut-être lui faisait-elle penser à quelqu'un de sa famille ? Toujours est-il qu'il a chargé.

Ce qui nous a permis de garder notre avance sur lui, c'est que nous grimpions le flanc de la colline et pouvions éviter les arbres en louvoyant, alors que le cochon géant, lancé sur sa trajectoire, était obligé de les écraser pour passer.

Arrivé sur l'autre versant, j'ai aperçu une vieille voie ferrée à demi ensevelie sous la neige.

– Par ici !

J'ai attrapé Thalia par le bras et nous avons couru le long des rails, poursuivis par le sanglier qui dérapait sur la pente raide. Ses sabots n'étaient pas faits pour ça, loués soient les dieux.

Devant nous, j'ai vu un tunnel. Plus loin, un vieux pont sur chevalets qui enjambait une gorge. Une idée folle m'est venue à l'esprit.

– Suis-moi !

Thalia a ralenti – je n'avais pas le temps de lui demander pourquoi – mais je l'ai tirée par la main et elle m'a suivi à contrecœur. Derrière nous, un tank cent pour cent pur porc écrasait les rochers et piétinait les sapins sous ses sabots pour nous donner la chasse.

Thalia et moi, on s'est engouffrés dans le tunnel et on a débouché de l'autre côté.

– Non ! a-t-elle crié.

Elle était blanche comme un linge. Nous étions juste devant le pont. En dessous, la montagne formait un ravin enneigé d'une profondeur d'environ vingt mètres.

– Viens ! ai-je dit. Le pont devrait supporter notre poids.

– Je ne peux pas ! a hurlé Thalia, les yeux agrandis par la peur.

Le sanglier s'est engagé dans le tunnel à toute blinde.

– Dépêche !

Elle a baissé les yeux et ravalé sa salive. Je vous jure qu'elle virait au vert.

Je n'avais pas le temps d'analyser ses raisons. L'animal fonçait droit sur nous. Plan de secours. Laisser tomber le pont. J'ai empoigné Thalia pour l'entraîner avec moi sur le flanc de la vallée. On a glissé sur Aegis comme sur un surf des neiges, fonçant le long de la pente raide sur les rochers, la boue et la neige. Le sanglier a eu moins de chance : incapable de faire un virage aussi abrupt, il a couru avec ses tonnes de chair de monstre sur le frêle pont, qui a ployé puis cédé sous le poids. Avec des cris retentissants, le cochon géant est tombé en chute libre dans la gorge, pour aller s'enfoncer dans une congère avec un grand *PSCHOUFF !*

Thalia et moi, on s'est arrêtés en dérapant. Nous étions tous les deux essoufflés. J'étais égratigné de partout et je saignais. Thalia avait des aiguilles de pin dans les cheveux. À côté de nous, le sanglier se débattait en hurlant. Je ne voyais que son dos hérissé de soies. Il était complètement coincé dans la neige, comme dans un emballage en polystyrène. Il n'avait pas l'air blessé, mais pas l'air près de bouger non plus.

– Tu as le vertige, ai-je dit à Thalia.

– N'importe quoi !

Maintenant que nous étions au pied de la montagne, en toute sécurité, ses yeux avaient repris leur expression de colère habituelle.

– Ça explique que tu aies paniqué au volant du bus d'Apollon et c'est pour ça aussi que tu n'avais pas envie d'en parler.

Elle a respiré à fond. Puis elle a passé la main dans ses cheveux pour en retirer les aiguilles de pin.

– Si tu le dis à qui que ce soit, je te jure que...

– Non, non, t'inquiète, il y a pas de problème. C'est juste que... la fille de Zeus, Seigneur du Ciel, qui a le vertige ?

Elle allait me pousser dans la neige quand la voix de Grover a retenti au-dessus de nous :

– Ohé, où êtes-vous ?

– En bas, en bas ! ai-je crié.

Quelques minutes plus tard, Zoé, Bianca et Grover nous avaient rejoints. Debout, nous regardions le sanglier géant se débattre dans sa gangue de neige.

– Une bénédiction de la Nature, a répété Grover, qui paraissait pourtant agité, maintenant.

– Je partage ton avis, a dit Zoé. Nous devons l'utiliser.

– Attendez, est intervenue Thalia avec mauvaise humeur. (Elle avait toujours l'air de sortir d'un duel avec un sapin de Noël.) Expliquez-moi pourquoi vous êtes tellement sûrs que ce cochon est une bénédiction.

Grover regardait au loin, l'air ailleurs.

– C'est lui qui va nous conduire sur la côte Ouest, a-t-il répondu. Vous avez une idée de la vitesse à laquelle il peut se déplacer ?

– Marrant, ai-je dit. Comme du rodéo à dos de cochon.

Grover a hoché la tête.

– Il faut qu'on monte. Je regrette... Je regrette de ne pas pouvoir m'attarder et regarder davantage. Mais c'est parti, maintenant.

– Qu'est-ce qui est parti ?

Grover n'a pas paru m'entendre. Il s'est dirigé vers le sanglier et a grimpé sur son dos. Le monstre commençait déjà à regagner un peu de liberté de mouvement. Une fois qu'il se serait complètement dégagé, rien ne pourrait l'arrêter. Grover a sorti sa flûte. Il a entamé un air rapide et rythmé puis lancé une pomme devant l'animal. La pomme flottait et tournait sous son groin, lui échappant chaque fois qu'il voulait la croquer, et ça le rendait dingue.

– Pilotage automatique, a murmuré Thalia. Super.

Elle s'est avancée à pas lourds et a sauté derrière Grover, ce qui laissait encore plein de place pour le reste d'entre nous.

Zoé et Bianca se sont approchées à leur tour.

– Une seconde, ai-je demandé. Vous deux, vous savez de quoi parle Grover – cette bénédiction de la Nature ?

– Bien sûr, a dit Zoé. Ne l'as-tu pas senti dans le vent ? C'était tellement fort... Je n'aurais jamais imaginé qu'il me serait à nouveau donné de percevoir cette présence.

– Quelle présence ?

Elle m'a dévisagé comme si j'étais idiot.

– Celle du Seigneur de la Nature, bien sûr. Un bref instant, à l'arrivée du sanglier, j'ai senti la présence de Pan.

13 On fait un tour à la casse des dieux

Nous avons chevauché le sanglier jusqu'au coucher du soleil et j'avais le dos en compote. Imaginez-vous une journée entière à califourchon sur une brosse métallique géante lancée sur un sol caillouteux et vous aurez une idée du confort qu'offre le transport à dos de cochon géant.

J'aurais été incapable de dire combien de kilomètres nous avions parcourus, mais nous avons laissé les montagnes loin derrière nous pour pénétrer dans une région plate et sèche. À mesure que nous galopions (le terme est-il approprié ?), l'herbe et les broussailles se faisaient plus rares et pour finir, nous nous sommes retrouvés dans le désert.

À la tombée de la nuit, le sanglier s'est arrêté devant le lit d'une rivière et a grogné. Il s'est mis à boire l'eau boueuse puis il a arraché un cactus saguaro et a entrepris de le manger, piquants compris.

– Il n'ira pas plus loin, a dit Grover. Nous devons descendre tant qu'il mange.

Aucun de nous ne s'est fait prier. Nous avons profité que l'animal soit occupé à tailler des cactus en pièces pour nous glisser au sol. Puis nous nous sommes éloignés en nous dandinant maladroitement sur nos jambes ankylosées.

Après son troisième cactus et une nouvelle lampée de vase, le sanglier a grogné et roté, puis il a faite volte-face et il est reparti au galop vers l'est.

– Il préfère les montagnes, ai-je deviné.

– Je le comprends, a dit Thalia. Regarde.

Devant nous s'étendait une route à deux voies qui disparaissait à moitié sous le sable. De l'autre côté, j'ai distingué un groupe de bâtiments trop petit pour former un village : une maison aux fenêtres condamnées, un restaurant à tacos qui avait l'air de ne pas avoir ouvert depuis la naissance de Zoé Nightshade, un bureau de poste à la façade en stuc blanc, avec un panneau qui pendait en travers de la porte : GILA CLAW, ARIZONA. Derrière encore, il y avait une chaîne de collines, mais en y regardant bien, j'ai vu que ce n'étaient pas des collines normales. On était dans une zone bien trop plate pour ça. Il s'agissait en fait d'immenses tas de carcasses de voitures, appareils électroménagers et autres ferrailleries. C'était une casse qui s'étendait à perte de vue.

– La vache ! me suis-je exclamé.

– Quelque chose me dit qu'on ne va pas trouver de voiture à louer, a dit Thalia. Tu n'aurais pas un autre sanglier par-devers toi, par hasard, Grover ?

Grover humait la brise, l'air inquiet. Il a sorti ses glands de chêne et les a jetés dans le sable, puis il s'est mis à jouer de la flûte de Pan. Les glands se sont agencés en dessinant un motif qui n'avait aucun sens pour moi, mais Grover paraissait préoccupé.

– C'est nous, a-t-il dit. Ces cinq glands, juste là.

– Je suis lequel ? ai-je demandé.

– Celui qui est un peu difforme, a suggéré Zoé.

– Oh, tais-toi.

– Ce groupe-là, a dit Grover en pointant le doigt sur sa gauche. Il représente un danger.

– Un monstre ? a demandé Thalia.

– Je ne sens rien, a-t-il répondu, visiblement perplexe. Ce n'est pas normal. Pourtant les glands ne mentent pas. Notre prochain défi...

Il a tendu le bras vers la casse. Maintenant que la lumière du soleil avait presque entièrement disparu, les collines de métal dessinaient un paysage extraterrestre.

On a décidé de camper pour la nuit et d'explorer l'entrepôt de ferraille le lendemain. Aucun de nous n'avait envie de plonger dans des bennes dans le noir.

Zoé et Bianca ont sorti cinq sacs de couchage et cinq matelas de mousse de leurs sacs à dos. Je ne sais pas comment elles ont fait, vu la taille des sacs à dos, mais ils devaient être magiques pour contenir autant de choses. J'avais déjà remarqué que les arcs et leurs flèches étaient magiques. Je n'y avais jamais vraiment réfléchi, mais chaque fois que les Chasseresses en avaient besoin, arcs et carquois apparaissaient dans leurs dos. Et le reste du temps, elles ne les avaient pas.

Le froid nocturne n'a pas tardé à se faire sentir. Grover et moi sommes allés prendre de vieilles planches dans la maison en ruine, et Thalia les a allumées d'un choc électrique pour faire un feu de camp. Quelques instants plus tard, on était aussi cosy qu'on peut l'être dans les décombres d'une ville fantôme perdue dans le désert.

– On peut voir les étoiles, a dit Zoé.

Elle avait raison. Il y en avait des millions, loin des éclairages urbains qui colorent le ciel en orange.

– C'est merveilleux, a dit Bianca. En fait, je n'ai jamais vu la Voie lactée.

– Ce n'est rien, ça, a dit Zoé. Dans le temps, il y en avait davantage. Des constellations entières ont disparu à cause de la pollution lumineuse des hommes.

– Tu parles comme si tu ne faisais pas partie des hommes, ai-je dit.

– Je suis une Chasseresse, a répliqué Zoé en haussant le sourcil. Je m'inquiète de ce qu'il arrive aux régions sauvages du monde. Peut-on en dire de même dans le tien cas ?

– Dans *ton* cas, a corrigé Thalia. Pas dans *le tien* cas.

– Mais tu dis bien : celui-ci, c'est le tien ?

– Oui, mais pas quand il y a un nom après. C'est *le tien*, mais c'est *ton cas*.

– Oh ! (Zoé a jeté les bras au ciel, exaspérée.) Je déteste cette langue ! Elle change trop vite.

Grover a poussé un gros soupir. Il regardait toujours les étoiles comme s'il réfléchissait au problème de la pollution lumineuse.

– Si seulement Pan était là, il remettrait tout ça en ordre.

Zoé a hoché tristement la tête.

– C'est peut-être le café, a repris Grover. Je buvais du café et le vent s'est levé. Peut-être que si j'en reprenais beaucoup...

J'étais presque sûr que le café n'était pour rien dans ce qui s'était passé à Cloudcroft, mais je n'avais pas le cœur de faire part de mon opinion à Grover. J'ai repensé au rat en caoutchouc et aux minuscules oiseaux qui avaient brusquement pris vie au passage de la brise, et j'ai dit :

– Grover, tu crois vraiment que c'était Pan ? Je veux dire, je sais que tu *aimerais* que ce soit lui.

– Il nous a envoyé de l'aide, a-t-il insisté. J'ignore comment ou pourquoi. Quand nous aurons terminé cette quête, je retournerai au Nouveau-Mexique et je boirai plein de café. C'est la meilleure piste que nous ayons depuis deux mille ans. J'étais *tellement* près !

J'ai préféré me taire. Je ne voulais pas gâcher ses espoirs.

– Ce que j'aimerais savoir, a dit Thalia en regardant Bianca, c'est comment tu as fait pour détruire un des zombies. Il y en a encore plein en circulation. Nous devons trouver le moyen de les combattre.

– Je ne sais pas, a-t-elle répondu en secouant la tête. Je lui ai juste donné un coup de poignard et il s'est enflammé.

– Ton poignard a peut-être quelque chose de particulier, ai-je suggéré.

– Non, c'est le même que le mien, a dit Zoé. En bronze céleste, certes, mais le mien n'a pas fait cet effet aux guerriers-squelettes.

– Peut-être faut-il frapper le squelette à un endroit particulier, ai-je dit.

Bianca avait l'air gênée d'être le centre d'attention.

– Peu importe, lui a dit Zoé. Nous trouverons la réponse. Maintenant, nous devons préparer la prochaine étape. Demain, après avoir traversé la casse, nous devrons poursuivre notre chemin vers l'ouest. Si nous trouvons une route, nous pourrons aller en stop à la prochaine grande ville. Je crois que c'est Las Vegas.

J'allais objecter que Grover et moi avions de très mauvais souvenirs de cette ville quand Bianca m'a pris de vitesse.

– Non ! Pas là ! s'est-elle écriée.

Elle avait l'air vraiment paniquée, comme si elle venait de se faire éjecter d'un grand huit.

Zoé a froncé les sourcils.

– Pourquoi ?

Bianca a poussé un frêle soupir.

– Je... je crois qu'on y a vécu, à un moment. Nico et moi. Pendant la période où on voyageait. Et ensuite, je ne me souviens plus...

Soudain, une pensée horrible m'est venue à l'esprit. Je me suis rappelé que Bianca m'avait dit qu'avec Nico ils avaient habité à l'hôtel quelque temps. J'ai croisé le regard de Grover et vu qu'il pensait la même chose que moi.

– Bianca, ai-je dit. Cet hôtel où vous avez séjourné, il ne s'appelait pas par hasard l'hôtel-casino du Lotus ?

Elle a écarquillé les yeux.

– Comment tu le sais ?

– Allons bon, ai-je soupiré.

– Une seconde, a demandé Thalia. C'est quoi, cet hôtel-casino du Lotus ?

– Il y a deux ans, avec Grover et Annabeth, on s'est retrouvés piégés là-bas. L'endroit est conçu pour qu'on ne veuille jamais s'en aller. On y est restés une heure. Quand on est ressortis, cinq jours avaient passé. C'est un lieu qui fait accélérer le temps.

– Non, a dit Bianca. Non, ce n'est pas possible.

– Tu as dit que quelqu'un était venu et vous avait fait sortir, me suis-je souvenu.

– Oui.

– Comment était-il ? Qu'est-ce qu'il a dit ?

– Je… je ne me rappelle pas. S'il te plaît, je n'ai vraiment pas envie d'en parler.

Zoé s'est penchée en avant, les sourcils froncés, la mine inquiète.

– Tu as dit que vous aviez trouvé Washington changé quand vous y étiez retournés l'année dernière. Tu ne te souvenais pas qu'il y avait le métro.

– Oui, mais…

– Bianca, a repris Zoé, peux-tu me dire le nom de l'actuel président des États-Unis ?

– Ne sois pas idiote, a répondu Bianca, qui nous a donné le nom exact.

– Et avant, qui était président ? a alors demandé Zoé.

Bianca a réfléchi quelques instants, avant d'annoncer :

– Roosevelt.

Zoé a ravalé sa salive.

– Lequel des deux ? Theodore ou Franklin ?

– Franklin, a dit Bianca. Franklin Roosevelt, FDR.

– Comme la voie express FDR ? ai-je demandé – car je dois avouer que c'était à peu près tout ce que je savais sur Franklin Roosevelt.

– Bianca, a dit Zoé. Franklin Roosevelt n'était pas le dernier président. Franklin Roosevelt, ça remonte à environ soixante-dix ans.

– C'est impossible, a dit Bianca. Je… je ne suis pas si vieille.

Elle a regardé ses mains comme pour vérifier qu'elles n'étaient pas ridées.

La tristesse a envahi les yeux de Thalia. Elle savait ce que ça signifiait, d'être soustrait au temps pendant une tranche de sa vie.

– Ce n'est pas grave, Bianca, a-t-elle dit. L'important, c'est que Nico et toi soyez sains et saufs. Vous en êtes sortis.

– Mais comment ? me suis-je écrié. Nous, on n'y a passé qu'une heure et on s'en est tirés de justesse. Comment avez-vous pu vous enfuir après y être restés si longtemps ?

– Je t'ai dit. (Bianca paraissait au bord des larmes.) Un homme est venu et il a dit qu'il était temps que nous nous en allions. Et...

– Mais qui ? Et pourquoi a-t-il fait ça ?

Avant qu'elle ait pu répondre, nous avons été éblouis par une lumière aveuglante qui provenait de la route. Les phares d'une voiture avaient surgi de nulle part. J'espérais presque que c'était Apollon, venu faire le taxi encore une fois, mais le moteur était beaucoup trop silencieux pour le char du soleil et c'était la nuit. On a attrapé nos sacs de couchage et on s'est écartés *in extremis* de la trajectoire d'une limousine d'un blanc cadavérique, qui a pilé devant nous.

La portière arrière de la limousine s'est ouverte juste à côté de moi. Je n'ai pas eu le temps de m'écarter que déjà la pointe d'une épée me piquait la gorge.

J'ai entendu un léger bruit : Zoé et Bianca bandant leurs arcs. Tandis que le propriétaire de l'épée sortait de voiture, j'ai reculé très lentement. Par force, car il appuyait la pointe sous mon menton.

Il a souri avec cruauté.

– T'es plus si rapide, maintenant, tocard ?

C'était un homme de grande taille, aux cheveux en brosse, qui portait un jean noir, un débardeur blanc, un blouson de motard noir et des bottes de combat. Des lunettes noires panoramiques masquaient ses yeux, mais je savais ce qu'il y avait derrière : des orbites creuses remplies de flammes.

– Arès, ai-je grommelé.

Le dieu de la guerre a regardé mes amis.

– Repos, les jeunes.

Sur ces mots, il a claqué des doigts et leurs armes sont tombées par terre.

– Ceci est une rencontre amicale. (Il a appuyé la pointe de son épée encore un peu plus sous mon menton.) Bien sûr, ça m'aurait fait plaisir d'emporter ta tête en trophée, mais il y a quelqu'un qui souhaite te voir. Et je ne décapite jamais mes amis devant une dame.

– Quelle dame ? a demandé Thalia.

Arès l'a toisée.

– Eh bien, eh bien. J'ai appris que tu étais de retour parmi nous.

Il a abaissé son épée et m'a poussé.

– Thalia, fille de Zeus, a-t-il dit d'un ton songeur. Tu n'as pas de très bonnes fréquentations.

– Qu'est-ce qui vous amène, Arès ? a-t-elle répliqué. Qui est dans la voiture ?

Arès a souri, ravi de capter toute l'attention.

– Oh, je doute qu'elle souhaite rencontrer le reste de la bande. Surtout pas *elles*. (Il a donné un coup de menton dans la direction de Zoé et Bianca.) Si vous alliez manger des tacos en attendant ? Percy n'en aura que pour quelques minutes.

– Nous ne le laisserons pas seul avec vous, seigneur Arès, a protesté Zoé.

– En plus, a balbutié Grover, le tex-mex est fermé.

Arès a claqué des doigts de nouveau. À l'intérieur du restaurant, toutes les lumières se sont allumées d'un coup. Les planches qui condamnaient la porte ont disparu et le panneau FERMÉ a basculé du côté OUVERT.

– Tu disais, biquet ?

– Allez-y, ai-je lancé à mes amis. Je vais me débrouiller tout seul.

Je me suis efforcé de parler d'une voix ferme, mais je n'en menais pas si large que ça. Je ne crois pas qu'Arès s'y soit trompé.

– Vous avez entendu votre copain, a-t-il dit. Il est grand et fort. Il assure.

À contrecœur, ils sont tous partis en direction du restaurant tex-mex. Arès m'a gratifié d'un regard haineux, puis il a ouvert la portière arrière de la limousine comme un chauffeur.

Quand je l'ai vue, j'en suis resté bouche bée.

J'ai tout oublié, jusqu'à mon nom. J'ai oublié comment on fait une phrase entière.

Elle portait une robe de satin rouge et ses cheveux bouclés cascadaient sur ses épaules. Elle avait le plus beau visage que j'aie jamais vu de ma vie : un maquillage parfait, des yeux étincelants, un sourire qui aurait éclairé la face sombre de la lune.

Maintenant que j'y repense, je suis incapable de la décrire en détail. De vous dire de quelle couleur étaient ses prunelles, ou ses cheveux. Pensez à la plus fabuleuse actrice que vous connaissiez : la déesse était dix fois plus belle. Représentez-vous toutes les grâces qu'une femme peut posséder : la déesse les avait.

Quand elle m'a souri, elle a ressemblé un court instant à Annabeth. Puis à cette actrice de télévision dont j'étais amoureux en sixième. Ensuite... vous avez compris l'idée.

– Ah, te voilà, Percy, a dit la déesse. Je suis Aphrodite.

Je me suis glissé sur le siège en face d'elle et j'ai dit un truc du genre :

– Euh ga ga.

– Comme tu es mignon. (Elle a souri.) Tiens-moi ça, s'il te plaît.

Elle m'a tendu un miroir poli grand comme une assiette et m'a demandé de le lui tenir. Puis elle s'est penchée et a retouché son rouge à lèvres, qui m'avait pourtant l'air parfait.

– Sais-tu pourquoi je suis là ? m'a-t-elle demandé.

Je voulais répondre, mais pourquoi étais-je incapable d'articuler le moindre mot ? C'était juste une dame. Une dame extrêmement ravissante. Avec des yeux comme des étangs d'eau claire... Waouh !

Je me suis pincé le bras très fort et suis parvenu à bafouiller :

– Je... je ne sais pas.

– Oh, mon chéri, a dit Aphrodite. Tu refuses toujours d'admettre la réalité.

Dehors, Arès a pouffé de rire. J'avais l'impression qu'il écoutait tout ce que nous disions. La pensée qu'il soit là à m'épier m'a mis en colère et ça m'a aidé à me ressaisir.

– Je ne sais pas de quoi vous parlez.

– Alors dis-moi, pourquoi t'es-tu lancé dans cette quête ?

– Artémis s'est fait capturer !

Aphrodite a roulé les yeux.

– Oh, Artémis. *Je t'en prie*. Tu parles d'un cas désespéré. Je veux dire, quitte à enlever une déesse, tu ne crois pas qu'il faudrait en choisir une d'une beauté à couper le souffle ? J'ai de la peine pour les pauvres chéris qui doivent surveiller Artémis. Quel ennui !

– Mais elle traquait un monstre, ai-je protesté. Un monstre vraiment, vraiment terrible. Il faut qu'on le trouve !

Aphrodite m'a demandé de lever le miroir un peu plus haut. Apparemment, elle avait repéré une tache microscopique de mascara au coin de son œil et elle l'a frottée doucement.

– Toujours des histoires de monstres. Mais, mon cher Percy, ça, c'est la raison pour laquelle les autres ont entrepris cette quête. Je m'intéresse davantage à toi.

Mon cœur battait la chamade. Je n'avais pas envie de répondre, mais son regard m'a tiré les mots de la bouche.

– Annabeth est en danger.

– Exactement ! s'est écriée Aphrodite avec un grand sourire.

– Il faut que je l'aide. J'ai fait des rêves.

– Ah, tu rêves d'elle, en plus ! Trop mignon !

– Non ! Je veux dire... Ce n'est pas ce que je voulais dire.

La déesse a émis un petit claquement de langue.

– Je suis de ton côté, Percy. C'est grâce à moi que tu es là, après tout.

– Comment ça ?

Je l'ai regardée en écarquillant les yeux.

– Le tee-shirt empoisonné que les frères Alatir ont donné à Phoebe, tu crois que c'était un accident ? Et qui t'a envoyé Blackjack ? Qui t'a aidé à filer en douce de la colonie ?

– C'est vous qui avez fait tout ça ?

– Bien sûr ! Parce que vraiment, qu'est-ce qu'elles sont barbantes, ces Chasseresses ! Traquer un monstre, mais oui, mais oui, mais oui. Sauver Artémis. Moi je dis : qu'elle reste donc perdue. Mais une quête pour l'amour...

– Une seconde, je n'ai jamais dit...

– Oh, mon chéri. Tu n'as pas besoin de le dire. Tu sais qu'Annabeth était à deux doigts de rentrer chez les Chasseresses, dis-moi ?

J'ai rougi.

– Je n'étais pas sûr que...

– Elle allait foutre sa vie en l'air ! Et toi, mon chéri, tu peux la sauver de ce danger. Comme c'est romantique !

– Euh...

– Oh, pose le miroir, a ordonné Aphrodite. Je suis bien comme ça.

Je ne m'étais pas rendu compte que je le tenais encore, mais dès que je l'ai posé j'ai remarqué que j'avais les bras endoloris.

– Maintenant écoute-moi, Percy. Les Chasseresses sont tes ennemies. Oublie-les, elles, Artémis et le monstre avec. Ce n'est pas ça qui compte. Concentre tous tes efforts pour retrouver et sauver Annabeth.

– Savez-vous où elle est ?

Aphrodite a agité la main d'un geste irrité.

– Non, non, je te laisse t'occuper des détails. Mais ça fait un bail qu'on n'a pas eu une belle histoire d'amour tragique.

– Waouh ! D'abord je n'ai jamais parlé d'amour. Ensuite pourquoi *tragique* ?

– L'amour triomphe de tout, a promis la déesse. Regarde Hélène et Pâris. Ont-ils laissé quoi que ce soit s'interposer entre eux ?

– N'ont-ils pas provoqué la guerre de Troie et causé des milliers de morts ?

– Pff ! Ce n'est pas ça qui est important. Écoute ton cœur.

– Mais... je ne sais pas où il va. Mon cœur, je veux dire.

Elle m'a souri avec bienveillance. Elle était vraiment magnifique. Et pas seulement parce qu'elle avait un beau visage et tout ça. Elle croyait si fort en l'amour qu'il était impossible de ne pas avoir le vertige quand elle en parlait.

– Ne pas savoir, c'est la moitié du plaisir, a dit Aphrodite. C'est délicieusement douloureux, n'est-ce pas ? Ne pas savoir qui tu aimes et qui t'aime ? Oh, les jeunes ! C'est trop mignon, je vais pleurer.

– Non, non, ne pleurez pas.

– Et ne t'inquiète pas. Je vais veiller à ce que ce ne soit pas facile et ennuyeux. Je te réserve un tas de surprises. De l'angoisse, les affres de l'indécision... oh, tu vas voir !

– Ne vous dérangez pas, lui ai-je dit. Ce n'est vraiment pas la peine.

– Tu es trop craquant. J'aimerais que toutes mes filles puissent briser le cœur d'un garçon aussi chouette que toi. (Aphrodite avait les larmes aux yeux.) Maintenant tu devrais filer. Et sois prudent sur le territoire de mon mari, Percy. Ne prends rien. Il est terriblement pointilleux dès qu'il s'agit de sa ferraille et de ses bibelots.

– Comment ? ai-je demandé. Vous voulez parler d'Héphaïstos ?

Mais la portière s'est ouverte et Arès, m'attrapant par l'épaule, m'a tiré de la voiture et replongé dans la nuit du désert.

– T'as de la chance, tocard. (Il m'a écarté de la limousine d'une bourrade.) Estime-toi heureux.

– De quoi ?

– Qu'on soit aussi gentils. S'il ne tenait qu'à moi...

– Alors pourquoi ne m'avez-vous pas tué ? ai-je rétorqué.

Ce n'était pas malin de dire une chose pareille au dieu de la guerre, mais en sa présence, je me sentais toujours hargneux et téméraire.

Arès a hoché la tête comme si j'avais enfin dit quelque chose d'intelligent.

– Sérieusement, fiston, j'adorerais te tuer. Seulement voilà, ça me pose problème. Y a une rumeur qui circule dans l'Olympe comme quoi tu vas peut-être déclencher la plus grande guerre de l'histoire. Je ne peux pas courir le risque de saboter ça. En plus, Aphrodite te prend pour une star de feuilleton télé. Si je te tue, elle m'en voudra, c'est couru. Mais t'inquiète pas. J'ai pas oublié ma promesse. Un jour prochain, fiston, *très* prochain, tu vas lever ton épée et là tu vas te souvenir de la colère d'Arès.

J'ai serré les poings.

– Pourquoi attendre ? ai-je lancé au dieu. Je vous ai déjà battu une fois. Comment va cette cheville ?

Il a souri en biais.

– Pas mal, tocard. Mais tu peux pas rivaliser avec le maître des railleries. C'est moi qui annoncerai l'ouverture du combat quand je serai prêt. D'ici là... fous-moi le camp.

Il a claqué des doigts et le monde a fait un tour complet sur lui-même, dans une spirale de poussière rouge. Je suis tombé par terre.

Quand je me suis relevé, la limousine avait disparu. La route, le resto tex-mex, la ville tout entière avaient disparu. Mes amis et moi étions plantés au beau milieu de la casse, entourés de montagnes de rebuts métalliques à perte de vue.

– Qu'est-ce qu'elle te voulait ? m'a demandé Bianca, quand je leur ai eu annoncé que j'avais rencontré Aphrodite.

– Oh, j'ai pas bien compris, ai-je menti. Elle a dit d'être prudent dans la ferraille de son mari. Et aussi qu'il ne fallait rien prendre.

Zoé a plissé les yeux, l'air soupçonneux.

– La déesse de l'amour ne se serait pas déplacée te dire cela. « Sois prudent, Percy. » Aphrodite a détourné bien des héros de leur objectif.

– Pour une fois, je suis d'accord avec Zoé. On ne peut pas faire confiance à Aphrodite, a renchéri Thalia.

Grover me regardait bizarrement. Il avait une intuition et un sens psychologique très forts, de sorte qu'en général il savait interpréter mes émotions et, là, j'ai eu l'impression qu'il avait parfaitement deviné de quoi Aphrodite m'avait parlé.

– Alors, ai-je dit, pressé de changer de sujet, comment on s'en va d'ici ?

– Par ici, a répondu Zoé. C'est l'ouest.

– Comment tu le sais ?

À la lumière de la pleine lune, je pouvais voir très nettement l'irritation s'afficher sur son visage.

– La Grande Ourse est au nord, a-t-elle expliqué. Ça signifie donc que l'ouest est *là*.

Elle a pointé le doigt d'abord vers l'est, puis vers la constellation en question, difficile à distinguer parmi la myriade d'étoiles.

– Ah ouais, ai-je dit. Cette brave ourse !

– Un peu de respect, a fait Zoé sur un ton offensé. C'était une ourse valeureuse, une adversaire admirable.

– Tu parles comme si elle était réelle.

– Les gars, nous a interrompus Grover, regardez !

Nous avions atteint le sommet d'une colline de rebuts. Des tas et des tas d'objets métalliques luisaient dans le clair de lune : des têtes de chevaux en bronze, détachées, des jambes de statues humaines en métal, des chars défoncés, des tonnes de boucliers, épées et autres armes, ainsi que des objets plus modernes comme des voitures scintillant de reflets or et argent, des lave-vaisselle, des écrans d'ordinateur.

– Waouh ! Tous ces trucs... Regardez, il y en a, on dirait du vrai or ! s'est exclamée Bianca.

– C'est du vrai or, a rétorqué Thalia, l'air grave. Comme a dit Percy, ne touchez à rien. C'est l'entrepôt de ferraille des dieux.

– De ferraille ? (Grover a ramassé une splendide couronne d'or et d'argent incrustée de joyaux. Elle était cassée sur un côté, comme pourfendue par un coup de hache.) Tu appelles ça de la ferraille ?

Il a croqué une des pointes et s'est mis à la mastiquer.

– Miam ! Délicieux !

D'une tape, Thalia lui a fait tomber la couronne des mains.

– Je parle sérieusement !

– Regardez ! (Bianca est partie en courant le long de la pente, trébuchant contre des anneaux de bronze et des assiettes d'or. Elle a ramassé un arc qui jetait des éclats argentés au clair de lune.) Un arc de Chasseresse !

Elle a poussé un cri de surprise car l'arc s'est mis soudain à rapetisser, pour se transformer en barrette à cheveux en forme de croissant de lune.

– C'est comme l'épée de Percy !

– Laisse-la, Bianca, a ordonné Zoé, le visage sévère.

– Mais...

– Si elle est là, c'est qu'il y a une raison. Tout objet jeté dans cette casse doit demeurer dans cette casse. Soit il a un défaut, soit il est maudit.

À contrecœur, Bianca a remis la barrette par terre.

– Je n'aime pas cet endroit, a dit Thalia, qui a resserré la main sur la hampe de sa lance.

– Tu crois qu'on va se faire attaquer par des frigos tueurs ? ai-je plaisanté.

Mais Thalia m'a gratifié d'un regard froid.

– Zoé a raison, Percy, a-t-elle dit. Les objets ne finissent pas ici par hasard. Maintenant venez, traversons cette casse.

– C'est la deuxième fois que tu es d'accord avec Zoé, ai-je bougonné, mais Thalia m'a ignoré.

On s'est mis en route. Les collines et vallées de ferraille semblaient s'étendre à l'infini et, sans la Grande Ourse, on se serait perdus. Les collines se ressemblaient toutes.

J'aimerais pouvoir dire que nous n'avons touché à rien, mais il y avait trop d'objets attrayants pour résister à la tentation d'en regarder certains d'un peu plus près. J'ai trouvé une guitare électrique en forme de lyre d'Apollon, tellement jolie que je l'ai prise dans mes mains pour l'examiner. Grover a trouvé un arbre en métal cassé. Il avait été taillé en pièces, mais sur certaines branches, il y avait encore des oiseaux en or qui ont bruissé des ailes quand Grover les a ramassées.

Enfin, nous avons aperçu la lisière de la casse à la ferraille à environ huit cents mètres et, derrière, les lumières d'une autoroute qui s'enfonçait dans le désert. Mais entre nous et la route...

– Qu'est-ce que c'est que ça ? a hoqueté Bianca.

Devant nous se dressait une colline bien plus grosse et plus longue que les autres. Elle ressemblait davantage à un plateau, longue comme un terrain de foot, haute comme des poteaux de but et tout en métal. À une extrémité du plateau s'allongeaient dix épaisses colonnes de métal, serrées les unes contre les autres.

Bianca a froncé les sourcils.

– On dirait des...

– Orteils, a complété Grover.

– Oui, a acquiescé Bianca. De très très grands orteils.

Thalia et Zoé ont échangé un regard inquiet.

– On va les contourner, a dit Thalia. On va faire un très grand tour.

– Mais la route est juste de l'autre côté, ai-je protesté. Ça irait plus vite d'escalader.

Ding !

Thalia a levé sa lance, Zoé a brandi son arc. Je me suis alors rendu compte que c'était juste Grover qui avait ramassé un bout de ferraille et l'avait lancé contre un des orteils, lequel avait résonné avec un écho grave, comme s'il était creux.

– Pourquoi as-tu fait cela ? a demandé Zoé.

– Je ne sais pas, a-t-il répondu, un peu penaud. Parce que, euh, je n'aime pas les faux pieds ?

– Venez, a dit Thalia. (Elle m'a regardé.) On fait le tour.

Je n'ai rien rétorqué. Ces orteils commençaient à me donner la chair de poule, à moi aussi. Qui pouvait bien décider de sculpter des orteils en métal de trois mètres de haut, pour les balancer ensuite dans un dépotoir ?

Après plusieurs minutes de marche, nous sommes enfin arrivés à l'autoroute, une bande d'asphalte noire abandonnée mais bien éclairée.

– Nous en sommes sortis, a dit Zoé. Loués soient les dieux !

Mais visiblement, les dieux ne voulaient pas de louanges. Au même moment, j'ai entendu un bruit qui faisait penser à mille compacteurs broyant du métal en même temps.

J'ai fait volte-face. Derrière nous, la colline de ferraille s'agitait, se soulevait. Les dix orteils ont basculé, et j'ai alors compris pourquoi ils ressemblaient à des orteils : c'en était ! La chose qui se dressait était un géant de bronze en armure grecque. Il était d'une hauteur hallucinante : imaginez un gratte-ciel avec des jambes et des bras. Et il luisait au clair de lune d'un éclat malveillant. Il a baissé les yeux vers nous et j'ai vu que son visage était déformé : le côté gauche était en partie fondu. Ses articulations grippées grinçaient et sur son plastron, un doigt géant avait tracé dans la couche de poussière : LAVEZ-MOI.

– Talos ! s'est écriée Zoé.

– Qui... qui est Talos ? ai-je bredouillé.

– Une des créations d'Héphaïstos, a répondu Thalia. Mais ça ne peut pas être l'original, il est trop petit. C'est peut-être un prototype. Ou alors un modèle défectueux.

Le mot *défectueux* n'a pas plu au géant.

Il a porté une main vers son fourreau et dégainé son épée, dans un horrible crissement métallique. La lame faisait facilement trente mètres de long. Elle avait l'air émoussée, mais je me suis dit qu'à ce stade ça n'avait pas d'importance. Recevoir un coup de cet engin, ça équivalait à se prendre un cuirassé en pleine figure.

– Quelqu'un a pris quelque chose, a dit Zoé. Qui a pris quelque chose ?

Elle m'a regardé d'un air accusateur. J'ai secoué négativement la tête.

– J'ai beaucoup de défauts, ai-je dit, mais je ne suis pas voleur.

Bianca n'a rien dit. J'aurais juré qu'elle avait l'air coupable, mais je n'ai pas vraiment eu le temps d'y réfléchir car Talos le géant défectueux s'est avancé vers nous, couvrant d'un pas la moitié de la distance qui nous séparait. Le sol a tremblé sous son poids.

– Courez ! a glapi Grover.

Super-conseil, sauf que c'était perdu d'avance : même sans se presser, cette créature nous aurait rattrapés rapidement.

On s'est séparés, comme on l'avait fait face au lion de Némée. Thalia a déployé son bouclier et s'est élancée le long de l'autoroute en le tenant au-dessus de sa tête. D'un coup d'épée, le géant a tranché une rangée de lignes à haute tension qui se sont abattues en travers du chemin de Thalia en projetant des gerbes d'étincelles électriques.

Zoé a criblé le visage du géant d'une pluie de flèches, mais elles se sont toutes fracassées contre le métal. Bêlant comme un chevreau, Grover s'est mis à escalader une montagne de ferraille.

Je me suis retrouvé à côté de Bianca, caché derrière un char brisé.

– Tu as pris quelque chose, lui ai-je dit. Cet arc.

– Non, a-t-elle protesté, mais sa voix tremblait.

– Rends-le ! Jette-le par terre !

– Je... je n'ai pas pris l'arc. De toute façon, c'est trop tard.

– Qu'est-ce que tu as pris ?

Alors qu'elle s'apprêtait à répondre, j'ai entendu un méga-grincement et une ombre a barré le ciel.

– Filons ! ai-je crié.

J'ai dévalé la colline, Bianca sur mes talons. Le pied du géant s'est abattu, creusant un cratère à l'endroit où nous étions cachés.

– Hé, Talos ! a hurlé Grover, mais le monstre a levé son épée en nous regardant, Bianca et moi.

Grover a attaqué une mélodie rapide sur sa flûte de Pan. Les lignes à haute tension décapitées qui gisaient sur l'autoroute ont tressailli. Une fraction de seconde avant que ça ne se produise, j'ai compris ce que faisait Grover. Un des poteaux auquel des câbles électriques étaient encore attachés s'est projeté vers la jambe arrière de Talos et s'est enroulé autour de son mollet. Les lignes ont crépité et envoyé une décharge d'électricité qui a remonté jusque dans les fesses du géant.

Talos a fait volte-face en grinçant et crépitant. Grover nous avait fait gagner quelques secondes.

– Viens ! ai-je dit à Bianca.

Mais elle est restée paralysée sur place. Et de sa poche, elle a sorti une petite figurine en métal, la statuette d'un dieu.

– Je... c'était pour Nico. C'est la seule statuette qu'il n'a pas.

– Comment as-tu pu penser à Mythomagic dans un moment pareil ?

Elle avait les larmes aux yeux.

– Jette-la, ai-je ajouté. Peut-être que le géant nous laissera tranquilles.

Elle l'a laissée tomber à contrecœur, mais cela n'a eu aucun effet.

Le géant a continué d'avancer vers Grover. Il a planté son épée dans une colline de débris, manquant Grover d'à peine un mètre, mais une avalanche de ferraille est tombée sur lui et je ne l'ai plus vu.

– Non ! a hurlé Thalia.

Elle a brandi sa lance et un éclair de foudre bleue en a jailli pour aller s'abattre sur le genou du géant, qui a ployé. Le géant est tombé mais s'est relevé aussitôt. Il était difficile de voir s'il éprouvait quelque chose. Son visage à demi fondu n'exprimait aucune émotion, mais j'ai eu l'impression qu'il était aussi agacé que peut l'être un guerrier de métal haut de vingt étages.

Il a levé le pied pour l'écraser, et j'ai vu alors que sa plante de pied était couverte de sculptures, comme une semelle de basket. Il y avait un trou dans son talon, de la taille d'une bouche d'égout, avec une inscription en lettres rouges tout autour, que je n'ai déchiffrée qu'une fois le pied posé : RÉSERVÉ À L'ENTRETIEN.

– J'ai une idée de dingue, ai-je dit.

Bianca m'a lancé un regard inquiet avant de répondre :

– Dis toujours.

Je lui ai parlé de l'écoutille de service.

– Il y a peut-être un moyen de le contrôler, des interrupteurs, quelque chose, ai-je ajouté. Je vais rentrer voir.

– Comment ? Il faudrait passer sous son pied. Tu vas te faire écraser !

– Distrais-le. Il faut juste que je calcule bien mon coup.

Bianca a pris un air résolu.

– Non. C'est moi qui y vais.

– Tu ne peux pas ! Tu es encore débutante, tu vas te faire tuer !

– C'est ma faute si le monstre nous a poursuivis. Je suis responsable. Tiens. (Elle a ramassé la petite statuette du dieu et me l'a fourrée dans la main.) S'il se passe quoi que ce soit, donne-la à Nico. Dis-lui... dis-lui que je lui demande pardon.

– Bianca, non !

Mais elle ne m'a pas attendu. Elle a foncé vers le pied gauche du géant de métal.

Pour le moment, c'était Thalia qui retenait son attention. Elle avait compris que Talos était grand, mais lent. Si on pouvait rester près de lui sans se faire écrabouiller, alors on pouvait lui courir tout autour et rester en vie. Du moins jusqu'à présent, ça marchait.

Bianca s'est placée tout près du pied du géant en s'efforçant de garder l'équilibre sur les débris de métal qui bougeaient sous le poids de la créature.

– Que fais-tu ? a hurlé Zoé.

– Fais-lui lever le pied ! a rétorqué Bianca.

Zoé a décoché une flèche vers le visage du monstre et elle s'est enfilée droit dans une de ses narines. Le géant s'est redressé en secouant la tête.

– Hé ho, Vert-de-Gris ! ai-je crié. Par ici.

J'ai couru vers son gros orteil et j'y ai planté Turbulence. Ma lame magique a entaillé le bronze.

Pas de chance, mon plan a marché. Talos a baissé les yeux vers moi et levé le pied pour m'aplatir comme un insecte. Je n'ai pas pu voir ce que faisait Bianca, il fallait que je me sauve. Le pied s'est abattu quelques centimètres derrière moi et j'ai été projeté en l'air. J'ai heurté quelque chose de dur et me suis relevé, sonné. J'avais été propulsé à l'intérieur d'un immense frigo familial.

Le monstre s'apprêtait à m'achever, mais Grover s'est extirpé – à point nommé – du tas de ferraille. Il s'est mis à jouer frénétiquement et sa musique a envoyé une autre ligne à haute tension fouetter la cuisse de Talos. Le géant a fait volte-face. Là, Grover aurait dû prendre la fuite, mais il devait être trop épuisé par les efforts qu'il avait fournis pour produire tous ces sortilèges. Il a fait deux pas, puis il est tombé et ne s'est plus relevé.

– Grover !

Thalia et moi, on a tous les deux foncé vers lui, mais je savais que ce serait trop tard.

Le monstre a levé son épée pour terrasser Grover. Mais son geste s'est figé.

Il a penché la tête de côté, comme s'il entendait une nouvelle musique étrange. Il s'est mis à remuer bizarrement les bras et les jambes, façon « j'apprends le funky chicken ». Puis il a serré le poing et se l'est asséné en pleine figure.

– Bianca, sors ! ai-je crié.

Zoé a paru horrifiée.

– Elle est *à l'intérieur* ?

Le géant a titubé et je me suis rendu compte qu'on était encore en danger. Thalia et moi, on a soulevé Grover et couru vers l'autoroute en le portant. Zoé nous avait devancés. Elle a crié :

– Comment va faire Bianca pour sortir ?

Le monstre s'est frappé à la tête de nouveau et il a lâché son épée. Une légère vibration l'a secoué tout entier. D'un pas titubant, il s'est dirigé vers les lignes à haute tension.

– Attention, ai-je hurlé, mais trop tard.

Talos s'est pris le pied dans les câbles et des étincelles d'électricité bleues ont grimpé le long de son corps. J'ai espéré que l'intérieur de sa carcasse était isolé. Je n'avais aucune idée de ce qui s'y passait. Le géant est reparti en vacillant vers la casse et sa main droite s'est détachée, pour s'écraser dans la ferraille avec un horrible *CLING !*

Son bras gauche s'est décroché, lui aussi. Ses articulations le lâchaient.

Talos s'est mis à courir.

– Attends ! a crié Zoé.

On s'est élancés derrière lui, mais c'était impossible de tenir sa cadence. Et des éléments de sa carcasse continuaient de se décrocher et de nous barrer le chemin.

Le géant s'est effondré en partant du haut : d'abord sa tête, puis son torse et, pour finir, ses jambes. Lorsque nous sommes arrivés devant ses décombres, nous avons tout fouillé frénétiquement, en criant le nom de Bianca. On a rampé à l'intérieur des gros morceaux creux, des jambes et de la tête. On a cherché jusqu'à ce que le soleil commence à poindre, en vain.

Alors Zoé s'est assise et elle a fondu en larmes. Ça m'a sidéré, de la voir pleurer.

Thalia a poussé un cri de rage et planté sa lance dans le visage écrasé du géant.

– On peut continuer à chercher, ai-je dit. Il fait jour, maintenant. On va la trouver.

– Non, a dit Grover avec tristesse. Il est arrivé exactement ce qui devait arriver.

– Qu'est-ce que tu racontes ?

Il m'a regardé, les yeux embués de larmes.

– Rappelle-toi la prophétie. *Un sera perdu dans la terre où il ne pleut pas de l'année.*

Comment n'avais-je rien vu ? Comment avais-je pu laisser Bianca y aller à ma place ? Nous étions dans le désert. Et Bianca Di Angelo avait disparu.

14 Je suis vachement embêté

À la lisière de la casse, nous avons trouvé une dépanneuse si vieille qu'elle était peut-être venue s'échouer toute seule. Mais vu que le moteur a démarré et que le réservoir à essence était plein, on a décidé de l'emprunter.

Thalia a pris le volant. Elle paraissait moins choquée que Zoé, Grover ou moi.

– Les squelettes sont toujours dans le circuit, nous a-t-elle rappelé. Il faut qu'on bouge.

Elle nous a guidés à travers le désert, sous un ciel bleu et limpide. Le sable était si brillant que ça faisait mal aux yeux de le regarder. Zoé était montée à l'avant. Grover et moi, on s'était assis sur le plateau, appuyés contre le bras de remorquage. L'air était frais et sec, mais ce beau temps nous faisait l'effet d'une insulte, après avoir perdu Bianca.

Je tenais au creux de ma main la petite figurine qui lui avait coûté la vie. Je n'arrivais toujours pas à reconnaître quel dieu elle était censée représenter. Nico saurait.

Oh, par les dieux... qu'allais-je dire à Nico ?

Je voulais croire que Bianca était encore en vie quelque part. Mais j'avais la sombre impression qu'elle avait disparu pour de bon.

– Ça aurait dû être moi, ai-je dit. C'est moi qui aurais dû entrer dans le pied du géant.

– Ne dis pas ça ! s'est écrié Grover, paniqué. C'est déjà assez horrible qu'Annabeth ait disparu, et maintenant Bianca. Tu crois que je pourrais le supporter, si jamais... (Il a reniflé.) Tu crois que quelqu'un d'autre voudrait être mon meilleur ami ?

– Grover...

Il s'est essuyé les yeux avec un tissu graisseux qui lui a laissé des marques sur la figure, comme une peinture de guerre.

– Ça va aller, t'inquiète pas.

Mais je savais qu'il n'allait pas bien. Depuis la rencontre au Nouveau-Mexique – ces choses mystérieuses qui s'étaient produites quand avait soufflé ce vent sauvage –, il semblait vraiment fragile, encore plus émotif que d'habitude. Je n'osais pas lui en parler car il risquait d'éclater en sanglots.

Je me suis rendu compte qu'il y avait au moins un avantage à avoir un ami qui flippe plus que soi, et c'était que je ne pouvais pas me permettre de rester déprimé. Il fallait que j'arrête de penser à Bianca pour le moment et que je concentre à nouveau mon énergie sur notre mission, comme le faisait Thalia. Je me suis demandé de quoi elles discutaient, elle et Zoé, dans la cabine du conducteur.

La dépanneuse est tombée en panne d'essence au bord d'un fleuve encaissé dans un canyon. Ce n'était pas plus mal, car la route s'arrêtait en cul-de-sac.

Thalia est sortie et a claqué la portière. Aussitôt, un pneu a explosé.

– Super. On fait quoi, maintenant ?

J'ai parcouru l'horizon du regard. Il n'y avait pas grand-chose à voir. Du désert dans toutes les directions, parsemé çà et là de groupes de montagnes arides. Le canyon était la seule perspective intéressante. Le fleuve lui-même n'était pas très important, peut-être quinze mètres de large, mais ses eaux vertes et parcourues de rapides entaillaient profondément le paysage. À quelques pas de nous, la falaise tombait en à-pic vers le cours d'eau.

– Il y a un sentier, a dit Grover. On pourrait rejoindre le fleuve.

J'ai essayé de voir de quoi il parlait et fini par repérer une corniche étroite qui serpentait sur le pan rocheux.

– C'est un sentier de chèvres, ai-je dit.

– Et alors ?

– Alors on n'est pas tous des chèvres.

– C'est jouable, a dit Grover. À mon avis.

J'y ai réfléchi. J'avais déjà descendu des falaises, mais je n'aimais pas ça. Et puis je me suis tourné vers Thalia et j'ai vu qu'elle avait blêmi. Avec son problème de vertige, jamais elle n'y arriverait.

– Non, ai-je répondu d'un ton ferme. Je crois, euh, qu'on devrait aller voir plus en amont.

– Mais... a fait Grover.

– Allez, ça ne nous fera pas de mal de marcher un peu.

J'ai jeté un coup d'œil à Thalia, qui m'a adressé un rapide « merci » du regard.

Nous avons longé le fleuve pendant près de deux kilomètres avant de parvenir à une pente plus douce qui descendait jusqu'à l'eau. Sur la rive, il y avait un centre de location de canoës, fermé pour la saison, mais j'ai laissé une pile de drachmes en or sur le comptoir, avec un petit mot disant : « Je vous dois deux canoës. »

– Il faut que nous remontions le fleuve, a dit Zoé. (C'était la première fois qu'elle prenait la parole depuis qu'on avait quitté la casse et le son de sa voix m'a inquiété ; on aurait cru qu'elle avait la grippe.) Mais les rapides sont trop forts.

– Laisse-moi m'occuper de ça, ai-je dit.

On a mis les canoës à l'eau.

Pendant que nous allions chercher les rames, Thalia m'a pris à part.

– Merci pour tout à l'heure.

– Pas de quoi.

– Peux-tu vraiment... (Elle a donné un coup de menton vers le fleuve.) Tu sais.

– Je crois. En général, dans l'eau j'assure pas mal.

– Tu veux bien prendre Zoé avec toi ? Je crois que, euh, tu pourrais peut-être lui parler.

– Ça ne va pas lui plaire.

– S'il te plaît ? Je ne sais pas si je pourrai supporter d'être dans le même bateau que Zoé. Elle... elle commence à m'inquiéter.

Je n'en avais pas la moindre envie mais j'ai acquiescé.

J'ai vu les épaules de Thalia se détendre.

– Je te revaudrai ça.

– Y a intérêt, et plutôt deux fois qu'une !

– Une et demie.

Thalia a souri et l'espace d'une seconde je me suis rappelé qu'en fait je l'aimais bien, quand elle ne gueulait pas. Puis elle s'est tournée pour aider Grover à mettre leur canoë à l'eau.

En fin de compte, je n'ai pas eu besoin de contrôler les courants. À peine installé dans l'embarcation, j'ai jeté un coup d'œil dans le fleuve et vu deux naïades qui me regardaient fixement.

Elles ressemblaient à n'importe quelles adolescentes qu'on croiserait dans un centre commercial, à la différence près qu'elles vivaient sous l'eau.

– Salut ! ai-je dit.

Elles ont émis un gargouillis qui était peut-être un gloussement. Je n'en étais pas certain ; j'ai toujours eu du mal à comprendre les naïades.

– *On veut remonter le fleuve,* ai-je ajouté. *Est-ce que vous pourriez...*

Sans me laisser le temps de finir ma phrase, les naïades ont choisi un canoë chacune et nous ont poussés vers l'amont. Elles ont démarré si vite que Grover est tombé à la renverse dans son canoë, les sabots en l'air.

– Je déteste les naïades, a grommelé Zoé.

Un jet d'eau a fusé de derrière le bateau et frappé Zoé en pleine figure.

– Diablesses !

Zoé a attrapé son arc.

– Ho, du calme ! me suis-je écrié. Elles jouent, c'est tout.

– Fichus esprits des eaux. Elles ne m'ont jamais pardonné.

– Pardonné quoi ?

– Ça fait longtemps, a répondu Zoé en remettant son arc sur son épaule. Laisse tomber.

Nous filions le long du fleuve dominé par les hautes falaises qui se dressaient de chaque côté.

– Ce qui est arrivé à Bianca n'est pas ta faute, lui ai-je dit. C'est ma faute. C'est moi qui l'ai laissée y aller.

Je pensais donner à Zoé l'occasion de me passer un bon savon. Ça aurait pu la tirer de son abattement, au moins.

Mais elle s'est tassée sur elle-même.

– Non, Percy. Je l'ai poussée à se joindre à cette quête. J'ai été trop impatiente. C'était une sang-mêlé puissante. Et elle avait le cœur généreux, également. Je... je pensais qu'elle serait la prochaine lieutenante.

– Mais c'est toi, la lieutenante.

Elle a agrippé la bandoulière de son carquois. Jamais je ne lui avais vu le visage aussi fatigué.

– Rien ne dure éternellement, Percy. Voici plus de deux mille ans que je mène la Chasse et ma sagesse n'a pas grandi. À présent, Artémis elle-même est en danger.

– Écoute, ça, tu ne peux pas te le reprocher.

– J'aurais dû insister davantage pour l'accompagner...

– Tu t'imagines que tu aurais pu combattre une créature assez puissante pour enlever Artémis ? Tu n'aurais rien pu faire.

Zoé n'a pas répondu.

Les falaises qui encadraient le fleuve étaient de plus en plus hautes. Leurs ombres s'allongeaient sur l'eau, nous coupant le soleil, et nous avions froid.

Sans réfléchir, j'ai sorti Turbulence de ma poche. Zoé a regardé le stylo-bille et une expression douloureuse s'est peinte sur son visage.

– C'est toi qui l'as fabriquée, ai-je dit.

– Comment le sais-tu ?

– J'ai fait un rêve à ce sujet.

Elle m'a scruté. Je m'attendais à ce qu'elle me traite de fou, mais elle s'est contentée de soupirer.

– C'était un cadeau. Et une erreur.

– Qui était le héros ?

Zoé a secoué la tête.

– Ne m'oblige pas à dire son nom. J'ai juré de ne jamais le prononcer.

– Tu te comportes comme si je devais le connaître.

– Je suis sûre que tu le connais, jeune héros. Vous autres garçons, ne rêvez-vous pas tous d'être comme lui ?

Il y avait une telle amertume dans sa voix que j'ai préféré ne pas lui demander plus de précisions. J'ai baissé les yeux sur Turbulence et, pour la première fois, je me suis demandé si elle était maudite.

– Ta mère était une déesse de l'eau ? ai-je demandé.

– Oui. Pléioné. Elle a eu cinq filles. Mes sœurs et moi. Les Hespérides.

– Les filles qui vivaient dans un jardin à la limite de l'Occident. Avec l'arbre aux pommes d'or et le dragon qui les gardait.

– Oui, a acquiescé Zoé d'une voix nostalgique. Ladon.

– Mais elles étaient seulement quatre, n'est-ce pas ?

– Elles ne sont que quatre maintenant. J'ai été exilée. Oubliée. Effacée comme si je n'avais jamais existé.

– Pourquoi ?

Zoé a montré mon stylo-bille d'un geste.

– Parce que j'ai trahi ma famille et aidé un héros, a-t-elle expliqué. Cela non plus, tu ne le trouveras pas dans la légende. Il n'a jamais parlé de moi. Après l'échec de sa tentative d'attaque frontale contre Ladon, c'est moi qui lui ai dit comment s'y prendre pour voler les pommes et berner mon père, mais il s'en est attribué tout le mérite.

– Mais...

Glou glou... a dit la naïade dans mon esprit. Le canoë ralentissait.

J'ai levé la tête et compris pourquoi.

Nous n'irions pas plus loin. Le fleuve était bloqué. Un barrage de la taille d'un terrain de football se dressait en travers de notre route.

– Le barrage Hoover, a dit Thalia. Il est immense.

Nous étions sur la berge du fleuve et contemplions une voûte de béton qui se déployait entre les falaises. Des gens marchaient sur le haut du barrage ; ils étaient tellement minuscules qu'on aurait dit des puces.

Les naïades nous ont quittés en proférant force gargouillis – je n'ai pas compris leurs mots, mais il était clair que ce barrage qui interrompait le cours de leur joli fleuve leur faisait horreur. Nos canoës sont redescendus vers l'aval, tourbillonnant dans le sillage des vannes du barrage.

– Deux cent un mètres de haut, ai-je dit. Construit dans les années 1930.

– Quarante-cinq milliards de mètres cubes de retenue d'eau, a dit Thalia.

Avec un soupir, Grover a ajouté :

– Le plus grand projet de construction des États-Unis.

Zoé nous a regardés avec stupéfaction.

– D'où savez-vous tout cela ?

– Annabeth, ai-je expliqué. Elle aimait l'architecture.

– Elle adorait les monuments, a renchéri Thalia.

– Nous bombardait sans arrêt d'informations, a hoqueté Grover. Vraiment casse-pieds.

– Si seulement elle était là, ai-je dit.

Thalia et Grover ont hoché la tête. Zoé nous regardait toujours bizarrement, mais ça m'était égal. Quelle cruauté du destin, que nous soyons arrivés au barrage Hoover, un des monuments préférés d'Annabeth, et qu'elle ne soit pas avec nous pour le voir.

– On devrait monter, ai-je suggéré. Pour elle. Rien que pour dire qu'on y est allés.

– Vous êtes fous, a dit Zoé. Mais la route est là-haut. (Elle a montré du doigt un immense parking couvert à côté du sommet du barrage.) Allons donc faire du tourisme.

Il nous a fallu une bonne heure de marche pour trouver un sentier qui rejoignait la route. Il débouchait sur la berge est du fleuve. Une fois en haut, nous sommes repartis vers le barrage. Il y faisait froid et venteux. D'un côté s'étendait un grand lac, encerclé par les montagnes arides du désert. De l'autre, le barrage descendait en un mur de béton incurvé comme la piste de skate-board la plus dangereuse du monde, jusqu'au fleuve, deux cent un mètres en contrebas, aux eaux bouillonnantes qui s'échappaient des vannes.

Thalia marchait au beau milieu de la route, loin des bords. Grover n'arrêtait pas de renifler, l'air inquiet. Il ne disait rien, mais je savais qu'il sentait une odeur de monstres.

– À quelle distance sont-ils ? lui ai-je demandé.

– Peut-être pas si près que ça. (Il a secoué la tête.) Entre le vent qui balaie le barrage et le désert qui nous entoure... l'odeur peut sans doute couvrir des kilomètres. Mais elle vient de plusieurs directions. Ça ne me plaît pas.

Ça ne me plaisait pas davantage. On était déjà mercredi, plus que deux jours avant le solstice d'hiver, et il nous restait encore beaucoup de chemin à faire. On n'avait pas besoin d'autres attaques de monstres.

– Il y a un snack-bar au centre d'accueil des visiteurs, a dit Thalia.

– Tu es déjà venue ? ai-je demandé.

– Une fois. Pour voir les gardiens.

Elle a pointé du doigt l'autre bout du barrage. Une esplanade était taillée dans la falaise, ornée de deux grandes statues en bronze. Elles ressemblaient un peu aux statues des Oscars du cinéma, mais avec des ailes en plus.

– Elles ont été dédiées à Zeus à la construction du barrage, a dit Thalia. C'était un cadeau d'Athéna.

Des touristes s'attroupaient autour des statues. Ils avaient l'air de regarder leurs pieds.

– Qu'est-ce qu'ils fabriquent ? ai-je demandé.

– Ils frottent les orteils, m'a expliqué Thalia. On dit que ça porte chance.

– Pourquoi ?

Elle a haussé les épaules.

– Les mortels ont des idées bizarres, quelquefois. Ils ne savent pas que ces sculptures sont sacrées pour Zeus, mais ils sentent qu'elles ont quelque chose de spécial.

– La fois où tu étais venue, est-ce qu'elles t'ont parlé ?

Le visage de Thalia s'est assombri. J'ai deviné qu'elle était venue avec cet espoir-là, précisément : obtenir un signe de son père. Établir une connexion.

– Non, a-t-elle répondu. Elles ne font rien. Ce ne sont que de grandes statues de métal.

J'ai repensé à la dernière grande statue de métal que nous avions croisée. Ça ne s'était pas trop bien passé. Mais j'ai décidé de ne pas y faire allusion.

– Allons voir si ce snack-bar est ouvert, a dit Zoé. Nous avons intérêt à manger tant que nous pouvons.

Grover a esquissé un sourire.

– Tu veux voir si le snack-bar est Hoover ?

– Oui. (Zoé a battu des paupières.) Qu'est-ce qu'il y a de drôle ?

– Rien, a dit Grover en s'efforçant de garder l'air sérieux. Je me prendrais bien un sandwich Hoover au fromage.

Même Thalia a souri.

– Et moi, j'aimerais bien trouver des WC Hoover.

Peut-être que la fatigue et la tension nerveuse ont joué, mais j'ai éclaté de rire. Thalia et Grover se sont mis de la partie, tandis que Zoé nous regardait avec perplexité.

– Je ne comprends pas.

– Un distributeur d'eau fraîche Hoover, ça me plairait bien aussi, a fait Grover.

– Et... (Thalia a essayé de reprendre son souffle.) Je voudrais bien m'acheter un tee-shirt, si le magasin de souvenirs est Hoover.

J'étais plié en deux et j'aurais sans doute continué de me bidonner toute la journée si je n'avais pas entendu un bruit.

– Meuh.

Mon sourire s'est figé. Je me suis demandé si le meuglement était seulement dans ma tête, mais Grover avait cessé de rire, lui aussi. Il regardait autour de lui, l'air déconcerté.

– Je rêve ou j'ai entendu une vache ?

– Le Salon de l'agriculture est Hoover ? a plaisanté Thalia.

– Non, a dit Grover, je suis sérieux, là.

Zoé a tendu l'oreille et dit :

– Je n'entends rien.

Thalia me regardait.

– Percy, ça va ?

– Ouais. Allez-y, les gars. Je vous rejoins tout de suite.

– Qu'est-ce qui se passe ? a demandé Grover.

– Rien. Euh... Donnez-moi juste une minute. Pour réfléchir.

Ils ont hésité, mais je devais avoir l'air assez bouleversé car ils ont fini par aller au centre d'accueil des visiteurs sans moi. Dès qu'ils sont partis, j'ai couru jusqu'à l'extrémité nord du barrage et regardé dans l'eau.

– Meuh.

Elle était à neuf mètres sous l'eau mais je l'ai vue distinctement : ma copine du détroit de Long Island, Bessie la vache-serpent.

J'ai regardé autour de moi. Des groupes d'enfants couraient le long du barrage. Il y avait beaucoup de retraités. Quelques familles. Mais personne ne semblait avoir remarqué Bessie, pour le moment.

– Qu'est-ce que tu fais là ? lui ai-je demandé.

– Meuh !

Elle avait la voix pressante, comme si elle essayait de m'avertir de quelque chose.

– Comment es-tu venue ?

Nous étions à des milliers de kilomètres de Long Island, à des milliers de kilomètres à l'intérieur des terres. Il était impossible qu'elle ait couvert tout ce trajet à la nage. Et pourtant, elle était là.

Bessie a décrit un cercle et s'est frappé la tête contre le mur du barrage.

– Meuh !

Elle voulait que je reparte avec elle. Elle me disait de me dépêcher.

– Je ne peux pas, lui ai-je dit. Mes amis sont à l'intérieur.

Elle m'a regardé tristement avec ses grands yeux marron. Puis elle a poussé un dernier *meuh !* pressant, basculé sur elle-même et disparu sous la surface.

J'ai hésité. Quelque chose clochait. Elle essayait de me le dire. J'ai envisagé de sauter à l'eau et de la suivre, mais alors je me suis crispé de tout mon corps. Les poils de mes bras se sont hérissés. J'ai regardé vers le côté est de la route du barrage et j'ai repéré deux hommes qui avançaient à pas lents vers moi. Ils portaient des tenues de camouflage grises qui clignotaient sur leurs corps de squelettes.

Ils sont arrivés devant un groupe d'enfants et les ont bousculés pour passer.

– Hé ! a crié un gamin.

Un des guerriers s'est retourné et son visage s'est changé en squelette un bref instant.

Le gosse a hurlé avant de battre en retraite, en même temps que tout son groupe.

J'ai foncé à toutes jambes au centre d'accueil des visiteurs. J'arrivais devant les marches quand j'ai entendu un crissement de pneus. Sur le côté ouest du barrage, une camionnette noire a pilé après une embardée au beau milieu de la rue, manquant faucher quelques personnes âgées.

Les portières se sont ouvertes et d'autres guerriers-squelettes ont déferlé. J'étais cerné.

J'ai dévalé les marches, traversé l'entrée du musée. Le vigile posté devant le portique détecteur de métal m'a crié :

– Hé, petit !

Sans m'arrêter, j'ai traversé en courant les salles d'exposition et je me suis caché derrière un groupe. Je cherchais mes copains mais je ne les voyais nulle part. Où était donc ce fichu bar ?

– Arrête-toi ! a hurlé le vigile.

Je n'avais d'autre solution que de m'engouffrer dans l'ascenseur avec le groupe. Je me suis faufilé entre les pattes des visiteurs juste avant que la porte se ferme.

– Nous allons descendre de deux cent un mètres, a annoncé notre guide touristique avec entrain. (Elle portait un uniforme avec des lunettes teintées et ses longs cheveux noirs étaient relevés en queue-de-cheval. Je crois qu'elle n'avait pas remarqué que j'étais poursuivi.) Ne vous inquiétez pas, mesdames et messieurs, l'ascenseur ne tombe presque jamais en panne.

– Est-ce qu'il va au snack-bar ? lui ai-je demandé.

Derrière moi, des gens ont gloussé. La guide a tourné la tête vers moi et quelque chose dans son regard m'a électrifié.

– Il descend aux turbines, jeune homme, a-t-elle dit. N'as-tu pas écouté ma passionnante présentation, en haut ?

– Si, si, bien sûr. Euh, y a-t-il une autre sortie ?

– C'est un cul-de-sac, a dit un touriste derrière moi. C'est évident, voyons. La seule sortie est par l'autre ascenseur.

La porte s'est ouverte.

– Tout droit, mesdames et messieurs, a dit notre guide. Un autre guide vous attend au bout du couloir.

Je n'ai pas eu d'autre choix que de sortir avec le groupe.

– Jeune homme, a lancé la guide dans mon dos. (Je me suis retourné. Elle avait retiré ses lunettes. Ses yeux étaient d'un gris saisissant, un gris d'orage.) Il y a toujours une issue pour ceux qui sont assez malins pour la trouver.

La porte s'est refermée sur la guide, me laissant seul.

Avant que je puisse me poser trop de questions au sujet de cette femme, un *ding !* a retenti à quelques mètres. Le deuxième ascenseur s'ouvrait. Et j'ai entendu un bruit que j'aurais reconnu entre mille : un claquement de dents de squelette.

J'ai couru sur les traces du groupe, le long d'un tunnel taillé dans la pierre qui semblait interminable. Les parois suintaient l'humidité, l'air était chargé d'électricité et vibrait sous le grondement de l'eau. J'ai débouché sur un balcon en U qui surplombait un immense espace. Quinze mètres en contrebas tournaient d'énormes turbines. La pièce était très vaste mais je n'ai vu aucune autre issue, sauf à vouloir sauter dans les turbines et se faire transformer en électricité. Ce qui n'était pas dans mes intentions.

Un autre guide parlait dans un micro, exposant aux touristes les approvisionnements en eau du Nevada. J'ai prié que Thalia, Zoé et Grover soient en sécurité. Peut-être qu'ils s'étaient déjà fait capturer, ou qu'ils mangeaient au snack-bar sans se douter un instant que nous étions cernés. Et moi, en parfait imbécile, j'étais allé me fourrer dans une souricière à deux cents mètres sous la surface.

J'ai contourné la foule en essayant de procéder avec discrétion. Il y avait un couloir de l'autre côté du balcon – je trouverais peut-être un endroit où me cacher. Je gardais la main sur Turbulence, prêt à frapper.

Le temps que j'atteigne l'autre côté du balcon, j'avais les nerfs tendus à se rompre. J'ai reculé dans le petit couloir et balayé du regard le tunnel par lequel j'étais venu.

Alors, juste derrière moi, j'ai entendu un *Tschh !!* chuintant comme une voix de squelette.

Sans réfléchir, j'ai dégainé Turbulence et fait volte-face en assénant un coup d'épée.

La fille que je venais d'essayer de couper en deux a lâché son Kleenex en hoquetant.

– La vache ! a-t-elle crié. Ça te prend souvent de tuer les gens qui se mouchent ?

La première chose qui m'est venue à l'esprit, c'est que mon épée ne l'avait pas blessée. Elle avait traversé son corps sans rien lui faire.

– Tu es mortelle ! me suis-je écrié.

Elle m'a regardé avec incrédulité.

– Mais qu'est-ce que tu racontes ? Évidemment que je suis mortelle ! Comment tu as pu passer la sécurité avec cette épée ?

– Je n'ai pas... Attends, tu vois que c'est une épée ?

La fille a roulé les yeux, qu'elle avait verts comme moi. Elle avait les cheveux roux foncé et frisés et le nez tout rouge, comme si elle était enrhumée. Elle portait un grand sweat-shirt bordeaux de l'université de Harvard et un blue-jean couvert de taches de marqueur et de petits trous, à croire qu'elle passait son temps libre à le piquer avec une fourchette.

– Ben, si c'est pas une épée, c'est le plus grand cure-dents du monde, a-t-elle dit. Et pourquoi je ne suis pas blessée ? Je ne m'en plains pas, hein, note bien. Et qui tu es ? Et, dis donc, c'est quoi là, ce que tu portes ? C'est de la fourrure de lion ?

Elle s'est mise à me bombarder de questions, à toute allure. Je ne savais pas quoi répondre. J'ai regardé mes manches pour voir si la dépouille du lion de Némée s'était retransformée en fourrure, mais à mes yeux, elle avait toujours l'aspect d'un manteau marron.

Je savais que les guerriers-squelettes étaient toujours à mes trousses. Je n'avais pas de temps à perdre. Pourtant je restais là à regarder la fille. Alors je me suis souvenu de ce que Thalia avait fait à Westover Hall pour tromper les professeurs. Peut-être pouvais-je moi aussi manipuler la Brume.

Je me suis concentré et j'ai claqué des doigts.

– Tu ne vois pas d'épée, ai-je dit à la fille. C'est un simple stylo-bille.

Elle a battu des paupières.

– C'est une épée, espèce de cinglé.

– Mais qui es-tu ? lui ai-je demandé.

Elle a pris un air indigné.

– Je m'appelle Rachel Elizabeth Dare. Maintenant vas-tu répondre à mes questions, ou j'appelle les vigiles ?

– Non ! Euh... je suis assez pressé. Je suis en danger.

– Pressé ou en danger ?

– Euh, un peu des deux.

Elle a regardé par-dessus mon épaule et écarquillé les yeux.

– WC !

– Quoi ?

– Les WC ! Derrière moi ! Dépêche !

Je ne sais pas pourquoi, mais je lui ai obéi. Je me suis glissé dans les toilettes pour hommes en laissant Rachel Elizabeth Dare debout devant la porte. Après coup, ça m'a semblé lâche. Je suis quasiment sûr, aussi, que ça m'a sauvé la vie.

J'ai entendu les claquements et cliquetis des squelettes qui approchaient.

J'ai resserré la main sur la poignée de Turbulence. Qu'est-ce qui m'était passé par la tête ? J'avais abandonné une mortelle à une mort certaine. Je me préparais à sortir et affronter les guerriers-squelettes quand Rachel Elizabeth Dare s'est mise à parler avec son débit de mitraillette :

– Oh mon Dieu ! Mais vous l'avez vu, ce garçon ! Il était temps que vous arriviez. Il a essayé de me tuer ! Il avait une épée, vous vous rendez compte ? Vous êtes responsables de la sécurité et vous laissez entrer un dingue armé d'une épée dans un monument national ? C'est insensé ! Il est parti par là, vers les turbines. Je crois qu'il a sauté par-dessus le parapet, un truc comme ça. Ou qu'il est tombé.

Les squelettes ont émis des claquements d'excitation. Je les ai entendus s'éloigner.

Rachel a ouvert la porte.

– La voie est libre. Mais t'as intérêt à te dépêcher.

Elle paraissait ébranlée. Son visage était livide et couvert de sueur.

J'ai jeté un coup d'œil. Trois guerriers-squelettes couraient vers l'autre extrémité du balcon. L'accès à l'ascenseur était libre pour quelques secondes.

– Je te dois une sacrée chandelle, Rachel Elizabeth Dare.

– C'était quoi, ces créatures ? a-t-elle demandé. Ils ressemblaient à des...

– Squelettes ?

Elle a hoché la tête, mal à l'aise.

– Oublie-les. Dans ton propre intérêt. Et oublie que tu m'as vu.

– Et que tu as essayé de me tuer ?

– Ouais. Oublie ça aussi.

– Mais qui es-tu ?

– Percy... ai-je commencé, mais alors les squelettes ont fait demi-tour. Faut qu'j'y aille !

– Percy Faut qu'j'y aille ? Tu parles d'un nom.

J'ai foncé vers l'ascenseur.

Le snack était plein à craquer d'enfants qui savouraient la meilleure partie de la visite, à savoir le déjeuner. Thalia, Zoé et Grover s'asseyaient avec leurs plateaux.

– Il faut qu'on parte ! ai-je hoqueté. Tout de suite !

– Mais on vient juste d'acheter nos burritos, a dit Thalia.

Zoé s'est levée en marmonnant une antique malédiction grecque.

– Il a raison ! Regardez !

Le snack était doté de baies vitrées panoramiques, ce qui nous donnait une vue imprenable sur l'armée de squelettes venue nous tuer.

J'en ai compté deux sur le côté est de la route du barrage, qui interdisaient tout repli vers l'Arizona. Trois autres du côté ouest, qui gardaient la route du Nevada. Ils étaient tous armés de matraques et de pistolets.

Mais notre problème immédiat était bien plus proche. Les trois guerriers-squelettes qui m'avaient poursuivi dans la salle des turbines venaient de débouler sur les marches. Ils m'ont repéré et se sont mis à entrechoquer les dents.

– Ascenseur ! a dit Grover.

Nous avons foncé vers l'ascenseur, mais la porte s'est ouverte avec un *ding !* mélodieux, livrant passage à trois autres guerriers. Le compte y était : tous les squelettes étaient là, sauf celui que Bianca avait réduit en cendres au Nouveau-Mexique. Nous étions cernés de toutes parts.

C'est alors que Grover a eu une de ces idées de génie qui le caractérisent.

– Bataille de burritos ! a-t-il hurlé en lançant son Spécial Guacamole au squelette le plus proche.

Je vais vous dire un truc, si vous n'avez jamais reçu un burrito volant en pleine poire, estimez-vous heureux. Le burrito volant figure parmi les projectiles meurtriers, au même titre que les grenades et les boulets de canon. Le déjeuner de Grover a décapité le squelette et envoyé rouler son crâne par terre. Je ne sais pas au juste ce qu'ont vu les autres enfants qui étaient dans la cafétéria, mais ils ont pété les plombs et se sont mis à se lancer à la tête leurs burritos, leurs corbeilles de chips et leurs canettes de soda, tout en poussant des hurlements.

Les squelettes ont essayé de braquer leurs pistolets, mais c'était impossible : des corps, de la nourriture et des boissons volaient dans tous les sens.

Profitant du chaos, Thalia et moi, on a taclé les deux autres squelettes et on les a envoyés s'écraser sur la table des sauces et condiments. Puis on a tous dévalé les marches de l'escalier quatre à quatre, esquivant les Spécial Guacamole qui sifflaient à nos oreilles.

– Et maintenant ? a demandé Grover quand on a déboulé à l'air libre.

Je n'avais pas de réponse à cette question. Les guerriers postés sur la route nous fermaient le passage des deux côtés. On a traversé la rue en courant pour rejoindre le pavillon aux statues de bronze ailées, mais cela nous mettait dos à la montagne, rien de plus.

Les squelettes se rabattaient sur nous en formant un demicercle. Leurs camarades du snack-bar accouraient en renfort. L'un d'eux se revissait le crâne sur les épaules tout en marchant. Un autre était couvert de moutarde et de ketchup. Deux autres avaient des burritos coincés dans la cage thoracique, et ça n'avait pas l'air de leur plaire. Matraque à la main, le pas ferme, ils avançaient sur nous.

– Quatre contre onze, a marmonné Zoé. Et eux ne peuvent pas mourir.

– C'était chouette de mener cette aventure avec vous, les gars, a dit Grover d'une voix tremblante.

Un éclat doré a capté mon regard. J'ai tourné la tête et remarqué les pieds de la statue, derrière moi.

– Waouh, elles ont les orteils vraiment brillants !

– Percy ! a dit Thalia. C'est pas le moment.

Mais je ne pouvais pas m'empêcher de regarder ces deux géants de bronze avec leurs grandes ailes acérées comme des coupe-papiers. Ils étaient entièrement brun patiné, sauf leurs orteils qui brillaient comme des pièces de monnaie neuves, à force d'être frottés pour porter chance.

La chance. La bénédiction de Zeus.

J'ai repensé à la guide dans l'ascenseur. À ses yeux gris et son sourire. Qu'avait-elle dit ? *Il y a toujours une issue pour ceux qui sont assez malins pour la trouver.*

– Thalia, ai-je dit. Prie ton père.

Elle m'a fusillé du regard.

– Il ne répond jamais.

– Pour une fois, l'ai-je implorée. Demande-lui de nous aider. Je crois... je crois que ces statues peuvent nous porter chance.

Six squelettes ont levé leurs pistolets. Les cinq autres se sont avancés, matraques à la main. Vingt mètres. Quinze mètres.

– Prie-le ! ai-je hurlé.

– Non ! Il ne me répondra pas.

– Cette fois c'est différent !

– D'où tu sais ça ?

J'ai hésité. Et puis j'ai répondu :

– Je crois que c'est Athéna qui me l'a dit.

Thalia a fait la grimace comme si elle était sûre que j'avais perdu la tête.

– Essaie, a supplié Grover.

Thalia a fermé les yeux. Ses lèvres ont articulé une prière silencieuse. J'ai adressé ma propre prière à la mère d'Annabeth, en espérant que je ne m'étais pas trompé et que c'était bien elle qui était dans cet ascenseur et qui essayait de nous aider à sauver sa fille.

Et il ne s'est rien passé.

Les squelettes se refermaient sur nous. J'ai brandi Turbulence pour me défendre. Thalia a levé son bouclier. Zoé a poussé Grover derrière elle et visé d'une flèche le crâne d'un squelette.

J'ai senti une ombre s'abattre sur moi. J'ai pensé que c'était peut-être l'ombre de la mort. Puis je me suis rendu compte que c'était celle d'une aile immense. Les squelettes ont levé la tête trop tard. En un éclair de bronze, les cinq guerriers à matraque ont été balayés.

Les autres squelettes ont fait feu. J'ai levé ma peau de lion pour me protéger, mais ce n'était pas la peine. Les anges de bronze se sont placés devant nous et ont replié leurs ailes en boucliers. Les balles ont ricoché contre le bronze comme des gouttes de pluie sur un toit de tôle ondulée. Les deux anges ont alors donné un grand coup d'aile vers l'avant et envoyé les squelettes voltiger de l'autre côté de la route.

– Bon sang, ça fait du bien de se lever ! a dit le premier ange, d'une voix métallique et rouillée, comme s'il n'avait pas bu depuis sa fabrication.

– T'as vu mes orteils ? a dit l'autre. Par Zeus, ils sont fous, ces touristes !

J'avais beau être épaté par les anges, je m'inquiétais surtout des squelettes. Certains se relevaient déjà, se réassemblaient et cherchaient leurs armes de leurs mains osseuses.

– Ça sent le roussi ! ai-je crié.

– Sortez-nous d'ici ! a hurlé Thalia.

Les deux anges l'ont regardée.

– La gamine de Zeus ?

– Oui !

– Je pourrais avoir un « s'il vous plaît », miss Gamine de Zeus ? a dit un des anges.

– S'il vous plaît !

Les anges ont échangé un regard et haussé les épaules.

– Une petite balade nous ferait pas de mal, a tranché l'un d'eux.

Et, ni une ni deux, un ange nous a attrapés Thalia et moi tandis que son camarade emportait Grover et Zoé, et nous avons tous décollé à la verticale au-dessus du barrage et du fleuve, dans l'écho des coups de feu renvoyé par les montagnes. En dessous de nous, les guerriers-squelettes se réduisaient rapidement à de minuscules taches.

15 Je fais du catch avec le jumeau diabolique du Père Noël

– Préviens-moi quand ce sera fini, m'a dit Thalia, qui serrait très fort les paupières.

Nous ne pouvions pas tomber car la statue nous tenait, mais ça n'empêchait pas Thalia de s'accrocher à son bras de toutes ses forces.

– Tout va bien, lui ai-je assuré.

– Est-ce qu'on est... très haut ?

J'ai baissé les yeux. En dessous de nous, une chaîne de montagnes enneigées défilait à toute vitesse. J'ai tendu le bout du pied et éraflé la neige d'un des sommets.

– Nan, pas si haut que ça.

– On est dans les Sierras ! a hurlé Zoé. (Grover et elle étaient pendus aux bras de l'autre statue.) J'ai déjà chassé dans ces montagnes. À cette vitesse, nous devrions arriver à San Francisco d'ici quelques heures.

– Hé, hé, Frisco ! s'est écrié notre ange. Yo, Chuck ! On pourrait retourner voir les statues du Mechanics Monument ! Voilà des gars qui savent faire la fête !

– Ah t'as raison, vieux ! a répondu l'autre ange. J'ai trop hâte d'y être !

– Vous êtes déjà allés à San Francisco ? leur ai-je demandé.

– Faut bien qu'on s'amuse un peu de temps en temps, nous autres les automates, non ? Ces statues d'ouvriers nous ont emmenés au musée de Young et là ils nous ont présenté ces dames de marbre, tu vois. Et...

– Hank ! est intervenu le dénommé Chuck. Ce sont des enfants, mon pote !

– Ah ouais. (Si tant est que les statues de bronze puissent rougir, je vous jure que Hank a piqué un fard.) Concentrons-nous sur notre vol.

Comme notre vitesse de croisière a augmenté, j'ai deviné que les anges étaient impatients d'arriver. Les montagnes ont cédé la place à des collines, puis nous avons survolé des champs, des petites villes et des autoroutes.

Grover jouait de la flûte de Pan pour passer le temps. Zoé, qui s'ennuyait, envoyait des flèches dans des panneaux publicitaires au hasard. Chaque fois qu'elle voyait un grand magasin TARGET[1] – et on en a survolé une bonne dizaine –, elle fichait une flèche pile au milieu de leur enseigne, à plus de cent cinquante à l'heure.

Thalia n'a pas ouvert les yeux de tout le trajet. Elle marmonnait toute seule, comme si elle priait.

– T'as assuré, au barrage, lui ai-je dit. Zeus t'a écoutée.

Difficile de savoir ce qu'elle pensait, avec ses paupières hermétiquement closes.

– Peut-être. Au fait, comment tu as échappé aux squelettes dans la salle du générateur ? Tu disais qu'ils t'avaient coincé.

Je lui ai raconté ma rencontre avec cette étrange mortelle,

---

1. « Cible », en anglais. (N.d.T.)

Rachel Elizabeth Dare, qui était apparemment capable de voir à travers la Brume. Je pensais que Thalia allait me traiter de fou, mais elle a hoché la tête.

– Il y a certains mortels comme ça, a-t-elle dit. Personne ne sait pourquoi.

Soudain j'ai pensé à quelque chose qui ne m'avait jamais interpellé jusqu'alors. Ma *mère* était comme ça. Elle avait vu le Minotaure sur la colline des Sang-Mêlé et parfaitement compris de quoi il s'agissait. Elle n'avait manifesté aucune surprise l'année dernière quand je lui avais dit que mon ami Tyson était en fait un Cyclope. Peut-être qu'elle le savait depuis le départ. Pas étonnant qu'elle se soit fait tant de souci pour moi quand j'étais petit. Elle voyait à travers la Brume, et même mieux que moi.

– Enfin, ai-je repris, cette fille était casse-pieds mais je suis content de ne pas l'avoir pulvérisée. Ç'aurait été mal.

Thalia a hoché la tête.

– Ça doit être bien d'être un mortel ordinaire, a-t-elle dit sur un ton qui m'a donné l'impression qu'elle avait beaucoup réfléchi à la question.

La voix de Hank m'a tiré d'un petit somme :

– Où est-ce qu'on vous dépose, les gars ?

J'ai baissé les yeux et j'en suis resté bouche bée.

J'avais vu des photos de San Francisco, mais je n'y étais encore jamais allé. C'était sans doute la plus belle ville que j'aie jamais vue : imaginez un Manhattan plus petit et plus propre, qui serait noyé de brouillard et entouré de collines vertes. Il y avait une baie immense avec des bateaux, des îles et des voiliers, et puis le Golden Gate Bridge, l'immense pont de San Francisco, qui émerge du brouillard. J'avais la vague impression que j'aurais dû prendre une photo. *Bonjour de Frisco. Pas encore mort. Pense bien à vous.*

– Près de ce bâtiment, là, a suggéré Zoé. À l'Embarcadero.

– Bien vu, a dit Chuck. Hank et moi, on pourra se fondre dans la masse, comme les pigeons.

On l'a tous regardé.

– Je plaisante, a-t-il ajouté. Les statues ne peuvent pas avoir le sens de l'humour ?

En fin de compte, il n'a pas été nécessaire de se fondre dans la masse. Il était encore tôt et il y avait très peu de monde dehors. On a fait peur à un sans-abri quand on s'est posés sur le quai du ferry-boat. Il a poussé un cri en voyant Hank et Chuck et détalé en hurlant que les anges de métal de la planète Mars arrivaient.

Nous avons dit au revoir aux anges, qui sont partis à tire-d'aile faire la fête avec leurs amis statues. Et c'est alors que je me suis rendu compte que je n'avais aucune idée de ce que nous allions faire, maintenant.

Nous étions arrivés sur la côte Ouest. Artémis était quelque part dans les parages. Annabeth aussi – du moins je l'espérais. Mais comment les retrouver ? Je n'en avais aucune idée. Et nous étions à la veille du solstice d'hiver. Je n'avais pas non plus le moindre indice sur le monstre qu'Artémis chassait. C'était lui qui était censé nous trouver pendant notre quête. Il était censé « donner la direction », mais il ne l'avait pas fait. Et nous étions maintenant en rade sur cet embarcadère, sans amis et sans beaucoup d'argent.

Après une courte discussion, on est tous tombés d'accord qu'il fallait découvrir quel était ce monstre mystérieux.

– Mais comment ? ai-je demandé.

– Nérée, a répondu Grover.

– Quoi ? (Je l'ai regardé d'un air ébahi.)

– Ce n'est pas ce que t'a dit Apollon ? De chercher Nérée ?

J'ai hoché la tête. J'avais complètement oublié ma conversation avec le dieu du soleil.

– Le Vieillard de la mer, me suis-je souvenu. Je suis censé le forcer à nous dire ce qu'il sait. Mais comment vais-je le trouver ?

Zoé a fait la grimace.

– Le vieux Nérée ?

– Tu le connais ? a demandé Thalia.

– Ma mère était une déesse de la mer. Oui, je le connais. Il n'est jamais très difficile à trouver, malheureusement. Il suffit de suivre l'odeur.

– Qu'est-ce que tu veux dire ?

– Viens, m'a-t-elle dit pour toute réponse. Je te montrerai.

J'ai su que j'étais mal barré quand on s'est arrêtés au magasin de l'Armée du Salut. Cinq minutes plus tard, Zoé m'avait affublé d'une chemise en pilou rouge déchirée, d'un pantalon trois tailles trop grand pour moi, de tennis rouge vif et d'un chapeau arc-en-ciel à bord mou.

– Ah ouais, a commenté Grover en se retenant de rire, là tu vas passer complètement inaperçu.

– Le vagabond mâle dans toute sa splendeur, a acquiescé Zoé.

– Merci beaucoup, ai-je grommelé. Pourquoi je fais ça, déjà ?

– Je te l'ai dit. Pour te fondre dans la masse.

À la suite de Zoé, nous avons regagné les quais. Après avoir longuement arpenté les jetées, elle a pilé net. Du doigt, elle en a indiqué une où plusieurs SDF étaient regroupés, emmitouflés dans des couvertures, en attendant que la soupe populaire ouvre pour le déjeuner de midi.

– Il sera quelque part par là, a dit Zoé. Il ne s'éloigne jamais beaucoup de l'eau. Il aime prendre le soleil pendant la journée.

– Comment saurai-je lequel c'est ?

– Faufile-toi dans le groupe. Comporte-toi comme un sans-abri. Tu le reconnaîtras. Il a une odeur... caractéristique.

– Formidable. (J'ai préféré ne pas demander de précisions.) Et quand je l'aurai trouvé ?

– Empoigne-le, m'a ordonné Zoé, et ne le lâche pas. Il essaiera de se débarrasser de la tienne étreinte par tous les moyens. Quoi qu'il fasse, ne lâche pas prise. Oblige-le à te dire ce qu'il sait sur le monstre.

– Nous te couvrons, a ajouté Thalia. (Elle a attrapé quelque chose sur le dos de ma chemise, une espèce de boule duveteuse non identifiable.) Beurk. On te soutient moralement, je veux dire.

Grover a levé le pouce en signe d'encouragement.

J'ai grommelé que c'était formidable d'avoir des amis aussi puissants et je suis parti vers la jetée.

Le chapeau enfoncé sur les yeux, je me suis mis à tituber comme si j'étais sur le point de m'évanouir, ce qui, dans mon état de fatigue, n'était pas très difficile. Je suis passé devant notre ami SDF de tout à l'heure, qui essayait toujours de prévenir les autres de l'arrivée des anges de métal de Mars.

Il ne sentait pas bon, mais il n'avait pas une odeur... caractéristique. J'ai poursuivi mon chemin.

Deux gars assez crasseux, coiffés de sacs plastique, m'ont reluqué quand je me suis approché.

– Dégage, petit ! a marmonné l'un d'eux.

Je me suis éloigné. Ils sentaient assez mauvais, mais c'était une puanteur ordinaire. Rien de caractéristique.

Il y avait aussi une femme avec un Caddie d'où dépassaient quelques flamants roses en plastique. Elle m'a fusillé du regard comme si elle craignait que je lui vole ses oiseaux.

Au bout de l'embarcadère, un homme qui avait l'air d'avoir un million d'années somnolait dans un carré de soleil. Il portait un pyjama et un peignoir de bain duveteux qui avaient sans doute été blancs au départ. Avec son embonpoint et sa barbe blanche qui avait jauni, il ressemblait au Père Noël – un Père Noël qu'on aurait tiré du lit et roulé dans une décharge.

Et son odeur ?

Je me suis rapproché et j'ai pilé net. Il sentait mauvais, certes, mais il sentait la mer. Une mauvaise odeur d'océan, comme un mélange d'algues chaudes, d'eau de mer et de poissons morts. Si l'océan avait un côté répugnant, ce type-là l'incarnait.

J'ai essayé de ne pas suffoquer quand je me suis assis à côté de lui comme pour me reposer. Papa Noël a ouvert un œil méfiant. Je sentais son regard sur moi mais je n'ai pas tourné la tête. J'ai marmonné quelques mots où il était question d'école débile et de parents tarés, me disant que ça devait cadrer.

Papa Noël a repris son somme.

Je me suis contracté. Je savais que ça allait paraître bizarre et j'ignorais quelle serait la réaction des autres sans-abri. Néanmoins, je me suis jeté sur Papa Noël.

– Ahhhh ! (Il s'est mis à hurler. Je comptais l'empoigner à bras-le-corps, mais c'est plutôt l'inverse qui s'est produit. J'ai eu l'impression qu'il n'avait pas dormi une seule seconde. Et il n'avait rien d'un faible vieillard. Il m'a agrippé et serré à m'étouffer, avec des mains d'acier.) Au secours !

– C'est une honte ! a crié un des autres sans-abri. Un jeune qui attaque un vieil homme comme ça !

On a roulé tous les deux le long de l'embarcadère, et ma tête a buté contre un poteau. Le choc m'a sonné et j'ai senti l'étreinte de Nérée se relâcher. Il allait filer. Sans lui en laisser le temps, j'ai repris mes esprits et je l'ai taclé par-derrière.

– J'ai pas d'argent !

Il a tenté de se lever, mais j'ai refermé les bras autour de sa poitrine. Son odeur de poisson pourri était abominable, mais j'ai tenu bon.

– Je ne veux pas d'argent, ai-je dit. Je suis un sang-mêlé ! Je veux des renseignements !

En entendant ça, il s'est débattu de plus belle.

– Mais qu'est-ce que vous avez, vous les héros, à toujours vous en prendre à moi ?

– C'est parce que tu sais tout !

Avec un grognement, il a essayé de me décrocher de son dos. J'ai eu l'impression de faire des montagnes russes. Il agitait bras et jambes, ce qui m'empêchait de tenir sur mes pieds, mais j'ai serré les dents et je me suis agrippé. On avançait en titubant vers le bord de l'embarcadère et là j'ai eu une idée.

– Oh non ! ai-je crié. Pas l'eau !

Ça a marché. Immédiatement, Nérée a poussé un cri de triomphe et sauté du bord du quai. Ensemble, nous avons coulé dans la baie de San Francisco.

Il a dû être surpris quand j'ai resserré les bras grâce à la force que me communiquait l'océan. Mais il avait lui aussi quelques tours dans sa poche. Il a changé de forme et je me suis retrouvé avec un phoque noir et luisant entre les mains.

J'ai entendu des blagues sur les cochons graissés qu'on essaie d'attraper, mais je vais vous dire un truc, c'est encore plus difficile de tenir un phoque sous l'eau. Nérée s'enfonçait dans l'eau à la verticale, gigotait, louvoyait, décrivait des spirales dans les profondeurs sombres. Si je n'avais pas été le fils de Poséidon, jamais je n'aurais pu suivre.

Nérée a tourné sur lui-même, décuplé de volume et s'est transformé en orque, mais je me suis raccroché à son aileron dorsal au moment où il jaillissait hors de l'eau.

Un groupe de touristes a applaudi. Je suis arrivé à leur faire un petit signe de la main.

Ouais, on fait ça tous les jours, ici à San Francisco.

Nérée a replongé et s'est changé en anguille visqueuse. Je l'ai pris par la tête et la queue et j'allais faire un nœud quand il a compris ce qui se passait et repris sa forme humaine.

– Pourquoi tu ne te noies pas ? a-t-il gémi en me bourrant de coups de poing.

– Je suis le fils de Poséidon, ai-je répondu.

– Petit arriviste ! J'étais là le premier !

Il s'est effondré sur le bord de l'embarcadère. Au-dessus de nous, il y avait une de ces jetées bordées de boutiques à touristes, une sorte de centre commercial sur pilotis. Nérée haletait. Moi, j'étais en pleine forme. J'aurais pu continuer à lutter contre lui toute la journée mais je ne le lui ai pas dit. Je voulais qu'il ait l'impression de m'avoir donné du fil à retordre.

Mes amis ont dévalé l'escalier de la jetée et nous ont rejoints.

– Tu l'as attrapé ! s'est écriée Zoé.

– Il n'y a pas de quoi être tellement étonné, ai-je marmonné.

– Merveilleux ! a gémi Nérée. J'ai droit à une humiliation en public. C'est le marché habituel, je suppose ? Tu me laisseras partir si je réponds à ta question ?

– J'ai plus d'une question.

– Une seule question par capture ! C'est la règle.

J'ai regardé mes amis.

Ça s'annonçait mal. Il fallait que je trouve Artémis et il fallait aussi que je découvre quel était ce mystérieux monstre. En plus de cela, je devais savoir si Annabeth était encore en vie et par quel moyen la sauver. Comment pouvais-je réunir toutes ces questions en une seule ?

Une voix dans mon cœur criait : *Annabeth !* C'était ce qui comptait le plus pour moi.

Mais j'ai alors imaginé ce qu'elle dirait. Annabeth ne me pardonnerait jamais de l'avoir sauvée si je le faisais aux dépens de l'Olympe. Zoé, quant à elle, voudrait que je m'enquière d'Artémis, mais Chiron nous avait dit que le monstre était encore plus important.

J'ai soupiré.

– D'accord, Nérée. Dis-moi où trouver ce terrible monstre qui pourrait provoquer la chute des dieux. Celui qu'Artémis chassait.

Le Vieillard de la mer a souri, montrant des dents vertes de mousse.

– Fastoche, a-t-il dit sur un ton méchant. Il est juste là.

Nérée a montré du doigt l'eau qui clapotait à mes pieds.

– Où ça ?

– Ça y est, j'ai rempli ma part du contrat ! a jubilé Nérée.

Et avec un petit bruit mat, il s'est changé en poisson rouge puis il s'est propulsé dans l'océan.

– Tu m'as roulé ! ai-je hurlé.

– Attends. (Thalia a écarquillé les yeux.) Qu'est-ce que c'est que ça ?

– MEUHHHHHHH !

J'ai baissé les yeux. Ma copine la vache-serpent nageait en bordure de quai. Elle m'a poussé le pied du bout du museau en me faisant le coup des grands yeux tristes.

– Ah, Bessie, ai-je dit. Pas maintenant.

– Meuh !

Grover a hoqueté.

– Il dit qu'il ne s'appelle pas Bessie.

– Tu la comprends ? Tu *le* comprends, plutôt ?

– C'est une forme de langage animal très ancienne, a expliqué Grover en hochant la tête. Mais il dit que son nom est l'Ophiotauros.

– L'Ophio quoi ?

– Ça veut dire taureau-serpent en grec, est intervenue Thalia. Mais qu'est-ce qu'il fait ici ?

– Meuhhhhhhh !

– Il dit que Percy est son protecteur, a annoncé Grover. Et qu'il fuit les méchants. Et que les méchants sont tout près.

Je me suis demandé comment on pouvait exprimer tout ça en un seul « meuh ».

– Une seconde, a dit Zoé en se tournant vers moi. Tu connais cette vache ?

Je commençais à m'impatienter, mais je leur ai raconté l'histoire.

Thalia a secoué lentement la tête, l'air sidéré.

– Et tu as oublié de nous en parler ?

– Ben... ouais.

Ça paraissait idiot, maintenant qu'elle le disait, mais tout s'était passé tellement vite. Bessie, l'Ophiotauros, m'avait fait l'effet d'un détail sans importance.

– Mais je suis bête, s'est écriée soudain Zoé. Je connais cette histoire !

– Quelle histoire ?

– De la guerre des Titans. Mon... mon père m'a raconté ce récit il y a quelques milliers d'années. C'est le monstre que nous recherchons.

– Bessie ? (J'ai regardé le taureau-serpent avec incrédulité.) Mais... il est trop mignon. Il serait incapable de détruire le monde.

– C'est là que nous avons fait fausse route, a dit Zoé. Nous cherchions un monstre énorme et dangereux, mais ce n'est pas ainsi que l'Ophiotauros peut faire tomber les dieux. Il doit être sacrifié.

– MMMM ! a grondé Bessie.

– Je ne crois pas que le mot en *s* lui plaise, a glissé Grover.

J'ai tapoté la tête de Bessie pour essayer de le calmer. Il m'a laissé lui gratter l'oreille, mais il tremblait.

– Qui pourrait lui faire du mal ? ai-je demandé. Il est parfaitement inoffensif.

Zoé a hoché la tête.

– Mais tuer l'innocence génère du pouvoir. Un pouvoir terrible. Il y a quelques éternités de cela, à la naissance de cette créature, les Parques ont prononcé une prophétie. Elles ont dit que quiconque tuerait l'Ophiotauros et sacrifierait ses entrailles au feu aurait le pouvoir de détruire les dieux.

– MMMMM !

– Hum, a fait Grover. On pourrait peut-être éviter de parler d'*entrailles*, aussi.

Thalia a regardé le taureau-serpent avec stupeur.

– Le pouvoir de détruire les dieux... mais comment ? Je veux dire, que se passerait-il ?

– Nul ne le sait, a répondu Zoé. La première fois, durant la guerre des Titans, l'Ophiotauros a été tué par un géant allié des Titans mais le tien père, Zeus, a envoyé un aigle attraper les entrailles avant qu'elles ne soient jetées aux flammes. Il s'en est fallu de très peu. Et maintenant, trois millénaires plus tard, l'Ophiotauros est rené.

Thalia s'est assise sur le quai. Elle a tendu la main et Bessie s'est aussitôt approchée. Thalia lui a posé la main sur la tête ; Bessie a frissonné.

Quelque chose dans l'expression de Thalia me tracassait. Elle avait l'air... presque vorace.

– Nous devons le protéger, lui ai-je dit. Si jamais Luke s'en emparait...

– Luke n'hésiterait pas, a marmonné Thalia. Le pouvoir de renverser l'Olympe. C'est... c'est phénoménal.

– En effet, ma chère, a dit une voix masculine à l'accent français prononcé. Et c'est toi qui vas déclencher ce pouvoir.

Avec un gémissement, l'Ophiotauros s'est immergé dans l'eau.

J'ai levé la tête. Absorbés par notre conversation, nous nous étions laissé surprendre.

Debout derrière nous se tenait nul autre que le professeur Thorn avec ses yeux bicolores qui brillaient d'une lueur mauvaise, autrement dit le manticore.

– C'est absolument parfait, a jubilé le manticore.

Il portait un trench noir miteux sur son uniforme de Westover Hall, lequel était plein de taches et déchiré. Sa coupe militaire en brosse s'était agglutinée en épis gras ; il ne s'était pas rasé depuis un bon moment et son visage était couvert d'une ombre de barbe grisonnante. En bref, il n'avait pas meilleure allure que les types qui attendaient l'ouverture de la soupe populaire.

– Il y a longtemps, les dieux m'ont banni et envoyé en exil en Perse, a raconté le manticore. J'ai dû me nourrir de rogatons aux confins du monde et me cacher dans les forêts, je ne trouvais que d'insignifiants paysans humains à dévorer pour mes repas. Je n'ai jamais eu l'occasion de combattre de grands héros. Je n'ai jamais été redouté ni craint, dans les histoires anciennes ! Mais ça va changer, maintenant. Les Titans me rendront honneur et je me régalerai de chair de demi-dieux !

Il était flanqué de vigiles armés, un de chaque côté. C'étaient deux des mercenaires humains que j'avais vus à Washington. Il y en avait deux autres sur l'embarcadère d'à côté, au cas où nous tenterions de nous enfuir par là. Les quais grouillaient de touristes qui se promenaient le long de l'eau ou faisaient du shopping sur la jetée qui nous surplombait, mais je savais que ça n'empêcherait pas le manticore de passer à l'action.

– Et... où sont les squelettes ? lui ai-je demandé.

Il a reniflé, l'air hautain.

– Je n'ai pas besoin de ces stupides morts vivants ! Alors comme ça le Général me prend pour un bon à rien ? Il changera d'avis quand je vous aurai vaincus à moi tout seul !

J'avais besoin de temps pour réfléchir. Il fallait sauver Bessie. Je pouvais sauter à l'eau, mais comment fuir en vitesse avec trois cents kilos de taureau-serpent à la remorque ? Et mes amis ?

– On vous a déjà battu une fois, ai-je dit.

– Tu parles ! Vous êtes arrivés de justesse à m'affronter avec une déesse à vos côtés. Or, malheureusement, la déesse a un empêchement, à l'heure qu'il est. Il n'y aura personne pour vous aider.

Zoé a bandé son arc et pointé la flèche droit vers la tête du manticore. Les deux mercenaires qui nous entouraient ont levé leurs pistolets.

– Non, Zoé ! ai-je dit. Attends !

Le manticore a souri.

– Le garçon a raison, Zoé Nightshade. Range ton arc. Ce serait dommage de te tuer avant que tu n'assistes à la grande victoire de Thalia.

– De quoi parlez-vous ? a grondé Thalia, qui brandissait déjà sa lance et son bouclier.

– Voyons, mais c'est très clair. Ton heure est venue. C'est pour cet instant que le seigneur Cronos t'a ramenée à la vie. Tu vas sacrifier l'Ophiotauros. Tu apporteras ses entrailles au feu sacré de la montagne. Tu acquerras un pouvoir sans bornes. Et à ton seizième anniversaire, tu renverseras l'Olympe.

Personne n'a parlé. C'était d'une limpidité terrifiante. Thalia allait avoir seize ans dans deux jours. C'était la fille d'un des Trois Grands. Et elle était à présent devant un choix terrible, un choix qui pouvait signifier la fin des dieux. Exactement comme le disait la prophétie. J'éprouvais un mélange de soulagement, d'horreur et de déception à la fois. Je n'étais pas l'enfant de la prophétie, en fin de compte. Et le jour de la fin du monde était arrivé.

Je m'attendais à ce que Thalia envoie promener le manticore, mais elle hésitait. Elle paraissait complètement sonnée.

– Tu sais que c'est le bon choix, a repris le manticore. Ton ami Luke ne s'y est pas trompé. Tu le retrouveras enfin. À vous deux, sous l'égide des Titans, vous régnerez sur ce monde. Ton père t'a abandonnée, Thalia. Il n'en a rien à faire de toi. Et maintenant, tu vas l'emporter sur lui. Écrase les Olympiens sous ton talon, comme ils le méritent. Appelle le monstre ! Il viendra à toi. Sers-toi de ta lance.

– Thalia ! me suis-je écrié. Réveille-toi !

Elle m'a regardé exactement comme elle l'avait fait le matin où elle avait retrouvé sa forme humaine sur la colline des Sang-Mêlé, avec un mélange de confusion et de perplexité. J'avais presque l'impression qu'elle ne me reconnaissait pas.

– Ton père t'a aidée, ai-je dit. Il a envoyé les anges de métal. Il t'a changée en arbre pour te maintenir en vie.

Elle a serré la main sur la hampe de sa lance.

J'ai jeté un regard désespéré à Grover. Loués soient les dieux, il a compris. Il a porté sa flûte de Pan à ses lèvres et attaqué un air rapide.

– Arrêtez-le ! a hurlé le manticore.

Les mercenaires visaient Zoé et, le temps qu'ils comprennent que le garçon à la flûte de Pan constituait le principal danger, des branches ont poussé sur les planches, à leurs pieds, et leur ont emmêlé les jambes. Zoé a décoché rapidement deux flèches qui se sont abattues devant eux en soulevant des nuages de fumée jaune et sulfureuse. Des flèches péteuses !

Les hommes se sont mis à tousser. Le manticore nous a criblés d'une pluie de dards, qui se sont tous écrasés contre ma peau de lion.

– Grover, ai-je crié. Dis à Bessie de plonger dans les profondeurs et d'y rester !

– Meuhhh ! a traduit Grover. (Je ne pouvais qu'espérer que Bessie comprenne le message.)

– Le taureau... a murmuré Thalia, toujours dans son état d'hébétude.

– Viens !

Je l'ai prise par la main et on a grimpé quatre à quatre les marches de l'escalier qui menait à la jetée commerçante. On a tourné au coin de la première boutique et foncé. Derrière nous, le manticore criait à ses sbires : « Attrapez-les ! » Les vigiles se sont mis à tirer aveuglément dans l'air, semant la panique parmi les touristes.

Cahin-caha, on est arrivés au bout de la jetée et, là, on s'est cachés derrière un stand de souvenirs : des cristaux taillés, des carillons, tout ce genre de bibelots qui brillaient au soleil. Il y avait une fontaine à boire à côté de nous. En contrebas, sur les rochers, des lions de mer se chauffaient au soleil. La baie de San Francisco tout entière se déployait devant nous ; le pont du Golden Gate, l'île d'Alcatraz, puis, côté nord, les collines vertes coiffées de brouillard. Une carte postale idyllique, sauf qu'on allait mourir et que la fin du monde était imminente.

– Saute à l'eau ! m'a dit Zoé. Tu peux fuir par l'océan, Percy. Demande secours au tien père. Tu pourrais peut-être sauver l'Ophiotauros.

Elle avait raison, mais je m'en sentais incapable.

– Je ne peux pas vous laisser, les gars. On se bat ensemble.

– Il faut que tu préviennes la colonie ! m'a dit Grover. Qu'ils sachent, au moins, ce qui se passe !

À ce moment-là, j'ai remarqué que les cristaux formaient des arcs-en-ciel à la lumière du soleil. Il y avait une fontaine à boire à côté de moi...

– Prévenir la colonie, ai-je murmuré. Bonne idée.

J'ai dégainé Turbulence et décapité le robinet de la fontaine. Un jet d'eau a fusé du tuyau sectionné, nous aspergeant tous.

Thalia a hoqueté ; l'eau fraîche a paru la tirer de son hébétude.

– T'es dingue ou quoi ? s'est-elle exclamée.

Grover, lui, a tout de suite pigé. Déjà, il cherchait dans ses poches. Il en a sorti une drachme d'or, qu'il a lancée dans l'arc-en-ciel peint par la brume d'eau et il a crié :

– Ô déesse, accepte mon offrande !

La brume a ondulé.

– Colonie des Sang-Mêlé ! ai-je dit.

Et là, scintillant dans la brume, juste à côté de nous, est apparue la personne que je souhaitais le moins voir : Monsieur D., dans son jogging à imprimé léopard, planté devant son frigo.

Il a levé la tête paresseusement.

– Plaît-il ?

– Où est Chiron ? ai-je crié.

– Quelle grossièreté. (Monsieur D. a bu une gorgée de jus de raisin à la bouteille.) C'est comme ça que tu dis bonjour ?

– Bonjour, me suis-je corrigé. Nous allons mourir ! Où est Chiron ?

Monsieur D. a réfléchi. J'avais envie de lui hurler de se magner, mais je savais que ça ne marcherait pas. Derrière nous ont résonné des bruits de pas et des cris : les hommes du manticore approchaient.

– Vous allez mourir, a dit Monsieur D. d'un ton songeur. Palpitant ! J'ai bien peur que Chiron soit absent. Veux-tu laisser un message ?

J'ai regardé mes amis.

– Dites-lui que nous sommes morts, ai-je répondu.

Thalia a serré sa lance, l'œil furibond. Elle semblait redevenue tout à fait elle-même.

– Nous nous battrons jusqu'à notre dernier souffle ! a-t-elle déclaré.

– Quelle noblesse d'âme ! (Monsieur D. a étouffé un bâillement.) C'est quoi le problème, au juste ?

Je ne voyais pas ce que ça changerait, mais je lui ai raconté.

– Hum. (Il a examiné le contenu de son frigo.) C'est donc ça. Je vois.

– Vous vous en moquez complètement ! ai-je hurlé. Vous aimeriez autant nous regarder mourir !

– Voyons. Je crois que j'ai envie d'une pizza, ce soir.

J'avais envie de donner un coup d'épée dans l'arc-en-ciel pour interrompre la communication, mais je n'en avais plus le temps. Le manticore a hurlé : « Ils sont là ! » et on s'est retrouvés cernés. Deux des vigiles étaient derrière lui. Les deux autres ont surgi sur le toit d'une des boutiques de la jetée commerçante. Le manticore s'est débarrassé de son manteau et il a repris sa véritable forme, griffes de lion dehors, queue de serpent hérissée de dards empoisonnés.

– Excellent, a-t-il dit. (Il a jeté un coup d'œil à l'apparition dans la brume d'eau et ricané.) Tout seuls et sans aide *véritable*. Merveilleux.

– Tu pourrais *demander* de l'aide, m'a murmuré Monsieur D., comme si c'était une idée amusante. Tu pourrais dire « s'il vous plaît ».

Le jour où les sangliers voleront, ai-je pensé. Il était hors de question que je meure en suppliant Monsieur D. comme une lavette, rien que pour lui donner le plaisir de nous regarder nous faire massacrer.

Zoé a bandé son arc. Grover a porté sa flûte à ses lèvres. Thalia a levé son bouclier et j'ai vu une larme rouler sur sa joue. Soudain j'ai pris conscience d'une chose : elle avait déjà vécu cette scène. Elle s'était trouvée acculée sur la colline des Sang-Mêlé. Et elle avait donné sa vie de son plein gré pour sauver ses amis. Mais cette fois-ci elle ne pouvait pas nous sauver.

Comment pouvais-je laisser cela lui arriver une seconde fois ?

– S'il vous plaît, Monsieur D., ai-je marmonné. Au secours.

Bien sûr, il ne s'est rien passé.

Le manticore a souri et ordonné à ses hommes :

– Épargnez la fille de Zeus. Elle ne tardera pas à rejoindre nos rangs. Tuez les autres.

Les hommes ont braqué leurs armes et il est alors arrivé une chose étrange. Vous savez cet effet que ça fait quand tout le sang monte à la tête ? Comme si vous étiez pendu la tête en bas et que vous vous redressiez trop vite ? Un souffle de vertige s'est levé, accompagné d'un son qui ressemblait à un gros soupir. La lumière du soleil s'est teintée de rouge. J'ai senti une odeur de raisin et une autre, plus âcre : celle du vin.

CLAC !

C'était le bruit de plusieurs esprits qui craquaient en même temps. Le bruit de la folie. Un vigile a pris son pistolet entre ses dents comme si c'était un os et détalé à quatre pattes. Deux autres ont lâché leurs armes et se sont mis à danser la valse ensemble. Le quatrième s'est lancé dans une espèce de gigue irlandaise. Ça aurait été drôle si ce n'était pas aussi terrifiant.

– Non ! a hurlé le manticore. Je vais vous tuer moi-même !

Il a hérissé tous les dards de sa queue mais des vrilles de vigne ont surgi des planches, à ses pieds, et se sont immédiatement mises à grimper et à s'enrouler autour de son corps, tout en formant des feuilles et des grappes de raisin vert qui mûrissaient en quelques secondes. Malgré ses hurlements, le monstre s'est vu engloutir sous une masse énorme de végétation. Pour finir, les gros grains de raisin noir ont cessé de s'agiter et j'ai eu l'impression que le manticore, au cœur de cette nasse végétale, avait disparu.

– Bon, a fait Dionysos en refermant la porte de son réfrigérateur. C'était divertissant.

Je l'ai regardé, horrifié.

– Comment avez-vous pu... Comment avez-vous... ai-je bafouillé.

– Quelle belle gratitude, a-t-il bougonné. Les mortels s'en sortiront. J'aurais trop d'explications à donner si je les rendais définitivement fous. J'ai horreur d'écrire des rapports à mon père.

Il a lancé un regard chargé de rancune à Thalia.

– J'espère que tu as appris ta leçon, jeune fille. Pas facile de résister au pouvoir, hein ?

Thalia a rougi comme si elle avait honte.

– Monsieur D., a dit Grover avec stupeur. Vous... vous nous avez sauvés.

– Hum. J'espère que je n'aurai pas à le regretter, satyre. Et maintenant, Percy Jackson, en route. Je vous ai fait gagner quelques heures, au maximum.

– L'Ophiotauros, ai-je dit. Pouvez-vous le ramener à la colonie ?

– Je ne m'occupe pas des transports de bétail, a rétorqué Monsieur D. en plissant le nez.

– Mais où devons-nous aller ?

Dionysos a regardé Zoé.

– Oh, a-t-il dit. Je crois que, ça, la Chasseresse le sait. Il faut entrer là-bas ce soir au coucher du soleil, vous savez, sinon tout est perdu. Maintenant au revoir. Ma pizza attend.

– Monsieur D.

Il a levé le sourcil.

– Vous m'avez appelé par mon nom, ai-je dit. Vous m'avez appelé Percy Jackson.

– Absolument pas, Peter Johnson. Et maintenant, fiche-moi le camp !

Il a agité la main et son image s'est dissipée dans la brume.

Autour de nous, les sbires du manticore étaient toujours en proie à leur folie passagère. L'un d'eux avait trouvé notre ami le sans-abri et ils étaient partis dans une grande conversation sur les anges métalliques de Mars. Les autres vigiles importunaient les touristes, leur aboyaient sous le nez ou essayaient de leur piquer leurs chaussures.

Je me suis tourné vers Zoé.

– Qu'a-t-il voulu dire ? lui ai-je demandé. Tu sais où nous devons aller ?

Son visage avait pris la teinte du brouillard. Elle a tendu le bras vers l'autre côté de la baie, derrière Golden Gate. Au loin, une montagne perçait la couche de nuages.

– Le jardin de mes sœurs, a-t-elle répondu. Je dois rentrer à la maison.

16 Nous rencontrons le dragon à l'haleine qui tue

– Nous n'y arriverons jamais, a soupiré Zoé. Nous avançons trop lentement. Mais nous ne pouvons pas abandonner l'Ophiotauros.

– Meuh, a acquiescé Bessie, qui nous suivait en nageant dans l'eau, tandis que nous trottions le long du quai.

Nous avions laissé la jetée commerçante derrière nous et avancions vers le pont du Golden Gate. Il était bien plus loin que je ne l'avais cru de prime abord, et le soleil avait déjà amorcé sa descente vers l'ouest.

– Je ne comprends pas, ai-je dit. Pourquoi devons-nous arriver au coucher du soleil ?

– Les Hespérides sont les nymphes du crépuscule, a expliqué Zoé. On ne peut pénétrer dans leur jardin qu'au moment où le jour se change en nuit.

– Que se passera-t-il si on rate ce moment ?

– Demain, c'est le solstice d'hiver. Si nous manquons le crépuscule ce soir, nous devrons attendre jusqu'à demain soir. Or à ce moment-là, le Conseil des Olympiens sera terminé. Nous devons libérer dame Artémis ce soir.

Sinon Annabeth mourra, ai-je pensé, mais j'ai gardé ça pour moi.

– Il nous faut une voiture, a dit Thalia.

– Et Bessie ? ai-je demandé.

Grover a pilé net.

– J'ai une idée ! L'Ophiotauros peut apparaître dans différents cours ou plans d'eau, n'est-ce pas ?

– Ben, je crois. Je veux dire, il était dans le détroit de Long Island et d'un coup il a refait surface au barrage Hoover. Et maintenant, il est là.

– Alors on pourrait peut-être le convaincre de retourner dans le détroit de Long Island, a dit Grover. Et de là, Chiron pourrait nous aider à le faire parvenir à l'Olympe.

– Mais c'est moi qu'il suivait, ai-je dit. Sans moi, va-t-il savoir quel chemin prendre ?

– Meuh, a tristement mugi Bessie.

– Je... je peux lui montrer. J'irai avec lui.

J'ai regardé Grover. Je savais qu'il n'aimait pas l'eau. Il avait failli se noyer dans la mer des Monstres, l'été précédent, et il avait du mal à nager, avec ses sabots de chèvre.

– Je suis le seul qui puisse lui parler, a-t-il dit. C'est la seule solution.

Il s'est penché et il a murmuré quelque chose à l'oreille de Bessie, qui a frissonné avant d'émettre un meuglement satisfait.

– La bénédiction de la Nature, a expliqué Grover. Elle devrait nous protéger pendant notre voyage. Percy, adresse une prière à ton père. Vois s'il peut nous assurer une traversée des mers sans incident.

Je ne voyais pas comment ils pouvaient regagner le détroit de Long Island à la nage en partant de Californie. Cela étant, les monstres ne se déplacent pas de la même façon que les humains ; j'avais eu de nombreuses occasions de l'apprendre.

Je me suis concentré sur les vagues, l'odeur de l'océan, le clapotis.

– Papa, ai-je dit. Aide-nous. Ramène Grover et l'Ophiotauros sains et saufs à la colonie. Protège-les en mer.

– Une prière comme celle-ci nécessite un sacrifice, a dit Thalia. Un sacrifice de taille.

J'ai réfléchi une seconde, puis j'ai retiré mon manteau.

– Percy, a dit Grover, tu es sûr ? Cette peau de lion... a des pouvoirs très précieux. Héraclès s'en est servi !

À peine a-t-il prononcé ces mots que ça a fait tilt dans ma tête.

J'ai jeté un coup d'œil à Zoé, qui m'observait attentivement. J'ai compris que je savais qui avait été le héros de Zoé – le héros qui avait détruit sa vie, celui qui l'avait fait chasser de sa famille et qui n'avait même pas mentionné une seule fois qu'elle l'avait aidé : Héraclès, le héros que j'admirais depuis tout petit.

– Si je dois survivre, ai-je déclaré, ce ne sera pas parce que j'ai un manteau en peau de lion. Je ne suis pas Héraclès.

J'ai lancé le manteau dans la baie. Il s'est retransformé en peau de lion et la fourrure dorée a scintillé de mille feux au soleil. Puis, en coulant lentement sous les vagues, elle a paru se fondre dans les jeux de lumière à la surface de l'eau.

La brise marine a forci.

Grover a respiré à fond.

– Bon, pas de temps à perdre.

Il a sauté à l'eau et a tout de suite commencé à couler. Bessie s'est approché de lui et l'a laissé s'accrocher à son cou.

– Soyez prudents, leur ai-je recommandé.

– Promis, a dit Grover. Bien, euh... Bessie ? Nous allons à Long Island. Cap sur l'est. Par là.

– Meuh ? a fait Bessie.

– Exact, a répondu Grover, Long Island. C'est une île. Et elle est longue. Écoute, partons, on trouvera bien.

– Meuh !

Bessie a démarré abruptement. Il a plongé dans les vagues et Grover s'est écrié :

– À titre d'info, je ne peux pas respirer sous l'eau ! *Gloups gl...*

Ils ont disparu sous les vagues et j'ai croisé les doigts pour que la protection de mon père couvre les petits détails tels que la respiration.

– Bien, voici un problème réglé, a déclaré Zoé. Maintenant comment allons-nous gagner le jardin de mes sœurs ?

– Thalia a raison, ai-je dit. Il nous faut une voiture. Mais il n'y a personne qui puisse nous aider, ici. À moins que, euh, qu'on en emprunte une.

Cette idée ne me plaisait pas. Certes, c'était une question de vie ou de mort, mais ça n'en demeurait pas moins du vol et on aurait du mal à passer inaperçus.

– Attendez ! s'est écriée Thalia, qui s'est mise à farfouiller dans son sac à dos. Il y a quelqu'un à San Francisco qui peut nous aider. J'ai l'adresse quelque part.

– Qui ça ? ai-je demandé.

Thalia a sorti un bout de papier chiffonné.

– Le professeur Chase. Le père d'Annabeth.

Depuis deux ans que j'entendais Annabeth se plaindre de son père, je m'attendais à ce qu'il ait des cornes et des crocs de diable. Pas *du tout* à voir un type en bonnet et lunettes d'aviateur d'autrefois. Il avait l'air tellement bizarre quand il a ouvert la porte de sa maison, avec ses yeux grossis par les verres, qu'on a tous reculé d'un pas.

– Bonjour, a-t-il dit d'une voix chaleureuse. Vous venez livrer mes avions ?

Thalia, Zoé et moi avons échangé des regards méfiants.

– Euh, non, monsieur.

– Zut, il me faut trois autres biplans Sopwith Camel.

– Je vois, ai-je dit, sans avoir la moindre idée de ce dont il parlait. Nous sommes des amis d'Annabeth.

– Annabeth ? (Il s'est redressé vivement, comme si je venais de lui asséner un électrochoc.) Elle va bien ? Il s'est passé quelque chose ?

Aucun de nous n'a répondu, mais nos visages ont dû lui dire qu'il était arrivé quelque chose de grave. Il a retiré son bonnet et ses lunettes d'aviateur. Il avait des cheveux blond cendré comme Annabeth et des yeux marron foncé. Je crois que c'était un bel homme, pour son âge, mais il n'avait pas dû se raser depuis deux ou trois jours et il avait boutonné lundi avec mardi, ce qui faisait remonter le col de sa chemise plus haut d'un côté que de l'autre.

– Entrez, a-t-il dit.

Je n'aurais pas cru qu'ils venaient à peine d'emménager. Il y avait des robots en Lego sur les marches de l'escalier, deux chats roulés en boule sur le canapé du salon. La table basse était jonchée de magazines ; un manteau d'enfant traînait par terre. Une odeur de cookies au chocolat flottait dans la maison et des notes de musique de jazz venaient de la cuisine. Il régnait un désordre joyeux et vivant, une atmosphère heureuse de maison habitée depuis toujours.

– Papa ! a hurlé un petit garçon. Il démonte mes robots !

– Bobby, a dit le professeur Chase d'une voix absente, ne démonte pas les robots de ton frère.

– Bobby c'est moi ! a protesté le petit garçon. Lui c'est Matthew !

– Matthew, ne démonte pas les robots de ton frère !

– D'accord, papa !

Le professeur Chase s'est tourné vers nous.

– On va aller dans mon bureau. Par ici.

– Chéri ? a fait une voix de femme.

La belle-mère d'Annabeth est entrée dans le salon en s'essuyant les mains dans un torchon. C'était une jolie femme d'origine asiatique, aux cheveux noirs striés de mèches auburn et relevés en chignon.

– Qui sont nos invités ?

– Ah, euh...

Le professeur Chase nous a regardés d'un œil vide d'expression.

– Frederick, a grondé la femme. Tu as oublié de leur demander leurs noms ?

On s'est présentés un peu gauchement, mais Mme Chase a été vraiment sympa. Elle nous a demandé si nous avions faim. On lui a avoué que oui et elle nous a dit qu'elle allait nous apporter des sandwichs, des cookies et des sodas.

– Chérie, a dit le professeur Chase. Ils sont venus pour Annabeth.

Je m'attendais presque à ce que Mme Chase pique une crise de nerfs en entendant le nom de sa belle-fille, mais elle a pincé les lèvres, l'air préoccupée.

– D'accord. Montez dans ton bureau et je vais vous apporter de quoi grignoter. (Elle m'a souri.) Je suis contente de te rencontrer, Percy. J'ai beaucoup entendu parler de toi.

À l'étage, nous sommes entrés dans le bureau du professeur Chase et je n'ai pas pu retenir un « waouh ! »

Les murs étaient entièrement tapissés de livres, mais ce qui a surtout capté mon attention, c'étaient les jouets de guerre. Il y avait une table immense couverte de chars d'assaut et de soldats miniatures qui se battaient le long d'un fleuve en peinture bleue entouré de collines, avec de faux arbres et tout le tralala. Des maquettes de biplans d'autrefois pendaient au plafond au bout de ficelles, inclinées dans des angles impossibles, comme s'ils étaient en plein combat.

Le professeur Chase a souri.

– C'est la troisième bataille d'Ypres. J'écris un article sur la façon dont l'armée britannique s'est servie des Sopwith Camel pour mitrailler les lignes ennemies. À mon avis, ces avions ont joué un rôle bien plus important que celui qu'on leur accorde.

Il a décroché un biplan de sa ficelle et l'a passé au-dessus du champ de bataille en faisant des bruits de moteur, tout en renversant des petits soldats allemands.

– Ah d'accord, ai-je dit.

Je savais que le père d'Annabeth était professeur d'histoire militaire. Elle ne m'avait jamais dit qu'il jouait aux soldats de plomb.

Zoé s'est approchée de la maquette et a examiné le champ de bataille.

– Les lignes allemandes étaient plus loin de la berge, a-t-elle déclaré.

– Comment le sais-tu ? a demandé le professeur Chase, se tournant vers Zoé.

– J'y étais, a-t-elle répondu d'un ton naturel. Artémis voulait nous montrer comment les humains peuvent s'entretuer ; elle voulait nous montrer la guerre dans toute son horreur et dans toute sa bêtise, aussi. Cette guerre fut un gâchis absolu.

Le professeur Chase était sous le choc.

– Tu...

– C'est une Chasseresse, monsieur, est intervenue Thalia. Mais ce n'est pas ce qui nous amène. Nous avons besoin...

– Tu as vu les Camel ? a demandé le professeur Chase. Il y en avait combien ? Quelles étaient leurs formations de vol ?

– Monsieur, est à nouveau intervenue Thalia. Annabeth est en danger.

Cela a tout de suite capté l'attention du professeur, qui a reposé son biplan.

– Racontez-moi tout.

Ce n'était pas facile, mais on a essayé. Et pendant ce temps, dehors, la lumière de l'après-midi baissait. Le temps jouait contre nous.

Quand nous avons fini, le professeur Chase s'est écroulé dans son fauteuil de cuir. Il a croisé les mains.

– Ma pauvre et courageuse Annabeth. Il faut qu'on se dépêche.

– Monsieur, il nous faut un moyen de transport pour aller au mont Tamalpais, a dit Zoé. Immédiatement.

– Je vais vous conduire. En fait, ça irait plus vite avec mon Camel, mais il n'y a que deux places.

– Waouh, vous avez un vrai biplan ? me suis-je écrié.

– À la base de Crissy Field, a répondu le professeur Chase avec fierté. C'est pour cette raison que j'ai dû m'installer ici. Mon parrain est un collectionneur privé qui possède certains des plus beaux vestiges de la Première Guerre mondiale. Il me laisse restaurer le Camel...

– Monsieur, l'a interrompu Thalia. Une voiture, ce serait super. Et il vaudrait mieux que vous ne veniez pas avec nous. C'est trop dangereux.

Le professeur Chase a froncé les sourcils.

– Écoute, jeune demoiselle, Annabeth est ma fille. Dangereux ou pas, je... je ne peux pas...

– Voilà le goûter, a annoncé Mme Chase, qui est entrée avec un plateau chargé de sandwichs beurre de cacahouètes-gelée de raisin, de canettes de Coca et de cookies frais sortis du four, aux pépites de chocolat encore fondantes. Thalia et moi avons humé l'odeur des biscuits pendant que Zoé disait :

– Je sais conduire, monsieur. Je suis moins jeune que j'en ai l'air. Je vous promets de ne pas abîmer votre voiture.

– Que se passe-t-il ? a demandé Mme Chase en fronçant les sourcils.

– Annabeth est en danger, lui a expliqué son mari. Au mont Tam. J'aurais voulu les conduire, mais... apparemment ce n'est pas la place d'un mortel.

Il semblait avoir vraiment du mal à accepter ce dernier élément.

Je m'attendais à ce que Mme Chase dise non. Soyons sérieux, quels parents mortels prêteraient leur voiture à trois ados ? Mais à ma grande surprise, elle a hoché la tête.

– Alors ils feraient bien de se mettre en route.

– Bon ! (Le professeur Chase s'est levé brusquement et s'est mis à tapoter ses poches.) Mes clés...

– Frederick, a soupiré sa femme. Tu perdrais ta tête si elle n'était pas dans ton bonnet d'aviateur. Les clés sont accrochées près de la porte d'entrée.

– Exact ! s'est exclamé le professeur Chase.

Zoé a attrapé un sandwich.

– Merci à vous deux. Il faut qu'on parte. Tout de suite.

On est sortis du bureau et on a dévalé l'escalier, les Chase sur nos talons.

– Percy, m'a lancé Mme Chase alors que j'allais partir, dis à Annabeth... Dis-lui qu'elle est toujours chez elle ici, tu veux bien ? Rappelle-le-lui.

J'ai jeté un dernier coup d'œil au salon en désordre et aux demi-frères d'Annabeth qui se chamaillaient en jetant leurs Lego en l'air, respiré à nouveau la bonne odeur de chocolat qui flottait dans la pièce. Il y avait vraiment pire, comme maison.

– Je le lui dirai, ai-je promis.

On a couru à la Volkswagen jaune décapotable garée dans l'allée. Le soleil déclinait. Il nous restait moins d'une heure, ai-je calculé, pour sauver Annabeth.

– Cet engin ne peut pas aller plus vite ? a pesté Thalia.

– Je ne peux pas contrôler la circulation, a rétorqué Zoé en la fusillant du regard.

– L'une comme l'autre, vous parlez comme ma mère ! ai-je dit.

– La ferme ! m'ont-elles lancé en chœur.

Zoé slalomait entre les voitures le long du Golden Gate Bridge. Le soleil plongeait à l'horizon quand nous avons enfin atteint l'autre rive et quitté l'autoroute.

Les routes étaient incroyablement étroites, maintenant, et zigzaguaient en lacets à travers des forêts, à flanc de collines et en bordure de profonds ravins. Zoé n'a pas ralenti du tout.

– Pourquoi ça sent le sirop contre la toux ? ai-je demandé.

– À cause des eucalyptus. (Zoé a montré d'un geste les arbres immenses qui nous entouraient.)

– C'est ce que mangent les koalas, c'est ça ?

– Et les monstres. Ils adorent mâcher les feuilles. Surtout les dragons.

– Les dragons mâchent des feuilles d'eucalyptus ?

– Crois-moi, a dit Zoé, si tu avais une haleine de dragon, tu mâcherais des feuilles d'eucalyptus.

Je n'ai pas insisté, mais je me suis mis à scruter plus attentivement les sous-bois que nous traversions. Devant nous se dressait le mont Tamalpais. Sans doute pas très haut pour une montagne, mais pour nous qui nous y rendions, il semblait bien assez imposant.

– Alors c'est la montagne du Désespoir ? ai-je demandé.

– Oui, a dit laconiquement Zoé.

– Qu'est-ce qui lui vaut ce nom ?

Zoé s'est tue sur plus d'un kilomètre avant de répondre :

– Après la guerre entre les dieux et les Titans, beaucoup de Titans ont été punis et emprisonnés. Cronos a été découpé en morceaux et jeté dans le Tartare. Son bras droit, le général de ses troupes, a été emprisonné là-haut, au sommet du mont, juste derrière le jardin des Hespérides.

– Le Général, ai-je murmuré. (Le sommet était coiffé de nuages qui semblaient tourbillonner comme une toupie, attirés par la montagne.) Qu'est-ce qui se passe là-haut ? Il y a un orage qui se prépare ?

Zoé n'a pas répondu. J'ai eu l'impression qu'elle savait exactement ce que signifiaient ces nuages et que ça ne lui plaisait pas.

– Il faut qu'on se concentre, a dit Thalia. La Brume est très forte ici.

– La Brume magique ou la brume naturelle ? ai-je demandé.

– Les deux.

Les nuages gris se faisaient de plus en plus épais vers la cime, et nous nous en rapprochions toujours. On était sortis de la forêt et entrés dans une zone de vastes espaces herbus, de rochers, de falaises et de brouillard.

Au détour d'un virage, j'ai jeté un coup d'œil à l'océan et ce que j'ai vu m'a fait sauter en l'air.

– Regardez !

Mais déjà l'océan avait redisparu derrière les collines.

– Quoi ? a demandé Thalia.

– Un grand bateau blanc. À l'ancre près de la plage. On aurait dit un bateau de croisière.

Thalia a écarquillé les yeux.

– Le bateau de Luke ?

J'aurais voulu objecter que je n'en étais pas sûr. Qu'il s'agissait peut-être d'une coïncidence. Mais je n'en croyais rien. Le *Princesse Andromède*, le bateau de croisière démoniaque de Luke, mouillait dans cette crique. C'était pour cette raison que Luke avait envoyé son bateau au canal de Panama : c'était l'unique façon de l'amener de la côte Est à la Californie.

– Eh bien, nous aurons de la compagnie, a dit Zoé d'une voix sombre. L'armée de Cronos.

J'allais répondre quand j'ai senti mes cheveux se hérisser sur ma nuque.

– Arrête la voiture ! a crié Thalia. Tout de suite !

Zoé a dû sentir que quelque chose clochait car elle a pilé net sans poser de question. La Volkswagen a fait deux tours sur elle-même avant de s'immobiliser au bord de la falaise.

– Sortez !

Thalia a ouvert la portière et m'a poussé très fort. On a roulé sur la chaussée tous les deux. Et la seconde d'après... *BOUM !*

Un éclair s'est abattu sur la Volkswagen du professeur Chase, qui a explosé comme une grenade jaune. J'aurais sans doute été tué par les éclats métalliques si Thalia n'avait pas déployé son bouclier au-dessus de nos têtes. J'ai entendu une sorte de pluie métallique et lorsque j'ai rouvert les yeux, nous étions entourés de débris. Une partie de l'aile de la voiture s'était plantée dans le bitume. Le capot fumant tournoyait sur lui-même. La route était jonchée de bouts de métal jaune.

J'ai ravalé ma salive pour chasser le goût de fumée que j'avais dans la bouche et regardé Thalia.

– Tu m'as sauvé la vie.

– *Et un périra de la main d'un parent*, a-t-elle marmonné. Maudit soit-il. Il voudrait me tuer ? Moi ?

J'ai mis une seconde à comprendre qu'elle parlait de son père.

– Oh, ai-je dit, mais ça ne pouvait pas être un éclair de Zeus. C'est exclu.

– De qui, alors ?

– Je ne sais pas. Zoé a prononcé le nom de Cronos. Peut-être qu'il...

Thalia a secoué la tête, à la fois sonnée et en colère.

– Non. Ce n'était pas ça.

– Attends. Où est Zoé ? Zoé !

On s'est levés tous les deux et on a couru vers la carcasse de la Volkswagen. Personne à l'intérieur. La route était déserte des deux côtés. J'ai regardé vers le bas de la falaise : aucune trace de Zoé.

– Zoé ! ai-je hurlé.

Et soudain je l'ai aperçue debout près de moi, qui me tirait par le bras.

– Silence, idiot ! Veux-tu réveiller Ladon ?

– Tu veux dire que nous sommes arrivés ?

– Presque. Suivez-moi.

Des nappes de brouillard traversaient la route en flottant. Zoé s'est avancée dans l'une d'elles et, quand la brume est passée, elle n'était plus là. J'ai regardé Thalia.

– Concentre-toi sur Zoé, m'a-t-elle conseillé. Nous la suivons. Entre droit dans le brouillard et reste bien concentré sur son image.

– Attends, Thalia. Pour ce qui s'est passé sur l'embarcadère... je veux dire avec le manticore et le sacrifice...

– Je n'ai pas envie d'en parler.

– Tu n'aurais pas vraiment... tu sais ?

Elle a hésité avant de répondre :

– J'étais sous le choc, c'est tout.

– Ce n'est pas Zeus qui a envoyé cet éclair contre la voiture. C'est Cronos. Il essaie de te manipuler, de te monter contre ton père.

Thalia a respiré à fond.

– Percy, je sais que tu essaies de me réconforter. Merci. Mais viens. Il faut qu'on y aille.

Elle s'est avancée dans le brouillard, dans la Brume, et je l'ai suivie.

Quand le brouillard s'est dissipé, j'étais toujours sur le flanc de la montagne, mais la route avait cédé la place à un chemin de terre. L'herbe était plus épaisse. Le coucher de soleil balafrait la mer d'un trait rouge sang. Le sommet de la montagne était plus proche, maintenant, coiffé de nuages tourbillonnants et vibrant de force brute. Un seul sentier menait à la cime, juste devant nous. Il traversait une prairie d'ombres et de fleurs : le jardin du crépuscule, exactement comme dans mon rêve.

Sans l'énorme dragon, le jardin aurait été le plus bel endroit au monde que j'aie jamais vu. L'herbe scintillait sous la lumière argentée du soir et les fleurs avaient des couleurs si vives qu'elles brillaient presque dans la pénombre. Des dalles de marbre noir traçaient des sentiers de part et d'autre d'un pommier haut de quatre étages, aux branches toutes chargées de pommes d'or. Et ce n'est pas une image : je veux vraiment dire des pommes *en or*. Je ne saurais pas vous expliquer ce qui les rendait aussi appétissantes, mais à peine leur parfum a-t-il chatouillé mes narines que j'ai su qu'une bouchée d'une de ces pommes serait la bouchée la plus succulente de ma vie entière.

– Les pommes de l'immortalité, a dit Thalia. Zeus les a offertes à Héra comme cadeau de mariage.

Je mourais d'envie d'aller en cueillir une, mais la présence du dragon lové autour du tronc m'a refroidi.

Je ne sais pas à quoi vous pensez quand je vous dis *dragon*, mais quoi qu'il en soit, ce n'est pas assez terrifiant. Le corps du serpent était aussi gros qu'une fusée de lancement et couvert d'écailles cuivrées. Il avait plus de têtes que je ne pouvais en compter, un peu comme si cent pythons mortels s'étaient fondus en un seul. Il avait l'air de dormir. Les têtes étaient regroupées en tas sur l'herbe, comme une grande platée de spaghettis, tous les yeux fermés.

Devant nous, les ombres se sont mises à bouger. Des voix mélodieuses ont fait entendre leur chant, mystérieuses comme si elles montaient d'un puits. J'ai tendu la main vers Turbulence, mais Zoé a stoppé mon geste.

Quatre silhouettes ont émergé et pris vie, quatre jeunes femmes qui ressemblaient beaucoup à Zoé. Elles étaient toutes vêtues de chitons blancs, les tuniques grecques de l'Antiquité. Leur peau était couleur caramel. Leurs cheveux noirs et soyeux tombaient librement sur leurs épaules. C'était bizarre, mais je n'avais jamais réalisé combien Zoé était belle avant de voir ses sœurs, les Hespérides. Elles étaient exactement comme Zoé : ravissantes et probablement très dangereuses.

– Mes sœurs, a murmuré Zoé.

– Nous ne voyons pas de sœur, a déclaré froidement l'une des filles. Nous voyons deux sang-mêlé et une Chasseresse. Qui vont tous mourir bientôt.

– Tu te trompes, ai-je dit en m'avançant. Personne ne va mourir.

Les filles m'ont examiné. Elles avaient des yeux semblables à des éclats de roche volcanique, transparents et parfaitement noirs.

– Persée Jackson, a dit l'une d'elles.

– Oui, a dit une autre sur un ton songeur. Je ne vois pas en quoi il représente une menace.

– D'après qui je représente une menace ?

La première Hespéride a jeté un coup d'œil derrière son épaule, vers le sommet de la montagne.

– Ils ont peur de toi. Ils déplorent que *celle-ci* n'ait point encore mis fin aux tiens jours.

Elle a pointé Thalia du doigt.

– C'est tentant, parfois, a avoué Thalia. Mais non merci. C'est mon ami.

– Il n'y a pas d'amis, ici, fille de Zeus. Rien que des ennemis. Va-t'en.

– Pas sans Annabeth, a dit Thalia.

– Et Artémis, a ajouté Zoé. Nous devons rejoindre la montagne.

– Tu sais qu'il te tuera, a dit l'Hespéride. Tu ne peux pas te mesurer à lui.

– Il faut libérer Artémis, a insisté Zoé. Laisse-nous passer.

L'Hespéride a secoué la tête.

– Tu n'as plus aucun droit ici. Il suffit que nous haussions la voix pour que Ladon se réveille.

– Il ne me fera pas de mal, a dit Zoé.

– Vraiment ? Et les soi-disant tiens amis ?

Alors Zoé a fait une chose qui m'a estomaqué. Elle a crié :

– Ladon ! Réveille-toi !

Le dragon s'est étiré en scintillant comme une montagne de pièces en cuivre toutes neuves. Les Hespérides se sont éparpillées en poussant de petits cris. La fille qui les dirigeait a dit à Zoé :

– Es-tu folle ?

– Tu n'as jamais eu aucun courage, ma sœur, a répondu Zoé. Tel est le tien problème.

Le dragon Ladon se tortillait à présent, agitant sa centaine de têtes et dardant ses langues pour goûter la fraîcheur de l'air. Zoé s'est avancée d'un pas, bras tendus.

– Zoé, ne fais pas ça, a dit Thalia. Tu n'es plus une Hespéride. Il va te tuer.

– Ladon est dressé pour protéger l'arbre. Contournez le jardin et montez en haut de la montagne. Tant que je serai la principale menace, il devrait vous ignorer.

– *Devrait*, ai-je dit. C'est pas très rassurant.

– C'est le seul moyen. Même à nous trois, nous ne pouvons pas faire le poids face à lui.

Ladon a ouvert ses gueules. Le bruissement de cent langues sifflant toutes en même temps m'a fait frissonner et cela, c'était avant que son haleine ne me heurte de plein fouet. Elle avait la force d'un acide. D'un coup j'ai eu les yeux qui me piquaient, la chair de poule et les cheveux hérissés. Je me suis souvenu de la fois où un rat était mort à l'intérieur du mur de brique de notre appartement à New York, en plein été. C'était la même puanteur en cent fois plus fort, mêlée d'un relent d'eucalyptus. Je me suis juré que je n'irais plus jamais à l'infirmerie du collège demander des pastilles contre la toux.

J'ai été tenté de dégainer mon épée. Puis je me suis rappelé mon rêve sur Zoé et Héraclès, et la défaite qu'avait essuyée

Héraclès lorsqu'il avait attaqué le monstre frontalement. J'ai décidé de m'en remettre au jugement de Zoé.

Thalia est partie par la gauche, moi par la droite. Zoé s'est avancée droit vers le monstre.

– C'est moi, mon petit dragon. Zoé est de retour.

Ladon a fait un pas en avant, deux pas en arrière. Il a fermé quelques gueules, continué à siffler par quelques autres. Il était en proie à la plus grande des confusions. Quant aux Hespérides, elles ont scintillé et se sont changées en ombres. La voix de l'aînée a murmuré :

– Idiote...

– Je te donnais à manger dans ma main, a poursuivi Zoé, qui se rapprochait de l'arbre aux fruits d'or en parlant d'une voix apaisante. Aimes-tu toujours la viande d'agneau ?

Les yeux du dragon ont brillé.

Thalia et moi avions longé la moitié du jardin, à peu près. Plus loin devant nous, j'ai vu un unique sentier rocailleux qui menait vers la cime noire de la montagne. La tempête tourbillonnait autour du sommet comme si ce dernier était l'axe du monde.

Nous étions presque sortis de la prairie fleurie quand les choses ont mal tourné. J'ai perçu un changement d'humeur chez le dragon. Peut-être Zoé s'était-elle trop rapprochée. Peut-être le dragon s'était-il rendu compte qu'il avait faim. Toujours est-il qu'il a attaqué Zoé.

Deux millénaires d'entraînement lui ont sauvé la vie. Elle a esquivé latéralement un jeu de crocs, s'est glissée sous un autre, puis a couru vers nous en louvoyant entre les têtes du dragon, suffoquant sous son haleine pestilentielle.

J'ai dégainé Turbulence pour lui porter secours.

– Non, a haleté Zoé. Cours !

Ladon a donné un coup de crocs et Zoé a poussé un cri. Thalia a découvert Aegis ; le dragon a sifflé de plus belle. Profitant de son hésitation passagère, Zoé a sprinté vers le haut de la montagne et nous nous sommes élancés à sa suite.

Le monstre n'a pas été tenté de nous pourchasser. Il avait beau trépigner et siffler de rage, je crois qu'il était dressé pour garder cet arbre et n'allait pas se laisser détourner de sa mission, même par la perspective alléchante de croquer quelques héros.

Nous avons grimpé en courant vers le sommet de la montagne et les Hespérides ont repris leur chant dans les ombres, derrière nous. La musique ne me semblait plus aussi mélodieuse, cette fois-ci – elle me faisait plutôt penser à une marche funèbre.

Au sommet se dressaient des ruines : des blocs de marbre et de granit noir gros comme des maisons. Des colonnes brisées. Des statues de bronze qui paraissaient à demi fondues.

– Les ruines du mont Othrys, a murmuré Thalia d'une voix mêlée de crainte.

– Oui, a répondu Zoé. Elles n'étaient pas là avant. C'est mauvais signe.

– Qu'est-ce que le mont Othrys ? ai-je demandé. (Comme d'habitude, je me suis senti bête.)

– La forteresse de montagne des Titans, a expliqué Zoé. Lors de la première guerre, l'Olympe et Othrys étaient les deux capitales rivales. Othrys était...

Zoé a grimacé et porté la main à son côté.

– Tu es blessée, ai-je dit. Laisse-moi regarder.

– Non ! Ce n'est rien. Qu'est-ce que je disais... Lors de la première guerre, Othrys a été réduite en ruine.

– Mais... comment est-elle là ?

Thalia surveillait prudemment les alentours tandis que nous traversions les gravats, contournant blocs de marbre et voûtes brisées.

– Othrys se déplace de la même façon que l'Olympe. Elle existe toujours à la lisière de la civilisation. Mais le fait qu'elle soit ici, sur cette montagne, est mauvais signe.

– Pourquoi ?

– C'est la montagne d'Atlas, a dit Zoé. C'est là qu'il tient... (Elle s'est immobilisée. Le désespoir brisait sa voix.) Là qu'il tenait le ciel.

Nous étions parvenus au sommet. À quelques mètres de nous, des nuages gris tourbillonnaient en un épais vortex, formant une colonne qui aurait touché la cime de la montagne si elle ne reposait pas sur les épaules d'une fille de douze ans aux cheveux auburn, vêtue d'une robe argentée en haillons : Artémis, les jambes retenues au rocher par des chaînes en bronze céleste. J'ai reconnu la scène que j'avais vue en rêve. Ce n'était pas la voûte d'une grotte qu'Artémis était contrainte de soutenir, c'était la voûte céleste.

– Dame Artémis !

Zoé s'est élancée mais Artémis a dit :

– Arrête-toi ! C'est un piège. Tu dois partir.

Elle avait la voix cassée ; elle était inondée de sueur. Je n'avais encore jamais vu de déesse souffrir, mais il était évident que le poids du ciel était plus que n'en pouvait supporter Artémis.

Zoé était en larmes. Elle a couru vers Artémis malgré les protestations de la déesse et s'est attaquée désespérément aux chaînes.

Une voix tonitruante a résonné derrière nous :

– Oh, comme c'est touchant.

Nous avons fait volte-face. Le Général se tenait là, dans son costume de soie marron chocolat. À côté de lui, Luke et une demi-douzaine de drakaina portaient le sarcophage doré de Cronos. Luke tenait Annabeth prisonnière. Les mains menottées dans le dos, elle était bâillonnée et Luke appuyait la pointe de son épée au creux de sa gorge.

J'ai croisé son regard et essayé de lui poser mille questions avec les yeux. Mais elle ne m'envoyait qu'un seul message : SAUVE-TOI !

– Luke, a grondé Thalia. Relâche-la.

Luke souriait d'un sourire faible et pâle. Il avait encore plus mauvaise mine que trois jours plus tôt, à Washington.

– C'est au Général de décider, Thalia. Mais ça me fait plaisir de te revoir.

Thalia lui a craché à la figure.

Le Général a gloussé.

– Autant pour les retrouvailles entre amis ! Et toi, Zoé. Ça fait longtemps que je ne t'ai pas vue. Comment va ma petite traîtresse ? J'aurai plaisir à te tuer.

– Ne réponds pas, a gémi Artémis. Ne le provoque pas.

– Une seconde, ai-je dit. Vous êtes Atlas ?

Le Général m'a jeté un coup d'œil.

– Ainsi, même le plus stupide des héros peut finir par comprendre quelque chose. Oui, je suis Atlas, général des

Titans et terreur des dieux. Félicitations. Je vais te tuer tout à l'heure, dès que j'en aurai fini avec cette misérable fillette.

– Vous ne toucherez pas à Zoé. Je ne vous laisserai pas lui faire de mal.

Atlas m'a toisé avec mépris.

– Tu n'as aucun droit de te mêler de cette histoire, petit héros. C'est une affaire de famille.

J'ai froncé les sourcils.

– Une affaire de famille ?

– Oui, a dit Zoé d'une voix blanche. Atlas est mon père.

17 Je prends quelques millions de kilos

Ce qui était horrible, c'est que je voyais la ressemblance. Atlas avait la même expression majestueuse que Zoé, la même froide fierté qui perçait parfois dans les yeux de Zoé quand elle était en colère, mais chez lui cela s'accompagnait d'une méchanceté au centuple. Il était tout ce que j'avais détesté de prime abord chez Zoé, mais n'avait rien de ce que j'avais appris à apprécier chez elle.

– Libère Artémis, a demandé Zoé d'un ton impérieux.

Atlas s'est rapproché de la déesse enchaînée.

– Peut-être aimerais-tu porter le ciel à sa place ? a-t-il rétorqué. Je t'en prie...

Zoé a ouvert la bouche mais Artémis, sans lui laisser le temps de répondre, s'est écriée :

– Non ! Ne te propose pas, Zoé. Je te l'interdis !

Atlas a ricané. Il s'est agenouillé près d'Artémis et a tenté de lui toucher le visage mais la déesse l'a mordu, si fort qu'elle lui a presque sectionné les doigts.

– Oh, oh ! Tu vois, ma fille ? a gloussé Atlas. Dame Artémis aime son nouveau boulot. Je crois qu'une fois que le seigneur Cronos aura repris le pouvoir et que cet endroit sera le centre de notre palais, je mettrai tous les Olympiens au travail ; je leur ferai porter mon fardeau à tour de rôle. Ça leur apprendra l'humilité, à ces mauviettes.

J'ai regardé Annabeth. Elle essayait désespérément de me dire quelque chose. D'un coup de menton, elle a désigné Luke. Mais j'étais incapable de la quitter des yeux. Je ne l'avais pas remarqué jusqu'alors, mais quelque chose en elle avait changé : ses cheveux blonds étaient à présent striés de gris.

– C'est d'avoir porté le ciel, a murmuré Thalia à mes côtés, comme si elle avait lu dans mes pensées. Le poids aurait dû la tuer.

– Je ne comprends pas, ai-je dit. Pourquoi Artémis ne peut-elle pas lâcher le ciel ?

Atlas a ri.

– Tu ne comprends pas grand-chose, petit ! C'est ici que la terre et le ciel se sont rencontrés pour la première fois, ici que Gaia et Ouranos ont donné le jour à leurs puissants enfants, les Titans. Le ciel aspire encore à étreindre la Terre. Quelqu'un doit le tenir à distance, faute de quoi il s'écraserait sur ce lieu et aplatirait instantanément la montagne et tout ce qui l'entoure sur cent lieues à la ronde. Une fois que tu as pris le fardeau, tu ne peux plus te dérober. (Atlas a souri.) À moins que quelqu'un t'en décharge.

Il s'est approché de Thalia et moi et nous a toisés de la tête aux pieds.

– Alors, a-t-il continué, voici les meilleurs héros de l'époque, hein ? Pas très impressionnants.

– Battez-vous avec nous, ai-je rétorqué, et vous verrez.

– Les dieux ne t'ont-ils rien enseigné ? Les immortels ne s'abaissent pas à combattre les mortels directement. Ce serait indigne de nous. Je vais charger Luke de t'anéantir.

– Encore un lâche, ai-je dit.

Un éclair de haine a embrasé les yeux d'Atlas. Avec effort, il a reporté son attention sur Thalia.

– Quant à toi, fille de Zeus, il semblerait que Luke se soit trompé à ton sujet.

– Je ne me suis pas trompé, a péniblement articulé Luke. (Il était terriblement affaibli et chaque mot semblait lui coûter un effort douloureux. Si je ne le détestais pas autant, j'aurais presque eu de la peine pour lui.) Thalia, tu peux encore rejoindre nos rangs. Appelle l'Ophiotauros, il viendra te rejoindre. Regarde !

Il a agité la main et un bassin est apparu à côté de nous : en marbre noir, plein d'eau et juste assez grand pour loger le taureau-serpent. Je voyais très bien Bessie là-dedans. En fait, plus j'y pensais, plus j'avais l'impression de l'entendre meugler.

Ne pense pas à lui ! Soudain, la voix de Grover a résonné dans ma tête – le lien d'empathie s'était activé. J'ai perçu ses émotions, qui frisaient la panique. *Je suis en train de perdre Bessie. Bloque tes pensées !*

Je me suis efforcé de vider mon esprit. Puis j'ai essayé de penser à des joueurs de basket-ball, à des skate-boards, aux différents types de bonbons que ma mère vendait au magasin. À n'importe quoi, sauf à Bessie.

– Thalia, appelle l'Ophiotauros, a insisté Luke. Et tu seras plus puissante que les dieux.

– Luke, a répondu Thalia d'une voix empreinte de douleur. Qu'est-ce qui t'est arrivé ?

– Tu as oublié toutes ces discussions que nous avons eues ? Toutes ces fois où nous avons maudit les dieux ? Nos pères n'ont rien fait pour nous. Ils n'ont aucun droit de régner sur le monde !

Thalia a secoué la tête.

– Laisse Annabeth partir. Relâche-la.

– Si tu te ranges de mon côté, a promis Luke, tout sera comme avant. On sera de nouveau alliés tous les trois. On se battra ensemble pour créer un monde meilleur. S'il te plaît, Thalia. Si tu refuses...

La voix de Luke a chancelé.

– C'est ma dernière chance. Il emploiera l'autre méthode si tu refuses. Je t'en prie.

J'ignorais ce dont il parlait, mais sa peur était palpable. J'ai eu la conviction que Luke était en danger. Il ne survivrait que s'il parvenait à convaincre Thalia de se rallier à sa cause. Et je craignais que Thalia ne croie la même chose, elle aussi.

– Refuse, Thalia, a dit Zoé. Nous devons les combattre.

À nouveau, Luke a agité la main, et cette fois-ci un feu est apparu. Dans un brasero de bronze, comme à la colonie. Un feu sacrificiel.

– Thalia, ai-je dit. Non.

Derrière Luke, le sarcophage en or s'est mis à luire. Et j'ai vu des images se former dans la brume, tout autour de nous : des murs de marbre noir s'érigeaient, les ruines se redressaient, un palais terrible et magnifique, fait de peur et d'ombres, se construisait autour de nous.

– Nous dresserons le mont Othrys ici même, a dit Luke d'une voix transformée par la tension. À nouveau, il sera plus fort et plus grand que l'Olympe. Regarde, Thalia. Nous ne sommes pas faibles.

Il a pointé le doigt vers l'océan et j'ai senti mon cœur flancher. Une immense armée, partie de la baie où mouillait le *Princesse Andromède*, gravissait le flanc de la montagne. Des drakaina et des lestrygons, des monstres, des sang-mêlé, des chiens de l'Enfer, des harpies et d'autres créatures que je n'aurais pas su nommer. Le bateau tout entier avait dû se vider car ils étaient des centaines, bien plus nombreux que j'en avais vu à bord l'été dernier. Et ils venaient droit sur nous. Encore quelques minutes et ils seraient là.

– Ce n'est qu'un avant-goût de ce qui se prépare, a poursuivi Luke. Bientôt nous pourrons prendre d'assaut la Colonie des Sang-Mêlé. Et ensuite, l'Olympe lui-même. La seule chose dont nous ayons encore besoin, c'est ton aide.

Pendant quelques terribles instants, Thalia a hésité. Elle a regardé Luke avec une profonde tristesse, comme si son plus grand souhait au monde était de le croire. Puis elle a pointé sa lance et dit :

– Tu n'es pas Luke. Je ne te connais plus.

– Mais si, tu me connais, Thalia, a-t-il imploré. S'il te plaît. Ne m'oblige pas... Ne *l*'oblige pas à te tuer.

Le temps était compté. Si cette armée atteignait le sommet de la montagne, nous serions terrassés par le nombre. J'ai à nouveau croisé le regard d'Annabeth, qui a hoché la tête.

Puis j'ai jeté un coup d'œil à Thalia et Zoé, et je me suis dit qu'il y avait pire au monde que de mourir en se battant aux côtés d'amies comme celles-ci.

– Allons-y, ai-je dit.

Et tous ensemble, nous avons attaqué.

Thalia s'est élancée vers Luke. Le pouvoir de son bouclier était si fort que les dragonnes-gardes du corps, prises de panique, ont fui en lâchant le sarcophage doré et abandonné Luke. Mais malgré son apparence, ce dernier maniait encore son épée avec vivacité. Grondant comme un animal, il a contre-attaqué. Quand Perfide, son épée, a heurté le bouclier de Thalia, une boule de foudre a jailli entre eux deux, crachant des vrilles jaunes qui ont électrisé l'air.

Quant à moi, j'ai pris la décision la plus stupide de ma vie, ce qui n'est pas peu dire. J'ai attaqué Atlas, le Seigneur des Titans.

Il a ri en me voyant approcher. Un immense javelot s'est matérialisé entre ses mains. Son costume de soie s'est transformé en armure de combat de la Grèce antique.

– Viens donc !

– Percy ! m'a lancé Zoé. Attention !

Je savais contre quoi elle voulait me mettre en garde. Chiron m'avait averti depuis longtemps : *Les immortels sont tenus par des règles anciennes. Mais un héros a le droit d'aller où bon lui semble, d'affronter qui bon lui semble, du moment qu'il en a le courage.* En revanche, à partir du moment où je l'aurais attaqué, Atlas serait libre de riposter directement, en usant de tout son pouvoir.

J'ai fait tournoyer mon épée et Atlas m'a envoyé promener d'un revers avec la hampe de son javelot. J'ai décollé du sol et suis parti m'écraser contre un mur noir. Ce n'était plus un mur de Brume : le palais se reconstruisait, brique à brique. Il reprenait réalité.

– Imbécile ! s'est écrié Atlas avec jubilation, tout en repoussant une flèche décochée par Zoé. Tu t'imaginais que parce que tu avais pu affronter ce pitoyable dieu de la guerre tu pourrais te mesurer à *moi* ?

L'évocation d'Arès m'a fait l'effet d'une décharge électrique. Je me suis tiré de ma torpeur et suis reparti à l'attaque. Si seulement je pouvais plonger dans ce bassin plein d'eau, mes forces en seraient décuplées.

La pointe du javelot se rabattait vers moi dans un mouvement de faux. J'ai voulu brandir Turbulence en me disant que j'allais trancher net la hampe, mais mon bras était devenu lourd comme du plomb. Soudain, l'épée pesait une tonne.

Alors l'avertissement d'Arès m'est revenu à l'esprit : *Au moment où tu en auras le plus besoin, ton épée te lâchera.*

Pas maintenant ! ai-je supplié. En vain. J'ai essayé d'esquiver le javelot, mais il m'a cueilli à la poitrine et projeté en l'air comme une poupée de chiffon. Je me suis écrasé au sol. Étourdi par le choc, j'ai relevé la tête et vu que j'avais atterri aux pieds d'Artémis, qui peinait encore sous le poids du ciel.

– Sauve-toi, garçon ! m'a dit la déesse. Il faut que tu te sauves !

Atlas avançait vers moi en prenant tout son temps. Je n'avais plus d'épée ; Turbulence avait dégringolé du bord de la falaise. Elle se rematérialiserait sans doute dans ma poche d'ici quelques secondes, mais ça ne compterait plus, car je serais déjà mort. Luke et Thalia se battaient comme deux démons et des éclairs crépitaient tout autour d'eux. Par terre, Annabeth essayait désespérément de dégager ses poignets.

– Meurs, petit héros ! m'a lancé Atlas.

Il a brandi son javelot pour me transpercer.

– Non ! a hurlé Zoé – et une volée de flèches s'est fichée sans l'aisselle d'Atlas, par le défaut de sa cuirasse.

– ARGH !!

Atlas a rugi rageusement et fait volte-face vers sa fille.

J'ai mis la main dans la poche et j'y ai trouvé Turbulence. Mais je ne pouvais pas me mesurer à Atlas, même avec une épée. Alors un frisson m'a parcouru l'échine. *Il faut résister à la malédiction du Titan.* Il était absolument exclu que je puisse battre Atlas. Quelqu'un, en revanche, avait sa chance.

– Le ciel, ai-je dit à la déesse. Donnez-le-moi.

– Non, garçon, a répondu Artémis. (Son front était couvert de sueur métallique, qui perlait comme des gouttes de mercure.) Tu ne sais pas ce que tu demandes. Tu seras écrasé !

– Annabeth l'a porté !

– Elle a survécu de justesse. Et elle a l'esprit d'une vraie Chasseresse. Tu ne tiendras pas aussi longtemps.

– De toute façon, je vais mourir. Donnez-moi le fardeau du ciel !

Je n'ai pas attendu sa réponse. J'ai dégainé Turbulence et pourfendu les chaînes qui l'entravaient. Puis je me suis glissé à côté d'elle et j'ai pris appui sur un genou, les mains levées au-dessus des épaules. J'ai senti le contact froid des lourds nuages. Un bref instant, Artémis et moi avons partagé le fardeau. Jamais de ma vie je n'avais fait l'expérience d'un poids aussi lourd – j'ai eu l'impression de crouler sous un millier de camions. La douleur était si forte que j'avais envie de m'évanouir, mais je me suis forcé à respirer à fond. *Tu peux y arriver.*

Alors Artémis s'est dérobée et je me suis retrouvé seul à porter le fardeau du ciel.

Par la suite, j'ai essayé plusieurs fois de décrire la sensation. Je n'y suis jamais parvenu.

Tous les muscles de mon corps se sont embrasés. Mes os étaient en fusion. J'aurais voulu hurler mais je n'avais pas la force d'ouvrir la bouche. Je me suis senti flancher, ployer sous le poids du ciel, me rapprocher dangereusement du sol.

La voix de Grover a alors résonné dans ma tête : *Résiste ! N'abandonne pas !*

Je me suis concentré sur ma respiration. Si seulement je pouvais tenir le ciel quelques secondes de plus. J'ai songé à Bianca qui avait donné sa vie pour que nous puissions arriver jusqu'ici. Si elle avait pu faire cela, je pouvais tenir le ciel.

Ma vision s'est troublée. Tout s'est teinté de rouge. J'apercevais la bataille à travers un voile flou et je n'étais plus certain de ce que me montraient mes yeux. Atlas, en armure de combat, maniait son javelot avec des éclats de rire démoniaques. Artémis se mouvait comme une silhouette d'argent. Armée de deux couteaux de chasse effilés, longs chacun comme son bras, elle frappait le Titan à coups rapides, tout en esquivant ses attaques avec une grâce étonnante. Elle semblait changer constamment de forme : tantôt tigre, tantôt gazelle, tantôt ourse, tantôt faucon. Ou alors c'était un mirage de mon cerveau enfiévré. Zoé criblait son père de flèches en visant les fentes de son armure. Il poussait des rugissements de douleur chaque fois qu'une flèche l'atteignait, pourtant elles ne l'affaiblissaient pas plus que des piqûres d'abeille. Elles ne faisaient que redoubler sa colère, et il repartait à l'assaut de plus belle.

Thalia et Luke s'affrontaient en duel, lance contre épée, allumant toujours une gerbe d'éclairs. Elle l'a repoussé avec l'aura de son bouclier. Même lui n'y était pas insensible. Il a battu en retraite avec un grondement rageur.

– Rends-toi ! a hurlé Thalia. Tu n'as jamais pu me battre, Luke.

Il a grimacé en montrant les dents.

– C'est ce qu'on verra, ma vieille amie.

J'avais le visage inondé de sueur et les mains glissantes. Si elles avaient pu hurler, mes épaules auraient poussé des cris de douleur. J'avais l'impression qu'on me soudait les vertèbres l'une à l'autre au chalumeau.

Atlas gagnait du terrain sur Artémis. Elle était rapide mais rien ne pouvait faire barrage à la force du Titan. Son javelot s'est planté dans le sol, à l'endroit où Artémis se tenait une fraction de seconde plus tôt, et une fissure s'est ouverte dans la roche. Il l'a franchie d'un bond et a continué de poursuivre la déesse. Elle l'attirait dans ma direction.

Prépare-toi, m'a-t-elle dit mentalement.

La douleur réduisait ma capacité à penser. Je lui ai répondu un truc du genre : *Aaaa-gueuh-aïeeeeee*.

– Tu te bats pas mal pour une fille, a raillé Atlas. Mais tu ne fais pas le poids contre moi.

Il a donné un coup avec la pointe de son javelot, qu'Artémis a esquivé. Mais j'ai vu la feinte : d'un revers de hampe, Atlas a fauché les jambes d'Artémis. Elle est tombée à terre et Atlas a levé la pointe de son javelot pour lui porter le coup fatal.

– Non ! a hurlé Zoé.

Elle s'est interposée d'un bond entre son père et Artémis et a décoché une flèche qui s'est plantée comme une corne de narval en plein front du Titan. Atlas a poussé un hurlement de colère et envoyé valdinguer sa fille dans les rochers noirs d'un revers de la main.

J'aurais voulu crier son nom, courir à son secours, mais je ne pouvais ni parler ni bouger. Je ne voyais même pas où Zoé était retombée. Alors Atlas s'est tourné vers Artémis, le visage triomphant. Artémis paraissait blessée. Elle ne se relevait pas.

– Première effusion de sang de la nouvelle guerre ! a-t-il déclaré avec jubilation.

Sur ces mots, il a abattu son javelot.

Rapide comme la pensée, Artémis a saisi la hampe du javelot. Ce dernier s'est planté dans le sol juste à côté d'elle et elle l'a tiré en arrière pour faire levier, ce qui a déséquilibré le Seigneur des Titans et l'a fait décoller. Je l'ai vu basculer dans l'air vers moi et j'ai compris ce qui allait se passer. J'ai relâché ma prise sur le ciel et, quand Atlas m'est tombé dessus, je n'ai pas tenté de résister. Au contraire, je me suis laissé déloger en roulant sur moi-même avec mes dernières forces.

Le poids du ciel est tombé sur Atlas et a même failli l'aplatir à terre pendant qu'il se démenait pour se mettre à genoux et se dérober à la chape du ciel. Mais il était trop tard.

– Noooooooooooooon ! (Le Titan a crié si fort que la montagne a tremblé.) Nooooooooon !

Atlas était de nouveau prisonnier de son vieux fardeau.

J'ai essayé de me lever et je suis retombé, étourdi par la douleur. Mon corps tout entier était en feu.

Thalia a acculé Luke au bord d'une falaise et ils ont continué de se battre, juste à côté du cercueil doré. Des larmes brillaient dans les yeux de Thalia. Luke avait une balafre ensanglantée en travers de la poitrine et le visage luisant de sueur.

Il s'est jeté sur Thalia, qui l'a repoussé d'un coup de bouclier. L'épée de Luke lui a glissé des mains et a roulé en cliquetant dans les rochers. Thalia a appuyé la pointe de sa lance contre la gorge de Luke.

Un bref silence a suivi.

– Et maintenant ? a demandé Luke.

Malgré ses efforts pour la masquer, j'ai perçu de la peur dans sa voix.

Thalia tremblait de rage.

Derrière elle, Annabeth, enfin libérée de ses chaînes, accourait en titubant. Son visage était égratigné et maculé de boue.

– Ne le tue pas ! a-t-elle crié.

– C'est un traître ! Un traître ! a rétorqué Thalia.

Dans mon état de stupeur, je me suis rendu compte qu'Artémis n'était plus à mes côtés. Elle était partie vers les rochers noirs où était tombée Zoé.

– Nous allons ramener Luke, a supplié Annabeth. À l'Olympe. Il... il sera utile.

– C'est ça que tu veux, Thalia ? a ricané Luke. Faire un retour triomphal à l'Olympe ? Pour faire plaisir à ton papa ?

Thalia a hésité et Luke, en une tentative désespérée, a tendu le bras vers la hampe de sa lance.

– Non ! a crié Annabeth.

Trop tard. Par réflexe, Thalia avait repoussé Luke d'un coup de pied. Il a perdu l'équilibre, l'effroi s'est peint sur son visage, et il est tombé dans le vide.

– Luke ! a hurlé Annabeth.

On s'est tous précipités au bord de la falaise. En contrebas, l'armée du *Princesse Andromède* avait pilé net dans sa progression. Tous regardaient le corps inerte de Luke, accroché aux rochers. J'avais beau le détester, ça me serrait le cœur de le voir comme ça. Je voulais croire qu'il était encore en vie, mais c'était impossible. Il avait fait une chute d'au moins quinze mètres et ne bougeait plus.

Un des géants a levé les yeux vers nous et grommelé :

– Tuez-les.

Thalia était paralysée par le chagrin et des larmes coulaient le long de ses joues. Je l'ai tirée en arrière quand une pluie de javelots est passée au ras de nos têtes. On a couru vers les rochers en ignorant les malédictions et les menaces que nous lançait Atlas.

– Artémis ! ai-je hurlé.

La déesse a levé la tête. Son visage était presque aussi ravagé par la peine que celui de Thalia. Zoé gisait entre les bras d'Artémis. Elle respirait encore, ses yeux étaient ouverts, néanmoins...

– La blessure est empoisonnée, a dit Artémis.

– Atlas l'a empoisonnée ? ai-je demandé.

– Non, a répondu la déesse. Pas Atlas.

Elle nous a montré la plaie que Zoé avait au flanc. J'avais presque oublié son algarade avec Ladon le dragon. Il l'avait mordue bien plus gravement qu'elle ne l'avait laissé paraître. C'est à peine si je supportais de regarder la blessure. Zoé s'était lancée dans un combat contre son père alors qu'une entaille profonde sapait déjà ses forces.

– Les étoiles, a-t-elle murmuré. Je ne les vois plus.

– Du nectar et de l'ambroisie, ai-je dit. Vite ! Il faut qu'on lui en donne.

Personne n'a bougé. Le chagrin pesait sur nous tous. L'armée de Cronos était juste au pied de l'éminence. Pourtant même Artémis était trop bouleversée pour réagir. Nous étions bien partis pour nous faire trucider quand j'ai entendu un drôle de bourdonnement.

À l'instant même où l'armée des monstres déboulait au sommet de la colline, un biplan Camel a piqué du ciel.

– Ne touchez pas à ma fille ! a crié le professeur Chase.

Là-dessus, ses mitrailleuses sont entrées en action, criblant le sol de balles. Pris par surprise, les monstres se sont dispersés.

– Papa ? a crié Annabeth, qui n'en croyait pas ses yeux.

– Sauvez-vous ! a-t-il ordonné en retour, d'une voix emportée par le grondement du biplan qui s'éloignait.

Artémis s'est brusquement arrachée à sa torpeur. Elle a levé les yeux vers l'avion d'époque, qui virait sur l'aile pour se préparer à une nouvelle attaque.

– C'est un homme courageux, a dit la déesse presque à contrecœur. Venez. Nous devons emmener Zoé loin d'ici.

Elle a porté son cor de chasse à ses lèvres et les notes claires se sont égrenées par les vallées du comté. Zoé avait les paupières qui battaient.

– Tiens bon ! lui ai-je dit. Ça va aller.

Le Camel a piqué de nouveau. Quelques géants ont lancé des javelots et il y en a même un qui est passé entre les ailes du biplan, mais les mitrailleuses ont crépité. Je me suis alors rendu compte, non sans stupeur, que le professeur Chase s'était procuré du bronze céleste pour fabriquer ses balles. Les femmes-serpents du premier rang ont poussé des gémissements stridents quand les tirs des mitrailleuses les ont réduites en poudre jaune soufre.

– C'est... c'est mon père ! s'est écriée Annabeth, stupéfaite.

Nous n'avions pas le temps d'admirer ses talents de pilote. Les géants et les femmes-serpents se remettaient déjà du premier effet de surprise. Le professeur Chase n'allait pas tarder à avoir des ennuis.

À ce moment-là, l'éclat de la lune a redoublé d'intensité et un chariot argenté est descendu du ciel, tiré par les cerfs les plus beaux que j'aie vus de ma vie. Il s'est posé juste à côté de nous.

– Montez, a dit Artémis.

Annabeth m'a aidé à faire monter Thalia. Puis j'ai aidé Artémis à porter Zoé. On a enveloppé Zoé dans une couverture tandis qu'Artémis tirait sur les rênes, et le chariot a quitté la montagne en une fraction de seconde, grimpant droit dans le ciel.

– Comme le traîneau du Père Noël, ai-je murmuré, encore sonné par la douleur.

Artémis a pris le temps de tourner la tête vers moi.

– Je ne te le fais pas dire, jeune sang-mêlé. D'où crois-tu que vienne cette légende ?

Nous voyant hors de danger, le professeur Chase a fait demi-tour et nous a suivis, comme une garde d'honneur. Même pour les gens de San Francisco, habitués à toutes sortes d'excentricités, ça devait être un spectacle des plus étranges : un traîneau d'argent tiré par des cerfs, escorté par un biplan Camel.

Derrière nous, les soldats de Cronos, rassemblés sur le sommet du mont Tamalpais, poussaient des hurlements de rage, mais Atlas, qui luttait sous le poids du ciel et maudissait les dieux, criait plus fort encore.

18 Une amie nous quitte

On s'est posés sur la base de Crissy Field après la tombée de la nuit.

Dès que le professeur Chase est sorti de son biplan Camel, Annabeth a couru vers lui et lui a sauté au cou.

– Papa ! Comment tu as piqué du ciel, comment tu les as mitraillés... ! Par les dieux, j'ai jamais rien vu d'aussi incroyable !

Son père a rougi.

– Pas mal pour un quadra humain, je suppose, a-t-il bafouillé.

– Et les balles en bronze céleste ! Comment t'as bien pu te les procurer ?

– Ah, ça... Tu avais laissé un certain nombre d'armes de demi-dieux dans ta chambre, en Virginie, la dernière fois que tu... es partie.

Annabeth a baissé les yeux, l'air gêné. J'ai remarqué que le professeur Chase avait fait bien attention de ne pas employer le mot « fuguer ».

– J'ai décidé d'essayer d'en fondre quelques-unes pour fabriquer des douilles, a-t-il poursuivi. À titre expérimental, tu sais.

Il expliquait cela comme si c'était tout bête, mais une lueur s'était allumée dans son regard. Et tout à coup, j'ai compris pourquoi Athéna, déesse de la sagesse et de l'artisanat, avait été attirée par lui. Dans l'âme, c'était un savant fou.

– Papa... a bredouillé Annabeth.

– Annabeth, Percy, a interrompu Thalia d'une voix pressante.

Elle était agenouillée auprès de Zoé avec Artémis et toutes deux pansaient les plaies de la Chasseresse.

Nous avons accouru, Annabeth et moi, mais nous étions démunis. Nous n'avions ni ambroisie ni nectar. Et aucun soin de médecine mortelle ne pouvait guérir Zoé. Il avait beau faire nuit, je voyais qu'elle avait mauvaise mine. Elle frissonnait et le léger halo lumineux dont elle était toujours entourée s'estompait.

– Ne pouvez-vous pas la soigner par magie ? ai-je demandé à Artémis. Je veux dire... vous êtes une déesse.

Artémis paraissait troublée.

– La vie est une chose fragile, Percy. Si les Parques ont décidé que le fil serait tranché, je ne peux pas y faire grand-chose. Mais je peux essayer.

Elle a tendu la main pour la poser sur le flanc de Zoé, mais celle-ci lui a attrapé le poignet. Elle a regardé la déesse dans les yeux et un échange tacite s'est fait entre elles.

– T'ai-je bien servie ? a murmuré Zoé.

– Avec honneur, a dit doucement Artémis. Tu es la plus remarquable de mes lieutenantes.

Le visage de Zoé s'est détendu.

– Le repos. Enfin.

– Je peux essayer de guérir le poison, ma vaillante Chasseresse.

À ce moment-là, j'ai compris que ce n'était pas seulement le poison qui la tuait. C'était le coup fatal porté par son père. Dès le début, Zoé savait que la prophétie de l'Oracle la concernait : qu'elle mourrait de la main d'un proche. Elle s'était quand même lancée dans la quête. Elle avait décidé de me sauver et la colère d'Atlas l'avait brisée de l'intérieur.

Elle a vu Thalia et lui a pris la main.

– Je regrette qu'on se soit disputées. On aurait pu être sœurs.

– C'est ma faute, a dit Thalia, qui clignait très fort des yeux. Tu avais raison pour Luke, pour les héros, les hommes... raison sur toute la ligne.

– Peut-être pas tous les hommes, a murmuré Zoé. (Elle m'a souri faiblement.) Tu as toujours l'épée, Percy ?

J'étais incapable de parler, mais j'ai sorti Turbulence, qui était sous sa forme de stylo-bille, de ma poche, et je l'ai mise dans la main de Zoé. Elle l'a serrée avec satisfaction.

– Tu as dit la vérité, Percy Jackson. Tu n'es pas du tout comme... comme Héraclès. Je suis honorée que cette épée soit ton arme de combat.

Un violent frisson l'a parcourue.

– Zoé... ai-je dit.

– Les étoiles... Je vois les étoiles de nouveau, ma reine.

Une larme a coulé sur la joue d'Artémis.

– Oui, ma vaillante. Elles sont très belles, ce soir.

– Les étoiles... a répété Zoé.

Elle a rivé les yeux sur le ciel nocturne. Et elle n'a plus bougé.

Thalia a baissé la tête. Annabeth a ravalé un sanglot et son père a posé les mains sur ses épaules. J'ai observé Artémis : la déesse a placé la main au-dessus de la bouche de Zoé puis dit quelques paroles en grec ancien. Une volute de fumée argentée s'est échappée des lèvres de Zoé et Artémis l'a recueillie dans le creux de sa paume. Alors, dans un ultime scintillement, le corps de Zoé a disparu.

Artémis s'est levée, a prononcé une sorte de bénédiction, soufflé dans le creux de sa main et envoyé voler la poussière d'argent dans le ciel. Elle a étincelé en s'élevant dans l'air, puis s'est dissipée.

Au début, je n'ai remarqué aucun changement. Mais Annabeth a laissé échapper un hoquet de surprise. En levant les yeux, je me suis aperçu que les étoiles brillaient d'un éclat plus vif qu'avant. Elles formaient un dessin que je n'avais jamais vu : une constellation étincelante qui ressemblait beaucoup à une silhouette de fille – une fille qui courait dans le ciel, armée d'un arc.

– Que le monde t'honore, ma Chasseresse, a dit Artémis. Vis à jamais dans les étoiles.

Les au revoir ont été difficiles. Le tonnerre et la foudre faisaient toujours rage au-dessus du mont Tamalpais, vers le nord. Artémis était tellement bouleversée qu'elle crépitait d'étincelles argentées. Ce qui m'inquiétait car, si elle perdait le contrôle brusquement et apparaissait sous sa forme pleinement divine, nous serions désintégrés du simple fait de l'avoir vue.

– Je dois me rendre à l'Olympe immédiatement, a dit la déesse. Je ne peux pas vous emmener mais je vais vous envoyer de l'aide.

Artémis a posé la main sur l'épaule d'Annabeth.

– Tu es d'un courage incommensurable, ma fille. Ta décision sera la bonne.

Ensuite elle a posé un regard perplexe sur Thalia, comme si elle ne savait pas trop quoi penser de cette fille cadette de Zeus. Thalia semblait réticente à lever les yeux, pourtant quelque chose a fini par l'y pousser et elle a soutenu le regard de la déesse. J'ignore ce qui est passé entre elles, mais l'expression d'Artémis s'est adoucie et teintée de compassion. Pour finir, elle s'est tournée vers moi.

– Tu as bien agi, m'a-t-elle dit. Pour un homme.

J'ai failli protester, et puis je me suis rendu compte que pour la première fois, elle ne m'avait pas traité de garçon.

Elle est montée à bord de son chariot, qui s'est mis à luire. Nous avons tous détourné les yeux. Un éclair argenté a brièvement illuminé la nuit, et la déesse a disparu.

– Eh bien, a soupiré le professeur Chase. Elle est impressionnante, mais je dois dire que je préfère Athéna.

– Papa, a dit Annabeth en se tournant vers lui. Je... je suis désolée que...

– Tt-tt-tt. (Il l'a serrée dans ses bras.) Fais ce que tu dois faire, ma chérie. Je sais que ce n'est pas facile pour toi.

Sa voix tremblait un peu, mais il a souri courageusement à Annabeth.

Alors j'ai entendu un bruissement d'ailes. Trois pégases descendaient en fendant le brouillard : deux chevaux ailés blancs et un noir comme jais.

– Blackjack ! ai-je appelé.

Yo ! Patron ! T'es arrivé à rester en vie sans moi ?

– J'ai eu du mal, ai-je avoué.

J'ai amené Guido et Porky avec moi.

Ça gaze ? Les deux autres pégases se joignaient à notre conversation télépathique.

Blackjack m'a toisé de la tête aux pieds avec inquiétude, puis il a jeté un coup d'œil au professeur Chase ainsi qu'à Thalia et Annabeth.

Tu veux qu'on piétine ces marioles ?

– Non, ai-je dit à voix haute. Ce sont mes amis. On a besoin d'aller à l'Olympe assez vite.

Pas de problème, a répondu Blackjack. *Sauf pour le mortel. J'espère qu'il ne vient pas.*

Je lui ai assuré que le professeur Chase ne serait pas du voyage. Ce dernier regardait les pégases bouche bée.

– Fascinant ! a-t-il dit. Quelle maniabilité ! Je me demande comment l'envergure des ailes compense le poids du corps du cheval ?

Quoi ??? a fait Blackjack en penchant la tête de côté.

– Vous vous rendez compte, si les Britanniques avaient eu ces pégases dans leur cavalerie sur le front de Crimée, a repris le professeur Chase, la charge de la brigade légère...

– Papa !

Il a cligné des yeux, a regardé sa fille et s'est forcé à sourire.

– Excuse-moi, ma chérie. Je sais que tu dois partir.

Il l'a serrée une dernière fois dans ses bras, avec affection et maladresse. Quand elle a tourné le dos pour rejoindre le pégase Guido, le professeur Chase lui a lancé :

– Annabeth ! Je sais que San Francisco est un endroit dangereux pour toi. Mais s'il te plaît, n'oublie pas que tu seras toujours chez toi à la maison. Nous veillerons à ce qu'il ne t'arrive rien.

Annabeth n'a pas répondu, mais elle avait les yeux rouges. Son père a failli ajouter autre chose, mais il a semblé se raviser. Il a levé la main et l'a agitée tristement, puis il s'est éloigné à pas lourds sur la piste plongée dans l'obscurité.

Thalia, Annabeth et moi avons grimpé sur nos pégases. Ensemble, nous sommes montés en flèche au-dessus de la baie et nous avons volé vers les collines de l'est. Bientôt, San Francisco s'est réduit à un croissant de lumière derrière nous, coiffé de temps à autre d'un éclair vers le nord.

Thalia était tellement épuisée qu'elle s'est endormie sur le dos de Porky. Je savais qu'elle devait être vraiment fatiguée pour dormir en plein vol alors qu'elle avait le vertige, mais elle n'avait pas à s'inquiéter. Son pégase naviguait en douceur et vérifiait régulièrement que Thalia était bien installée sur son dos, rectifiant sa position si nécessaire.

Annabeth et moi chevauchions côte à côte.

– Ton père a l'air sympa, lui ai-je dit.

Il faisait trop sombre pour voir son expression. Elle s'est retournée, bien que nous ayons déjà laissé la Californie loin derrière nous.

– Oui, sans doute. Mais on se dispute depuis tellement d'années.

– Ouais, tu me l'as dit.

– Tu crois que je mentais ?

Il y avait une pointe de provocation dans sa voix, mais pas très prononcée ; c'était plutôt comme si elle se posait la question à elle-même.

– Je n'ai pas dit que tu mentais. C'est juste que... il a l'air sympa. Et ta belle-mère aussi. Peut-être que, euh, qu'ils se sont améliorés depuis la dernière fois où tu les as vus.

Elle a hésité.

– N'empêche qu'ils habitent à San Francisco, Percy. Je ne peux pas vivre si loin de la colonie.

Je ne voulais pas poser la question suivante. J'avais peur de la réponse. Mais je l'ai posée quand même :

– Alors qu'est-ce que tu vas faire, maintenant ?

On a survolé une ville, qui dessinait un îlot de lumières dans l'obscurité. Elle a disparu à toute vitesse derrière nous, comme si nous étions en avion.

– Je ne sais pas, a-t-elle avoué. Mais merci de m'avoir sauvée.

– Hé, y a pas de quoi. On est amis.

– Tu ne croyais pas que j'étais morte ?

– Je ne l'ai pas cru une seule seconde.

Elle a hésité, avant d'ajouter :

– Luke non plus, tu sais. Il n'est pas mort.

Je l'ai dévisagée en me demandant si elle commençait à craquer sous l'effet du stress.

– Annabeth, cette chute était terrible. Il est impossible...

– Il n'est pas mort. Je le sais. Exactement comme tu le savais pour moi.

La comparaison ne m'a pas fait plaisir, loin de là.

Les villes et bourgades défilaient plus vite, à présent, formant des îlots de lumières de plus en plus rapprochés, jusqu'à ce que tout le paysage, en dessous de nous, soit un tapis scintillant. L'aube approchait. À l'est, le ciel virait au gris. Et plus loin devant nous, un immense halo blanc-jaune se déployait : les lumières de New York.

Alors patron, c'est rapide ou c'est rapide ? m'a lancé Blackjack d'un ton fanfaron. *On aura droit à un rab de foin au petit déj ou quoi ?*

– T'es l'homme de la situation, Blackjack, lui ai-je répondu. Enfin, le cheval, je veux dire.

– Tu ne me crois pas pour Luke, a repris Annabeth, mais nous le reverrons. Il est en difficulté, Percy. Il est sous le sortilège de Cronos.

Je n'avais pas envie de discuter mais ça me rendait dingue. Comment pouvait-elle avoir encore de la sympathie pour ce type immonde ? Comment pouvait-elle bien lui trouver des excuses ? Il méritait cette chute. Il méritait... bon, je vais le dire. Il méritait de mourir. Contrairement à Bianca. Contrairement à Zoé. Luke ne pouvait pas être vivant. Ce serait trop injuste.

– Voilà. (C'était la voix de Thalia. Elle s'était réveillée et pointait du doigt Manhattan, qui entrait dans notre champ de vision à la vitesse grand V.) C'est commencé.

– Qu'est-ce qui est commencé ? ai-je demandé.

J'ai alors suivi son doigt du regard. Haut dans le ciel, suspendu au-dessus de l'Empire State Building, l'Olympe formait son propre îlot de lumières, montagne flottante illuminée par des flambeaux et des braseros, dont les palais de marbre blanc scintillaient au petit jour.

– Le solstice d'hiver, a dit Thalia. Le Conseil des dieux.

19 Les dieux mettent notre sort aux voix

Pour un fils de Poséidon, le transport aérien est déjà quelque chose de redoutable en soi, alors vous pouvez imaginer comment je me sentais, à voler droit vers le palais de Zeus parmi les éclairs et les coups de tonnerre...

Nous avons survolé le centre de Manhattan, décrivant un tour complet autour du mont Olympe. Je n'y étais allé qu'une seule fois, en prenant l'ascenseur pour le six-centième étage secret de l'Empire State Building. Cette fois-ci l'Olympe m'a émerveillé encore davantage, si c'est possible.

Dans la pénombre du petit matin, les flambeaux et les feux des braseros teintaient les palais accrochés aux flancs de la montagne de vingt couleurs différentes, qui allaient du rouge sang au bleu indigo. Apparemment, personne ne dormait jamais au mont Olympe. Les rues sinueuses grouillaient de demi-dieux, d'esprits de la nature et de divinités mineures qui se déplaçaient dans des chariots ou des chaises portées par des Cyclopes. C'était à croire que l'hiver n'existait pas, ici. J'ai senti les parfums des jardins en fleurs, effluves de jasmin, de roses et d'autres senteurs que je ne savais pas identifier. De la musique s'échappait de nombreuses fenêtres, les sons mélodieux des lyres et des flûtes de Pan.

Juché sur le sommet du mont se dressait le plus grand de tous les palais, étincelant de blancheur : le palais des dieux.

Nos pégases nous ont déposés dans la cour extérieure, devant un immense portail d'argent. Avant que je n'aie le temps de penser à frapper, les grilles se sont ouvertes toutes seules.

Bonne chance, patron, a dit Blackjack.

– Merci.

Je ne sais pas pourquoi, mais j'avais un sombre pressentiment. Je n'avais jamais vu les dieux tous réunis. Je savais que n'importe lequel d'entre eux pouvait me réduire en poussière, et que certains le feraient volontiers.

Hé, si tu reviens pas, je peux installer mon écurie dans ton bungalow ?

J'ai regardé le pégase.

C'était juste une idée. Excuse-moi.

Blackjack et ses amis sont repartis en nous laissant seuls, Thalia, Annabeth et moi. Nous sommes restés une minute plantés devant le palais à le regarder, comme nous l'avions fait devant Westover Hall, il y avait de cela, nous semblait-il, un million d'années.

Et puis, côte à côte, nous sommes entrés dans la salle du trône.

Douze gigantesques trônes formaient un U autour d'un foyer central, selon la même disposition que les bungalows à la colonie. Les constellations scintillaient au plafond – au grand complet, y compris la plus récente, Zoé la Chasseresse, qui parcourait les cieux armée de son arc.

Les sièges étaient tous occupés. Les dieux et déesses faisaient tous dans les cinq mètres et je vous assure que quand les yeux de douze créatures géantes et toutes-puissantes se tournent vers vous... eh bien d'un coup, combattre des monstres ressemble à une partie de plaisir.

– Soyez les bienvenus, héros, a dit Artémis.

– Meuh !

C'est alors que j'ai remarqué Bessie et Grover.

Une sphère d'eau flottait au centre de la pièce, à côté du foyer. Bessie y nageait allègrement en agitant sa queue de serpent, pointant la tête par les côtés et le fond de la sphère. Nager dans une bulle magique était une nouveauté qu'il semblait découvrir avec bonheur. Grover était agenouillé devant le trône de Zeus, comme s'il venait de faire un rapport, mais quand il nous a vus, il a crié :

– Vous y êtes arrivés !

Il s'est précipité vers nous, puis il s'est rappelé qu'il tournait le dos à Zeus, alors il a pilé net et fait volte-face, pour demander la permission.

– Vas-y, a dit Zeus.

Mais il ne faisait pas vraiment attention à Grover. Le Seigneur du Ciel avait les yeux rivés sur Thalia.

Grover nous a rejoints au petit trot. Aucun dieu ne parlait et ses sabots de satyre résonnaient sur le sol de marbre. Bessie clapotait dans sa bulle d'eau. Le feu crépitait dans l'âtre.

J'ai jeté un regard inquiet à mon père, Poséidon. Il était habillé comme la dernière fois où je l'avais vu : short, chemise hawaïenne, sandales. Il avait un visage tanné et buriné, avec une barbe brune et des yeux vert foncé. Je me demandais ce qu'il éprouverait en me revoyant, mais les coins de ses yeux se sont plissés en petites rides souriantes. Il a hoché la tête, comme pour dire : *Tout va bien*.

Grover a sauté au cou d'Annabeth et de Thalia. Puis il m'a attrapé par les deux bras.

– Percy, on y est arrivés, Bessie et moi ! Mais il faut que tu les dissuades ! Ils ne peuvent pas faire ça !

– Quoi ?

– Héros, a appelé Artémis.

La déesse a glissé au pied de son trône et pris taille humaine : une adolescente aux cheveux auburn, parfaitement à l'aise parmi les géants de l'Olympe. Elle s'est dirigée vers nous, scintillante dans sa robe argentée. Son visage ne trahissait aucune émotion. On aurait dit qu'elle marchait dans une colonne de lumière.

– Les dieux ont été informés de vos hauts faits, nous a dit Artémis. Ils savent que le mont Othrys se reforme à l'ouest. Ils sont au courant de la tentative d'évasion d'Atlas et des armées que lève Cronos. Nous avons décidé par vote de passer à l'action.

Il y a eu une vague de brouhaha parmi les dieux, comme s'ils n'étaient pas tous enthousiasmés par ce plan, mais personne n'a protesté.

– Sur l'ordre de notre seigneur Zeus, a poursuivi Artémis, mon frère Apollon et moi allons chasser les monstres les plus puissants et essayer de les abattre avant qu'ils puissent joindre les rangs des Titans. Dame Athéna surveillera personnellement les autres Titans pour les empêcher de s'évader des différentes prisons où ils sont captifs. Le seigneur Poséidon a été autorisé à déchaîner toutes ses forces contre le *Princesse Andromède* et à le couler au fond de l'océan. Quant à vous, mes héros...

Artémis s'est tournée vers les autres immortels.

– Ces sang-mêlé ont rendu un grand service à l'Olympe. Y a-t-il quelqu'un pour le contester ?

Elle a lentement balayé des yeux l'assemblée des dieux en arrêtant le regard sur chacun, tour à tour. Zeus, impeccable dans son costume sombre à fines rayures, barbe noire parfaitement taillée, les yeux pétillants d'énergie. Assise à côté de lui se trouvait une femme d'une grande beauté, aux cheveux argentés rassemblés en une tresse sur l'épaule, vêtue d'une robe chatoyante aux couleurs des plumes de paon : dame Héra.

À la droite de Zeus, Poséidon, mon père. À côté de lui un homme massif, une jambe prise dans un appareil orthopédique en acier, la tête difforme, la barbe en bataille, une moustache brune crépitant d'étincelles : Héphaïstos, dieu des forges.

Hermès m'a lancé un clin d'œil. Il était en costume, aujourd'hui, et consultait ses e-mails sur son téléphone portable-caducée. Apollon, lui, était confortablement calé dans son trône d'or, des lunettes de soleil sur le nez. Il avait les écouteurs de son iPod dans les oreilles, de sorte que je n'étais même pas sûr qu'il écoute, mais m'a adressé un signe d'encouragement, pouce levé. Dionysos tortillait une vrille de vigne entre les doigts, l'air de s'ennuyer. Quant à Arès, assis dans son trône cuir et chrome, il m'a fusillé du regard tout en aiguisant un couteau.

Du côté des dames, une déesse brune en robe verte était assise à côté d'Héra, sur un trône fait de branches de pommier tressées. C'était Déméter, déesse des moissons. À côté d'elle se trouvait une ravissante femme aux yeux gris, vêtue d'une élégante robe blanche. Il ne pouvait s'agir que de la mère d'Annabeth, Athéna. Puis venait Aphrodite, qui m'a lancé un sourire entendu en me faisant rougir malgré moi.

Tous les Olympiens réunis en un même endroit. Il y avait une telle concentration de pouvoir dans la salle que c'était un miracle que le palais n'explose pas.

C'est Apollon qui a brisé le silence :

– Je dois dire que ces mômes ont assuré. (Il s'est éclairci la gorge et a entamé :) *Les héros gagnent des lauriers...*

– Euh, oui, ils ont été vraiment top, a interrompu Hermès, comme s'il voulait échapper aux vers d'Apollon. Ceux pour ne pas les désintégrer ?

Quelques mains hésitantes se sont levées : Déméter, Aphrodite.

– Une seconde, a grogné Arès, qui nous a pointés du doigt, Thalia et moi. Ces deux-là sont dangereux. Ce serait bien plus sûr, maintenant qu'on les a sous la main...

– Arès, a interrompu Poséidon, ce sont des héros valeureux. Nous ne réduirons pas mon fils en miettes.

– Ni ma fille, a grommelé Zeus. Elle s'est montrée brave.

Thalia a rougi et rivé les yeux sur le sol. Je savais ce qu'elle ressentait. Je n'avais quasiment jamais parlé avec mon père, encore moins reçu un compliment de sa part.

La déesse Athéna s'est éclairci la gorge et avancée sur son siège.

– Je suis fière de ma fille, moi aussi. Mais en ce qui concerne les deux autres, il y a un facteur de risque.

– Maman ! s'est écriée Annabeth. Comment peux-tu...

Athéna l'a fait taire d'un regard calme mais ferme.

– Il est regrettable que mon père, Zeus, et mon oncle, Poséidon, aient brisé leur promesse de ne plus avoir d'enfants. Seul Hadès a tenu parole, ce qui n'est pas dénué d'ironie, je trouve. Comme nous le dit la Grande Prophétie, les enfants des trois aînés des dieux... tels que Percy et Thalia... sont dangereux. Il a beau être bête, Arès a raison sur ce point.

– Exactement ! s'est exclamé Arès. Hé, une seconde. Qui tu traites de...

Il se levait déjà mais une vrille de vigne s'est enroulée autour de sa taille comme une ceinture de sécurité et l'a maintenu sur son siège.

– Oh, je t'en prie, Arès, a soupiré Dionysos. Garde les bagarres pour plus tard.

Arès a arraché la vrille en jurant entre ses dents.

– T'es bien placé pour parler, vieil ivrogne, a-t-il ajouté. Sérieusement, tu veux protéger ces sales mômes ?

Dionysos nous a toisés d'un regard las.

– Je ne les aime pas spécialement. Athéna, penses-tu vraiment qu'il soit plus sûr de les supprimer ?

– Je n'exprime pas de jugement, a répondu la déesse. Je ne fais que pointer le risque. C'est au Conseil de décider ce que nous ferons.

– Je m'oppose à ce qu'ils soient punis, a dit Artémis. J'entends les récompenser. Si nous tuons les héros qui nous rendent de grands services, nous ne valons pas mieux que les

Titans. Et si c'est ça, la justice olympienne, je ne veux rien avoir à y faire.

– Calme-toi, sœurette, a dit Apollon. Bon sang, il faudrait que tu décompresses un peu !

– Ne m'appelle pas « sœurette » ! J'entends les récompenser.

– Bon, a grogné Zeus. Peut-être. Mais le monstre doit être supprimé, lui au moins. Sommes-nous tous d'accord là-dessus ?

De nombreux hochements de tête.

Il m'a fallu une seconde pour comprendre ce qu'ils voulaient dire. Alors une chape de plomb m'est tombée sur le cœur.

– Bessie ? Vous voulez supprimer Bessie ?

– Meuhhhh ! a protesté Bessie.

Mon père a froncé les sourcils.

– Tu as appelé l'Ophiotauros « Bessie » ?

– Papa, ai-je dit, c'est juste une créature marine. Une créature marine vraiment gentille. Vous ne pouvez pas le supprimer.

Poséidon a remué sur son trône, mal à l'aise.

– Percy, ce monstre a un pouvoir considérable. Si jamais les Titans s'emparaient de lui, ou si...

– Vous ne pouvez pas faire ça, ai-je insisté. (J'ai regardé Zeus. J'aurais dû avoir peur de lui, mais je l'ai regardé droit dans les yeux.) On n'arrive jamais à contrôler les prophéties. N'est-ce pas vrai ? En plus, Bess... l'Ophiotauros est innocent. C'est mal, de tuer une créature aussi innocente. Aussi mal que... que Cronos dévorant ses enfants à cause d'une chose qu'ils étaient seulement *susceptibles* de faire. C'est mal !

Zeus a semblé réfléchir. Ses yeux sont allés se poser sur sa fille, Thalia.

– Et le risque ? Cronos sait parfaitement bien que si l'un de vous sacrifiait les entrailles de la bête, il aurait le pouvoir de nous éliminer. Croyez-vous que nous puissions maintenir cette possibilité ? Toi, ma fille, tu auras seize ans demain, exactement comme dit la prophétie.

– Il faut leur faire confiance, a dit alors Annabeth. Seigneur, vous devez leur faire confiance.

Zeus a grimacé.

– Faire confiance à des héros ?

– Annabeth a raison, a dit Artémis. Et c'est pourquoi nous devons d'abord accorder une récompense. Ma fidèle compagne, Zoé Nightshade, a rejoint les étoiles. Il me faut une nouvelle lieutenante et je compte en choisir une. Mais d'abord, Zeus, mon père, j'aimerais te parler en privé.

Zeus a fait signe à Artémis d'approcher. Il s'est penché et elle s'est mise à lui parler à l'oreille.

Une vague de panique s'est emparée de moi.

– Annabeth, ai-je dit à mi-voix. Ne le fais pas.

Elle a froncé les sourcils.

– Quoi ?

– Écoute, il faut que je te dise quelque chose, ai-je continué. Je ne le supporterais pas si... Je ne veux pas que tu...

– Percy ? Tu as l'air sur le point de vomir.

De fait, j'avais l'estomac retourné. Je voulais lui en dire plus, mais ma langue m'a lâché. Elle a refusé de bouger à cause de la peur qui me tenaillait. Alors, Artémis s'est retournée.

– Je vais prendre une nouvelle lieutenante, a-t-elle annoncé. Si elle accepte.

– Non, ai-je murmuré.

– Thalia, a dit Artémis. Fille de Zeus. Veux-tu te joindre à la Chasse ?

Un silence de stupéfaction s'est abattu sur la salle. J'ai dévisagé Thalia, sans parvenir à en croire mes oreilles. Annabeth souriait. Elle a serré fort la main de Thalia, puis l'a lâchée, comme si elle s'y attendait depuis le début.

– Oui, a répondu Thalia d'une voix ferme.

Zeus s'est levé, le regard chargé d'inquiétude.

– Ma fille, réfléchis bien...

– Père, je n'aurai pas seize ans demain. Je n'aurai jamais seize ans. Je ne laisserai pas cette prophétie devenir la mienne. Je me tiens aux côtés de ma sœur Artémis. Cronos ne me tentera plus jamais.

Elle s'est agenouillée devant la déesse et a entonné les paroles que Bianca avait prononcées il y a si longtemps, me semblait-il.

– Je prête allégeance à la déesse Artémis. Je renonce à la compagnie des hommes...

Ensuite, Thalia a fait quelque chose qui m'a surpris presque plus que sa prestation de serment. Elle est venue vers moi, m'a souri et, devant tout le monde, m'a embrassé.

J'ai rougi.

Lorsqu'elle a desserré son étreinte et mis les mains sur mes épaules, je lui ai dit :

– Euh... t'es pas censée arrêter de faire de genre de chose ? Embrasser les garçons, je veux dire ?

– Je rends hommage à un ami, a-t-elle rectifié. Il faut que je me joigne à la Chasse, Percy. Je n'ai pas connu la paix depuis la colline des Sang-Mêlé. Là, j'ai enfin le sentiment d'avoir un foyer. Mais tu es un héros. Tu seras celui de la prophétie.

– Super, ai-je marmonné.

– Je suis fière d'être ton amie.

Elle a embrassé Annabeth, qui faisait un gros effort pour ne pas pleurer. Et elle a même embrassé Grover, qui a paru sur le point de défaillir, comme si on venait de lui offrir un bon pour enchiladas à volonté.

Puis Thalia est allée se placer à côté d'Artémis.

– Et maintenant parlons de l'Ophiotauros, a dit Artémis.

– Ce garçon est toujours dangereux, a prévenu Dionysos. Le monstre représente une immense tentation de pouvoir. Même si nous épargnons le garçon...

– Non. (J'ai regardé tous les dieux.) S'il vous plaît. Gardez l'Ophiotauros en lieu sûr. Mon père peut le cacher quelque part sous la mer ou le garder dans un aquarium ici, à l'Olympe. Mais vous devez le protéger.

– Et pourquoi devrions-nous te faire confiance ? a grondé Héphaïstos.

– Je n'ai que quatorze ans. Si cette prophétie me concerne, ça laisse encore deux ans.

– Ça laisse deux ans à Cronos pour te tromper, a dit Athéna. Beaucoup de choses peuvent changer en deux ans, jeune héros.

– Mère ! s'est écriée Annabeth, exaspérée.

– Ce n'est que la vérité, mon enfant. C'est une mauvaise stratégie de maintenir l'animal en vie. Et le garçon.

Mon père s'est levé.

– Je ne laisserai pas massacrer une créature marine, si je peux l'empêcher. Et je le peux.

Il a tendu le bras et un trident est apparu dans sa main : une hampe de bronze longue de six mètres, terminée par trois pointes scintillantes de lumière marine bleutée.

– Je me porterai garant du garçon et de la sécurité de l'Ophiotauros.

– Tu ne l'emmèneras pas sous la mer ! (Zeus s'est levé brusquement.) Je ne veux pas que tu aies un tel argument de négociation en ta possession.

– Mon frère, s'il te plaît, a soupiré Poséidon.

L'éclair de foudre de Zeus est apparu dans sa main, vibrant d'électricité, et il a empli la salle d'une odeur d'ozone.

– Entendu, a concédé Poséidon. Je construirai un aquarium ici pour la bête. Héphaïstos pourra m'aider. La créature sera en sécurité. Nous la protégerons avec tous nos pouvoirs réunis. Le garçon ne nous trahira pas. Je m'en porte garant sur mon honneur.

Zeus a réfléchi, puis il a dit :

– Qui est pour ?

À ma grande surprise, beaucoup de mains se sont levées. Dionysos s'est abstenu. Arès et Athéna aussi. Mais tous les autres...

– Nous avons la majorité, a décrété Zeus. Et puisque nous n'allons pas éliminer ces héros, eh bien, je crois que nous n'avons plus qu'à leur rendre honneur. Que la fête commence !

Il y a des fêtes, et puis il y a des méga-super-fêtes à tout casser. Et puis il y a les fêtes olympiennes. Si jamais vous avez le choix, optez pour la fête olympienne.

Les neuf Muses assuraient l'ambiance sonore et je me suis rendu compte que la musique était celle que chacun souhaitait entendre : les dieux pouvaient écouter du classique et les jeunes demi-dieux du hip-hop ou n'importe quoi d'autre ; c'était la même bande-son. Pas de discussions. Pas de disputes pour changer la station de radio. On avait juste, si nécessaire, à demander de monter le volume.

Dionysos circulait en faisant jaillir des tables chargées de boissons çà et là, une femme ravissante à son bras : c'était Ariane, son épouse. Dionysos avait l'air heureux pour la première fois depuis que je le connaissais. Le nectar et l'ambroisie coulaient à flots, jaillissant de fontaines en or, et les tables de banquet étaient couvertes de nourritures de mortels. Les verres en or se remplissaient de la boisson de votre choix. Grover se promenait en trottinant, une montagne de boîtes en fer-blanc et d'enchiladas dans son assiette, et il ne cessait de marmonner « Pan ! Pan ! » comme une incantation au-dessus de son verre plein à ras bord de capuccino.

Les dieux venaient tour à tour me féliciter. Heureusement, ils avaient pris leur taille humaine, ce qui leur évitait d'écrabouiller les convives par accident. Hermès s'est mis à bavarder avec moi et il était de si bonne humeur qu'il me coûtait de lui raconter ce qui était arrivé à son fils le moins aimé, Luke, mais avant que j'aie rassemblé mon courage, il a reçu un appel sur son caducée et s'est éloigné.

Apollon m'a dit que je pouvais conduire son char du soleil quand je voulais et que si jamais j'avais besoin de leçons de tir à l'arc...

– Merci, ai-je répondu. Mais je suis un cas désespéré au tir à l'arc.

– Oh, n'importe quoi ! Des exercices de tir en survolant les États-Unis, y a pas plus marrant !

J'ai bredouillé quelques excuses et je me suis faufilé entre les gens qui dansaient dans les cours des palais. Je cherchais Annabeth. La dernière fois que je l'avais aperçue, elle dansait avec un dieu mineur.

Alors, une voix masculine a dit derrière moi :

– J'espère que tu ne me trahiras pas.

Je me suis retourné et j'ai vu Poséidon qui me souriait.

– Papa... salut.

– Bonjour, Percy. Tu t'es montré brave.

Son compliment m'a mis mal à l'aise. Ça me faisait plaisir, bien sûr, mais je savais quel risque il prenait en se portant garant de moi. Ça aurait été bien plus facile de laisser les autres me désintégrer.

– Je ne te trahirai pas, ai-je promis.

Il a hoché la tête. Je ne savais pas très bien interpréter les sentiments des dieux, mais je me suis demandé s'il avait des doutes.

– Ton ami Luke...

– Ce n'est pas mon ami ! me suis-je écrié. (Puis je me suis rendu compte que c'était sans doute malpoli de lui couper la parole.) Excuse-moi.

– Ton *ancien* ami Luke, a corrigé Poséidon. Il faisait ce genre de promesse à une époque. Il était la joie et la fierté d'Hermès. Ne l'oublie pas, Percy. Même les plus courageux peuvent tomber.

– Ça, pour tomber, on peut dire qu'il est tombé, ai-je dit. Il est mort.

– Non, Percy. (Poséidon a secoué la tête.) Il n'est pas mort.

Je l'ai dévisagé.

– Quoi ?

– Je crois qu'Annabeth te l'a dit. Luke vit encore. J'en suis témoin. À l'heure qu'il est, son bateau part de San Francisco avec les vestiges de Cronos à bord. Il va battre en retraite et regrouper ses forces avant de vous livrer un nouvel assaut. Je ferai tout ce que je peux pour détruire son bateau par des tempêtes, mais il noue des alliances avec mes ennemis, les esprits de l'océan les plus anciens. Ils sont prêts à se battre pour le protéger.

– Comment peut-il être encore en vie ? Cette chute aurait dû le tuer !

Poséidon a paru préoccupé.

– Je l'ignore, Percy, mais méfie-toi de lui. Il est plus dangereux que jamais. Et le cercueil d'or est toujours avec lui et gagne en force de jour en jour.

– Et Atlas ? ai-je demandé. Qu'est-ce qui l'empêche de s'évader de nouveau ? Il ne peut pas obliger un géant quelconque à porter le ciel à sa place ?

Mon père a eu une moue moqueuse.

– Si c'était aussi facile, il se serait échappé depuis longtemps ! Non, mon fils. La malédiction du ciel ne peut être imposée qu'à un Titan, un des enfants d'Ouranos et Gaia. Toute autre personne qui porterait le fardeau doit décider de le faire de son plein gré. Seul un héros, un être doté de force, de cœur et de courage, s'y risquerait. Personne, dans l'armée de Cronos, n'oserait tenter de porter ce poids, même sous peine de mort.

– Luke l'a fait. Il a pris la place d'Atlas. Ensuite il a amené Annabeth à le sauver par ruse et il s'est servi d'elle pour convaincre Artémis de prendre le ciel.

– Oui, a dit Poséidon. Luke est... un cas intéressant.

Je crois qu'il souhaitait ajouter autre chose, mais à ce moment-là Bessie s'est mis à meugler, à l'autre bout de la cour. Des demi-dieux jouaient avec sa sphère d'eau en la faisant rouler en riant sur les têtes des danseurs.

– Je ferais bien d'aller mettre de l'ordre là-dedans, a-t-il bougonné. L'Ophiotauros n'est pas un ballon de plage, quand même ! Sois brave, mon fils. Il se peut que nous ne nous reparlions pas de sitôt.

Et, aussi brusquement que cela, il est parti.

J'allais me remettre à chercher Annabeth dans la foule quand une autre voix s'est élevée.

– Ton père prend un grand risque, tu sais.

Je me suis retrouvé face à face avec une femme aux yeux gris qui ressemblait tellement à Annabeth que j'ai failli m'y tromper.

– Athéna ?

J'ai essayé de dissimuler ma rancune, vu la façon dont elle avait voulu m'expédier outre-tombe, au Conseil, mais je n'y suis parvenu qu'à moitié.

Elle m'a adressé un petit sourire.

– Ne me juge pas trop durement, sang-mêlé. Les avis sages ne sont pas toujours agréables à entendre, mais j'ai dit la vérité. Tu es dangereux.

– Vous ne prenez jamais de risques ?

– Je te concède ce point. Tu t'avéreras peut-être utile. Pourtant... ton défaut mortel pourrait causer notre perte tout comme la tienne.

Ma gorge s'est serrée. Un an plus tôt, nous avions eu une conversation sur les défauts mortels, Annabeth et moi. Tous les héros en ont un. Le sien, avait-elle dit, était l'orgueil. Elle se croyait capable de tout faire... porter le monde, par exemple. Ou sauver Luke. Mais moi, je ne savais pas vraiment quel était le mien.

Athéna semblait presque avoir de la peine pour moi.

– Cronos connaît ton défaut, même si toi tu l'ignores. Il sait sonder le cœur de ses ennemis. Réfléchis, Percy. Comment t'a-t-il manipulé ? Tout d'abord, il t'a pris ta mère. Ensuite ton meilleur ami, Grover. À présent ma fille, Annabeth. (Elle s'est tue, l'air désapprobateur.) À chaque fois, Cronos s'est servi de la personne que tu aimes pour t'attirer dans ses pièges. Ton défaut mortel est la loyauté, Percy. Tu ne sais pas voir quand il est temps de quitter le navire. Tu sacrifierais le monde pour sauver un ami. Chez un héros de la prophétie, c'est très, très dangereux.

J'ai serré les poings.

– Ce n'est pas un défaut, ai-je protesté. C'est pas parce que je veux aider mes amis...

– Les défauts les plus dangereux sont ceux qui sont des qualités avec modération, a dit la déesse. Le mal est facile à combattre. Le manque de sagesse... voilà qui est bien plus difficile.

J'ai voulu discuter, mais je me suis trouvé à court d'arguments. Athéna était drôlement futée.

– J'espère que la décision du Conseil s'avérera sage, a-t-elle dit. Mais je te surveille, Percy Jackson. Je n'approuve pas ton amitié avec ma fille. Je ne pense pas que ce soit prudent, ni pour toi ni pour elle. Et si jamais tu étais tenté de changer de camp...

Elle a posé sur moi ses yeux gris et je me suis rendu compte qu'Athéna ferait une ennemie redoutable, dix fois plus redoutable qu'Arès, Dionysos ou même mon père. Athéna n'abandonnerait jamais la partie. Elle n'agirait jamais sur un coup de tête, bêtement, rien que parce qu'elle vous déteste, et si elle élaborait un plan pour vous détruire, il n'échouerait pas.

– Percy ! a appelé Annabeth, qui traversait la foule en courant. (Elle a pilé net en voyant avec qui je parlais.) Oh ! Maman.

– Je vous laisse, a dit Athéna. Pour le moment.

Elle a tourné les talons et s'est avancée dans la foule, qui s'ouvrait devant elle comme si elle brandissait Aegis.

– Est-ce qu'elle t'a mis sur la sellette ? m'a demandé Annabeth.

– Non, ai-je répondu. Ça va.

Elle m'a examiné d'un air inquiet. Et elle a touché la mèche grise que j'avais maintenant dans les cheveux, exactement semblable à la sienne : le douloureux souvenir que nous avait laissé le fardeau d'Atlas. J'aurais voulu dire tant de choses à Annabeth, mais Athéna avait sapé ma confiance en moi. J'avais l'impression d'avoir reçu un coup de poing dans le ventre.

Je n'approuve pas ton amitié avec ma fille.

– Alors, a dit Annabeth. Qu'est-ce que tu voulais me dire tout à l'heure ?

Il y avait de la musique. Les gens dansaient dans la rue.

– Euh. Je me disais qu'on avait été interrompus à Westover. Et... je crois que je te dois une danse.

Elle m'a souri lentement.

– D'accord, Cervelle d'Algues.

Alors je l'ai prise par la main et j'ignore ce qu'entendaient tous les autres, mais pour moi c'était un slow : un peu triste, certes, mais avec une petite note d'espoir, aussi.

20 J'AI UN NOUVEL ENNEMI POUR NOËL

Avant de quitter l'Olympe, j'ai décidé de passer quelques appels-Iris. J'ai eu du mal, mais j'ai fini par trouver une fontaine tranquille dans un jardin latéral et j'ai contacté mon frère Tyson, sous la mer. Je lui ai raconté nos aventures, sans omettre Bessie – il a voulu tout savoir sur le mignon bébé taureau-serpent – et je lui ai assuré qu'Annabeth était saine et sauve. Pour finir, je lui ai expliqué comment le bouclier qu'il m'avait fabriqué l'été dernier s'était abîmé dans le combat contre le manticore.

– Super ! a dit Tyson. Ça veut dire qu'il était bon ! Il t'a sauvé la vie !

– Ça, c'est sûr, grand lascar, il m'a sauvé la vie. Mais maintenant il est fichu.

– Pas fichu ! a promis Tyson. Je viendrai te voir l'été prochain et je le réparerai.

Cette idée m'a immédiatement réjoui. Je crois que je ne me rendais pas compte à quel point Tyson me manquait.

– Sérieux ? ai-je demandé. Ils te laisseront prendre des vacances ?

– Oui ! J'ai fait deux mille sept cent quarante et une épées magiques, a dit fièrement Tyson, en me montrant sa dernière lame. Le patron dit « bon boulot ! ». Il me laissera prendre tout l'été. Je viendrai à la colonie !

Nous avons parlé un bon moment encore, de la guerre qui se préparait et du combat de notre père contre les anciens dieux de la mer, de tous les trucs sympas qu'on ferait ensemble l'été prochain, mais le patron de Tyson s'est mis à crier et il a dû retourner travailler.

J'ai sorti ma dernière drachme d'or et lancé un autre message-Iris.

– Sally Jackson, ai-je dit. Manhattan, New York.

La brume a scintillé et l'image de ma mère est apparue, assise à la table de notre cuisine, en train de rire, main dans la main avec son ami M. Bouffi.

J'étais tellement gêné que j'allais interrompre la communication, mais maman m'a vu.

Elle a écarquillé les yeux et lâché très vite la main de M. Bouffi.

– Oh, Paul, tu sais quoi ? J'ai laissé mon cahier au salon. Tu veux bien aller me le chercher ?

– Bien sûr, Sally. J'y vais.

Il a quitté la pièce et, aussitôt, maman s'est penchée vers le message-Iris.

– Percy ! Tu vas bien ?

– Euh... ouais, je vais bien. Et ton atelier d'écriture, ça se passe bien ?

Elle a pincé les lèvres.

– Bien, oui, mais ce n'est pas ça qui compte. Raconte-moi ce qui s'est passé !

Je l'ai mise au courant aussi rapidement que possible. Elle a poussé un gros soupir de soulagement en apprenant qu'Annabeth était saine et sauve.

– Je savais que tu y arriverais ! Je suis tellement fière de toi.

– Bon, ben je vais te laisser faire tes devoirs, alors.

– Percy, je... Paul et moi...

– Maman, est-ce que tu es heureuse ?

La question a paru la prendre par surprise. Elle a réfléchi un instant.

– Oui, je le suis vraiment, Percy. Ça me rend heureuse, d'être avec lui.

– Alors c'est cool. Vraiment. Ne t'inquiète pas pour moi.

Ce qui était drôle, c'est que j'étais sincère. Après la quête que je venais de vivre, j'aurais peut-être dû me faire du souci pour ma mère. J'avais vu comment les gens peuvent se montrer cruels les uns envers les autres, comme Héraclès envers Zoé Nightshade, Luke envers Thalia. J'avais rencontré Aphrodite, la déesse de l'amour, en personne, et ses pouvoirs m'avaient plus effrayé que ceux d'Arès. Mais en voyant ma mère rire et sourire, après toutes ces années de souffrance aux côtés de mon horrible beau-père, Gabi Ugliano, je ne pouvais qu'être heureux pour elle.

– Tu me promets de ne pas l'appeler « M. Bouffi » ? a-t-elle dit.

J'ai haussé les épaules.

– Pas devant lui, en tout cas.

– Sally ? a appelé M. Blofis depuis notre salon. Tu veux le rouge ou le vert ?

– Il faut que j'y aille, a dit maman. Je te vois pour Noël ?

– Tu me mets des bonbons bleus sous le sapin ?

Elle a souri.

– Si tu n'es pas trop grand pour ça.

– Je ne serai jamais trop grand pour des bonbons.

– À Noël, alors.

Elle a agité la main dans la brume. Son image s'est dissipée et je me suis dit que Thalia avait eu raison, ce jour qui semblait si lointain, devant Westover Hall : ma mère était vraiment cool.

Comparé au mont Olympe, New York était d'un calme étonnant. C'était le dernier vendredi avant Noël mais il était encore tôt et la Cinquième Avenue était presque déserte. Argus, le chef de la sécurité aux yeux innombrables, était venu nous chercher, Annabeth, Grover et moi, à l'Empire State Building et il nous a reconduits à la colonie à travers une légère tempête de neige. Il n'y avait presque personne sur l'autoroute.

Quand nous avons grimpé le flanc de la colline des Sang-Mêlé vers le sapin où scintillait la Toison d'or, je n'ai pas pu m'empêcher d'espérer que Thalia serait là-haut à nous attendre. Mais elle n'y était pas. Elle était partie depuis longtemps avec Artémis et le reste des Chasseresses, pour leur prochaine aventure.

Chiron nous a accueillis à la Grande Maison avec du chocolat chaud et des croque-monsieur. Grover est parti retrouver ses amis satyres pour répandre la nouvelle de notre étrange rencontre avec la magie de Pan. En moins d'une heure, les satyres couraient dans tous les sens en demandant où était le café le plus proche.

Annabeth et moi sommes restés avec Chiron et quelques-uns des pensionnaires les plus anciens : Beckendorf, Silena

Beauregard et les frères Alatir. Même Clarisse, du bungalow d'Arès, était présente, de retour de sa mission de repérage secrète. Je savais que sa quête avait dû être difficile car elle n'a même pas essayé de me pulvériser. Elle avait une nouvelle cicatrice au menton et ses cheveux blonds et sales étaient coupés en épis courts et irréguliers, comme si quelqu'un l'avait attaquée avec des ciseaux.

– J'ai des nouvelles, a-t-elle grommelé, mal à l'aise. De mauvaises nouvelles.

– Je vous mettrai au courant tout à l'heure, nous a dit Chiron. L'important, c'est que vous ayez réussi votre mission. Et que tu aies sauvé Annabeth !

Annabeth m'a souri avec reconnaissance, ce qui m'a fait détourner le regard.

Je ne sais pas pourquoi, mais je me suis surpris à repenser au barrage Hoover et à cette drôle de mortelle que j'avais rencontrée là-bas, Rachel Elizabeth Dare. Je n'arrivais pas à m'ôter ses agaçantes réflexions de la tête. *Ça te prend souvent de tuer les gens qui se mouchent ?* Si j'étais encore en vie, c'était seulement parce que tant de gens m'avaient aidé, dont une simple mortelle comme elle. Je ne lui avais même pas expliqué qui j'étais.

– Luke est vivant, ai-je dit. Annabeth avait raison.

Annabeth s'est penchée en avant.

– Comment tu le sais ?

J'ai essayé de ne pas être contrarié par son intérêt pour Luke et je lui ai répété ce que mon père m'avait dit au sujet du *Princesse Andromède*.

– Bon. (Annabeth a gigoté sur sa chaise.) Eh bien, si la bataille finale doit avoir lieu quand Percy aura seize ans, ça nous laisse deux ans pour trouver quelque chose.

J'avais l'impression que lorsqu'elle disait « trouver quelque chose », elle voulait dire « convaincre Luke de changer de camp », ce qui me contrariait encore plus.

Chiron avait l'air sombre. Assis au coin du feu dans son fauteuil roulant, il faisait vraiment vieux. Je veux dire... il était effectivement très vieux, mais d'ordinaire il ne le paraissait pas.

– Deux ans, ça peut vous sembler long, mais ce n'est qu'un battement de paupières, a-t-il dit. Je persiste à espérer que tu n'es pas l'enfant de la prophétie, Percy. Mais si c'est toi, alors la deuxième guerre des Titans est presque déjà commencée. Le premier assaut de Cronos portera sur la colonie.

– Comment le sais-tu ? ai-je demandé. Pourquoi Cronos s'intéresserait-il à la colonie ?

– Parce que les dieux se servent des héros comme outils, a répondu simplement Chiron. Détruis leurs outils et les dieux seront handicapés. L'armée de Luke va nous attaquer. Mortels, demi-dieux, monstres... nous devons être prêts à affronter toutes sortes d'adversaires. Les nouvelles qu'a rapportées Clarisse peuvent nous donner un indice sur la façon dont ils vont attaquer, mais...

À ce moment-là, on a frappé à la porte et Nico Di Angelo est entré dans le salon en traînant les pieds, les joues rougies par le froid.

Il souriait, mais il a balayé la pièce d'un regard inquiet.

– Hé ! Où... où est ma sœur ?

Silence de mort. J'ai regardé Chiron. J'étais stupéfait que personne ne le lui ait encore dit. Puis j'ai compris pourquoi : ils attendaient notre retour, pour que nous lui apprenions la nouvelle en personne.

C'était bien la dernière chose que j'avais envie de faire, mais je le devais à Bianca.

– Hé, Nico. (Je me suis extirpé de mon confortable fauteuil.) Allons faire un tour, d'accord ? Il faut que je te parle.

Il a reçu la nouvelle en silence, ce qui n'a fait qu'aggraver les choses. Je n'arrêtais pas de parler, d'essayer de lui expliquer comment ça s'était passé, comment Bianca s'était sacrifiée pour sauver la quête. Mais j'avais l'impression de m'enliser, au lieu de le réconforter.

– Elle m'a demandé de te donner ça de sa part.

J'ai sorti la petite figurine de dieu que Bianca avait trouvée à la casse. Nico l'a prise au creux de sa main et l'a regardée.

Nous étions dans le pavillon-réfectoire, à l'endroit même où nous nous étions parlé juste avant que je parte pour la quête. Le vent était glacial malgré les protections météo magiques de la colonie. Il neigeait doucement sur les marches de marbre. J'ai supposé que derrière les limites de la colonie, une tempête de neige devait faire rage.

– Tu avais promis de la protéger, a dit Nico.

Il aurait autant pu me poignarder avec un couteau rouillé ; ça m'aurait fait moins mal que de me souvenir de ma promesse.

– J'ai essayé, Nico. Mais Bianca a donné sa vie pour nous sauver. Je lui ai dit de ne pas y aller. Mais elle...

– Tu avais promis !

Il m'a fusillé du regard, les yeux cerclés de rouge. Il a refermé son petit poing sur la statuette du dieu.

– Je n'aurais pas dû te faire confiance. (Sa voix s'est brisée.) Tu m'as menti. Mes cauchemars étaient vrais !

– Attends. Quels cauchemars ?

Il a jeté la statuette du dieu par terre et elle a ricoché en cliquetant sur le marbre gelé.

– Je te déteste !

– Elle est peut-être encore vivante. Je n'ai pas la certitude...

– Elle est morte. (Nico a fermé les yeux. Son corps tout entier tremblait de rage.) J'aurais dû le savoir plus tôt. Elle est dans les Champs d'Asphodèle ; elle comparaît devant les juges en ce moment même, ils sont en train de l'évaluer. Je le sens.

– Comment ça, tu le sens ?

Avant qu'il ne puisse répondre, j'ai entendu un nouveau bruit derrière moi. Un sifflement doublé de claquements, que je ne reconnaissais que trop bien.

J'ai dégainé mon épée et Nico a hoqueté. J'ai fait volte-face et me suis retrouvé devant quatre guerriers-squelettes. Ils m'ont gratifié de leurs sourires sans lèvres et se sont avancés, l'épée à la main. Je ne comprenais pas comment ils avaient pu pénétrer dans la colonie, mais ça n'avait pas d'importance. Personne ne pourrait venir à notre secours à temps.

– Tu essaies de me tuer ! a hurlé Nico. C'est toi qui as amené ces... ces créatures ?

– Non ! Je veux dire, si, elles m'ont suivi, mais non ! Sauve-toi, Nico. Elles sont impossibles à tuer.

– Je ne te fais pas confiance !

Le premier squelette a attaqué. J'ai envoyé voltiger son épée, mais les trois autres avançaient toujours sur nous. J'en ai coupé un en deux ; il a immédiatement commencé à se raccommoder. J'en ai décapité un autre mais il a continué de se battre.

– Sauve-toi, Nico ! ai-je hurlé. Va chercher de l'aide !

– Non !

Il a plaqué les mains contre ses oreilles.

Je ne pouvais pas en affronter quatre à la fois, pas s'ils refusaient de mourir. J'avais beau pourfendre, parer, piquer, faire volte-face, ils continuaient d'avancer, imperturbables. Les zombies allaient me terrasser ; ce n'était plus qu'une question de secondes.

– Non ! a crié Nico, encore plus fort. *Partez !*

Le sol a grondé sous nos pieds. Les squelettes se sont immobilisés. Je me suis écarté d'un bond à l'instant même où une fissure se formait près des quatre guerriers. Le sol s'est ouvert comme une gueule qui mord. Des flammes ont jailli de la crevasse et la terre a avalé les squelettes avec un *CROC CROC !* retentissant.

Silence.

À l'endroit où s'étaient trouvés les squelettes, une balafre longue de six mètres traversait le sol de marbre du pavillon. En dehors de cela, il n'y avait aucune trace des guerriers.

J'ai regardé Nico avec stupéfaction.

– Comment as-tu...

– Va-t'en ! a-t-il hurlé. Je te déteste ! J'aimerais que tu sois mort !

La terre ne m'a pas avalé, mais Nico a dévalé l'escalier et couru vers la forêt. Je lui ai emboîté le pas mais j'ai glissé sur les marches gelées et je suis tombé. En me relevant, j'ai vu ce qui m'avait fait glisser.

J'ai ramassé la figurine que Bianca avait chipée à la casse pour Nico. *La seule qu'il n'avait pas*, avait-elle dit. Le dernier cadeau de sa sœur.

Je l'ai regardée avec effroi parce que je comprenais à présent pourquoi son visage m'avait paru si familier. Je l'avais déjà vu.

C'était une statuette d'Hadès, Seigneur des Morts.

Annabeth et Grover m'ont aidé à fouiller les bois, des heures durant. On n'a pas trouvé la moindre trace de Nico Di Angelo.

– Il faut qu'on prévienne Chiron, a déclaré Annabeth, essoufflée.

– Non, ai-je protesté.

Ils m'ont tous les deux dévisagé.

– Euh, comment ça, non ? a demandé Grover.

J'essayais encore de comprendre pourquoi j'avais dit cela, mais les mots sont sortis tout seuls :

– Nous ne devons le dire à personne. Je crois que personne n'a compris que Nico est un...

– Un fils d'Hadès, a continué Annabeth. Percy, tu as *idée* de la gravité de la situation ? Même Hadès a rompu le serment ! C'est horrible !

– Je ne crois pas, ai-je dit. Je ne crois pas qu'Hadès ait rompu le serment.

– *Comment ?*

– C'est leur père, ai-je poursuivi, mais Nico et Bianca ont été hors service pendant une très longue période, qui remonte même à avant la Seconde Guerre mondiale.

– Le casino Lotus ! s'est exclamé Grover, qui a raconté à Annabeth les conversations qu'il avait eues avec Bianca pendant notre quête. Nico et elle s'y sont retrouvés coincés pendant plusieurs décennies. Ils sont nés avant le serment.

J'ai acquiescé d'un signe de la tête.

– Mais comment sont-ils sortis ? a demandé Annabeth.

– Je ne sais pas, ai-je avoué. Bianca dit qu'un avocat est venu les chercher et les a conduits à Westover Hall. J'ignore qui ça peut être et pourquoi. Ça fait peut-être partie de ce fameux Grand Lever. Je ne crois pas que Nico comprenne qui il est. Mais nous ne pouvons le dire à personne. Même pas à Chiron. Si les Olympiens découvrent...

– Ça pourrait déclencher de nouvelles disputes entre eux, a dit Annabeth. On n'a vraiment pas besoin de ça.

Grover avait l'air préoccupé.

– Mais on ne peut pas cacher les choses aux dieux. Pas éternellement.

– Je n'ai pas besoin de si longtemps, ai-je rétorqué. Il me suffit de deux ans. Jusqu'à mes seize ans.

Annabeth a blêmi.

– Mais, Percy, ça veut dire que la prophétie ne te concerne peut-être pas. Elle concerne peut-être Nico. Nous devons...

– Non, l'ai-je interrompue. Je choisis la prophétie. C'est moi qu'elle concernera.

– Pourquoi dis-tu ça ? a-t-elle crié. Tu veux être responsable du monde entier ?

C'était bien la dernière chose que je souhaitais, mais je ne le lui ai pas dit. Je savais que je devais revendiquer la prophétie.

– Je ne peux pas mettre Nico en plus grand danger. Je dois bien ça à sa sœur. Je... leur ai fait défaut à tous les deux. Je ne vais pas laisser ce pauvre gamin souffrir davantage.

– Ce pauvre gamin qui te déteste et veut ta mort, m'a rappelé Grover.

– Peut-être que nous pourrons le retrouver. Nous pourrons le convaincre que tout va bien et le cacher en lieu sûr.

Annabeth a frissonné.

– Si jamais Luke lui met la main dessus...

– Luke ne le trouvera pas, ai-je dit. Je veillerai à ce qu'il ait d'autres sources d'inquiétude. Moi, principalement.

Je ne suis pas sûr que Chiron ait cru l'histoire que nous lui avons racontée, Annabeth et moi. Je crois qu'il sentait que nous lui cachions quelque chose sur la disparition de Nico, mais il a fini par accepter notre version. Malheureusement, Nico n'était pas le premier sang-mêlé à disparaître.

– Encore si jeune, a soupiré Chiron, les mains sur la balustrade de la terrasse. J'espère, hélas, qu'il s'est fait dévorer par des monstres. Ça vaut bien mieux que d'être enrôlé dans l'armée des Titans.

Cette pensée me mettait très mal à l'aise. J'ai bien failli me raviser et dire la vérité à Chiron, mais je ne l'ai pas fait.

– Tu crois vraiment que la première bataille se déroulera ici ? lui ai-je demandé.

Chiron regardait la neige tomber sur les collines. Je voyais l'haleine de fumée du dragon qui montait la garde devant le sapin, ainsi que l'éclat lointain de la Toison d'or.

– Ce ne sera pas avant l'été, au plus tôt, m'a-t-il répondu. Cet hiver va être difficile... le plus difficile que nous ayons connu depuis des siècles. Il vaut mieux que tu rentres en ville, Percy, que tu te concentres sur ton travail à l'école. Et que tu te reposes. Tu auras besoin d'être reposé.

J'ai regardé Annabeth.

– Et toi ?

Ses joues se sont empourprées.

– Je vais essayer San Francisco, en fin de compte, a-t-elle dit. Je pourrai peut-être surveiller le mont Tam, m'assurer que les Titans ne tentent rien d'autre.

– Tu m'enverras un message-Iris s'il y a un problème ?

Elle a fait oui de la tête.

– Mais je crois que Chiron a raison, a-t-elle ajouté. Il ne se passera rien avant l'été. Luke va avoir besoin de temps pour reprendre des forces.

L'idée d'attendre ne me plaisait pas. D'un autre côté, en août prochain, j'allais avoir quinze ans. Si près des seize ans. Je préférais ne pas y penser.

– D'accord, ai-je dit. Mais fais attention à toi. Et pas de folles cascades avec le Camel de ton père.

Annabeth a souri presque timidement.

– Ça marche. Et, Percy...

J'ignore ce qu'elle allait dire, mais elle a été interrompue par Grover qui est sorti de la Grande Maison en chancelant, trébuchant sur des boîtes en fer-blanc. Il était blême, le visage hagard, comme s'il avait vu un spectre.

– Il a parlé ! s'est-il écrié.

– Calme-toi, mon jeune satyre, a dit Chiron en fronçant les sourcils. Que se passe-t-il ?

– Je... je jouais de la musique dans le salon, a bafouillé Grover, tout en buvant du café. Des tasses et des tasses de café ! Et il a parlé dans mon esprit !

– Qui donc ? a demandé Annabeth.

– Pan ! a gémi Grover. Le Seigneur de la Nature en personne. Je l'ai entendu ! Il faut que... il faut que je trouve une valise.

– Du calme ! me suis-je écrié. Qu'est-ce qu'il t'a dit ?

Grover m'a regardé droit dans les yeux.

– Ces simples mots : *Je t'attends.*

DÉCOUVREZ UN EXTRAIT DU ROMAN

PERCY JACKSON TOME 4
LA BATAILLE DU LABYRINTHE

1 Je me bats contre des pom-pom girls

Je n'avais vraiment aucune envie de faire exploser une école de plus pendant les grandes vacances. Il n'empêche qu'en ce lundi matin de la première semaine de juin, j'étais dans la voiture de ma mère, devant le collège Goode, sur la 81e rue.

Goode : un grand bâtiment de pierre qui domine l'East River. Plusieurs BM et autres voitures de marques prestigieuses étaient garées près de l'entrée. J'ai regardé le majestueux porche de grès brun en me demandant combien de temps je tiendrais avant de me faire renvoyer.

– Détends-toi, m'a dit ma mère, qui n'avait pas l'air détendue du tout. Ce n'est qu'une visite d'orientation. Et n'oublie pas que c'est l'école de Paul, mon chéri. Alors essaie de ne pas... enfin, tu vois.

– La démolir ?

– Oui.

Paul Blofis, le copain de ma mère, se tenait sur le pas de la porte pour accueillir les futurs élèves de troisième. Avec ses cheveux poivre et sel, son jean et son blouson de cuir, il me faisait penser à un acteur de télévision, mais c'était juste un prof d'anglais. Il était arrivé à convaincre le collège de me prendre en classe de troisième, bien que je me sois fait systématiquement renvoyer de toutes les écoles où j'étais allé. J'avais essayé de lui expliquer que c'était une mauvaise idée ; il n'avait rien voulu entendre.

Je me suis tourné vers maman.

– Tu lui as pas dit la vérité sur moi, j'espère ?

Elle a tambouriné sur le volant du bout des doigts. Elle s'était mise sur son trente et un pour un entretien de boulot : sa jolie robe bleue et des talons hauts.

– J'ai pensé qu'il valait mieux attendre, a-t-elle reconnu.

– Pour ne pas le faire fuir.

– Je suis sûre que l'orientation va bien se passer, Percy. Ce n'est qu'une matinée.

– Super, ai-je grommelé. Je vais pouvoir me faire virer avant de commencer l'année scolaire.

– Sois positif. Demain, tu pars à la colonie ! Après l'orientation, tu as ton rendez-vous galant...

– Galant ! N'importe quoi ! ai-je protesté. C'est juste Annabeth, m'man !

– Elle fait toute la trotte depuis la colonie pour te voir.

– Ouais, bon.

– Vous allez au ciné.

– Ouais.

– Rien que tous les deux.

– Ma-man !!

Elle a écarté les mains pour dire qu'elle abandonnait la partie, mais je voyais bien qu'elle se retenait de rire.

– Tu devrais y aller, mon chéri, a-t-elle dit alors. Tu me raconteras ce soir.

Au moment où j'allais sortir de la voiture, j'ai jeté un coup d'œil vers le perron de l'école. Paul Blofis souhaitait la bienvenue à une fille en tee-shirt bordeaux et jean élimé, couvert de traits de marqueur. Elle avait les cheveux roux et frisés. Lorsqu'elle a tourné la tête, j'ai entrevu son visage et ça m'a donné la chair de poule.

– Percy, qu'est-ce qui se passe ? a demandé maman.

– Rien rien, ai-je bafouillé. Tu sais pas s'il y a une autre entrée ?

– Un peu plus loin sur la droite, pourquoi ?

– À ce soir, alors.

Ma mère allait ajouter quelque chose, mais je suis sorti de la voiture et j'ai filé comme une flèche, en espérant que la fille aux cheveux roux ne me verrait pas.

Qu'est-ce qu'elle fabriquait ici ? Même moi, je ne pouvais pas avoir une poisse pareille.

Justement si, et pire encore, comme je n'allais pas tarder à le découvrir.

Mon idée était de faire une entrée discrète, mais j'ai dû y renoncer : deux pom-pom girls en uniforme blanc et violet étaient embusquées devant l'entrée latérale pour coincer les nouveaux.

– Salut ! m'ont-elles lancé avec un grand sourire, et je me suis dit que c'était la première et sans doute dernière fois que des pom-pom girls me faisaient un accueil aussi chaleureux.

L'une était blonde aux yeux bleu métallique. L'autre afro-américaine, avec des cheveux noirs frisés dignes de Méduse – et croyez-moi, je sais de quoi je parle. Elles avaient toutes les deux leur nom brodé sur leur uniforme, mais dyslexique comme je le suis, j'avais l'impression d'essayer de lire des spaghettis.

– Bienvenue à Goode, a dit la blonde. Tu vas a-do-rer !

Elle m'a toisé de la tête aux pieds, d'un regard qui signifiait plutôt : « C'est qui, ce loser ? »

L'autre fille s'est approchée de moi, beaucoup trop à mon goût. Je me suis concentré sur les lettres brodées sur son uniforme et suis arrivé à déchiffrer son nom : Kelli. Elle dégageait un parfum de rose, plus une autre odeur que je reconnaissais pour l'avoir sentie à mes cours d'équitation à la colo : celle d'un cheval qu'on vient de bouchonner. Un peu bizarre, pour une pom-pom girl. Enfin, peut-être qu'elle avait un cheval, après tout ? Elle était si près de moi que j'ai eu l'impression qu'elle voulait me pousser au bas des marches.

– Comment tu t'appelles, tête de veau ?

– Tête de veau ?

– Tête de nouveau.

– Euh, Percy.

Les filles ont échangé un regard.

– Ah, Percy Jackson, a fait alors la blonde. On t'attendait.

Un frisson glacé m'a parcouru l'échine. À elles deux, elles me barraient le passage, et leurs sourires n'étaient pas des plus bienveillants. Instinctivement, ma main s'est glissée dans ma poche pour saisir Turbulence, mon stylo-bille mortel.

À ce moment-là, quelqu'un m'a appelé de l'intérieur du bâtiment :

– Percy ?

C'était Paul Blofis, quelque part dans le couloir. Je n'avais jamais été aussi heureux d'entendre sa voix.

Les pom-pom girls ont ausitôt battu en retraite. Je me suis rué à l'intérieur et, dans ma hâte, j'ai bousculé Kelli sans le vouloir.

Clang, a fait mon genou contre sa cuisse.

Celle-ci sonnait creux, avec un tintement métallique, comme un mât de drapeau.

– Aïe, a-t-elle grommelé. Fais attention, tête de veau.

J'ai baissé les yeux : sa jambe avait l'air parfaitement normale. Trop horrifié pour poser des questions, je me suis engouffré dans le couloir sous les ricanements des pom-pom girls.

– Te voilà ! s'est écrié Paul. Bienvenue à Goode !

– Salut Paul... euh, monsieur Blofis.

J'ai jeté un coup d'œil en arrière, mais les pom-pom girls bizarres avaient disparu.

– Percy, on dirait que tu as vu un fantôme.

– Ben, euh...

Paul m'a donné une petite tape dans le dos.

– Écoute, je sais que tu es inquiet, m'a-t-il dit, mais rassure-toi. Nous avons beaucoup d'élèves qui souffrent de dyslexie, de déficit de l'attention et d'hyperactivité. Les profs savent comment les aider.

J'en aurais presque ri. Si seulement la dyslexie et le TDAH – Trouble Déficit de l'Attention/Hyperactivité – étaient mes seuls soucis ! Paul avait de bonnes intentions, je le savais, mais si je lui révélais la vérité à mon sujet, soit il me prendrait pour un fou, soit il partirait en hurlant. Ces pom-pom girls, par exemple. Mon intuition me disait qu'elles allaient me causer des ennuis...

J'ai tourné la tête vers le bout du couloir et je me suis alors souvenu que j'avais un autre problème. La rousse que j'avais vue sur le perron de l'école venait d'entrer dans le vestibule principal.

Faites qu'elle ne me remarque pas, ai-je prié.

Elle m'a remarqué. Et elle a écarquillé les yeux.

– C'est où, l'orientation ? ai-je demandé à Paul.

– Au gymnase. Par là. Mais...

– Merci.

– Percy ? a lancé Paul, dans mon dos car je courais déjà.

J'ai cru que je l'avais semée.

Un groupe de jeunes se dirigeait vers le gymnase et je me suis vite fondu parmi les trois cents ados entassés dans les gradins. Un orchestre défilait en jouant un chant de combat strident, genre concert de chats de gouttière hurlant à la lune. Des élèves plus âgés, sans doute des délégués de classe, occupaient le devant de la salle en arborant fièrement l'uniforme du collège ; ils avaient vraiment l'air de se la jouer. Des professeurs, tout sourire, allaient et venaient en serrant les mains des élèves. Les murs du gymnase étaient tapissés de grandes bannières blanc et violet qui annonçaient BIENVENUE, FUTURS NOUVEAUX ÉLÈVES ! GOODE C'EST COOL ! NOUS SOMMES UNE GRANDE FAMILLE ! et autres slogans dégoulinant de bonheur qui me donnaient franchement mal au cœur.

Aucun des autres nouveaux n'avait l'air emballé d'être là, d'ailleurs. On les comprend : qui aurait envie de suivre une session d'orientation en juin alors que la rentrée n'est qu'en septembre ? Mais à Goode, comme dit la brochure, « l'excellence se prépare en amont ! ».

L'orchestre s'est tu. Un type en costume à fines rayures a pris le micro, mais ses paroles résonnaient avec un tel écho dans le gymnase que je n'en comprenais pas un seul mot. Quelqu'un m'a attrapé par l'épaule.

– Qu'est-ce que tu fais là ?

C'était elle : mon cauchemar aux cheveux roux.

– Rachel Elizabeth Dare, ai-je dit.

Elle en est restée bouche bée, l'air de trouver que je ne manquais pas de culot de me souvenir de son nom.

– Et tu es Percy quelque chose. Je n'ai pas compris ton nom de famille l'année dernière, quand tu as essayé de me tuer.

– Écoute, je n'ai pas... je ne... Et toi, qu'est-ce que tu fais là ?

– Pareil que toi, j'imagine. La session d'orientation.

– Tu habites à New York ?

– Tu croyais que j'habitais au barrage Hoover ?

Ça ne m'était jamais venu à l'idée. Quand je pensais à elle (ce qui ne signifie pas que je pensais à elle, son image apparaissait de temps en temps dans mes pensées, c'est tout, on est bien clair ?), je la voyais toujours vivant dans la région du barrage Hoover, rien que parce qu'on s'était rencontrés là-bas. On avait passé ensemble une dizaine de minutes, au cours desquelles j'avais failli lui donner un coup d'épée par erreur, elle m'avait sauvé la vie et j'avais pris la fuite, poursuivi par une meute de machines à tuer surnaturelles. Une rencontre de hasard, en somme.

Derrière nous, un type a chuchoté :

– La ferme, vous deux. Les pom-pom girls parlent !

– Bonjour à tous ! a babillé une fille au micro. (C'était la blonde que j'avais vue à l'entrée.) Je m'appelle Tammi, et voici Kelli.

Comme pour ponctuer, Kelli a fait la roue.

Rachel, à côté de moi, a glapi comme si on venait de lui enfoncer une épingle dans le dos. Quelques gamins se sont retournés en ricanant, mais Rachel a continué de fixer les pom-pom girls d'un regard terrifié. Tammi n'avait rien remarqué, apparemment. Elle s'est mise à nous décrire les multiples façons dont nous pourrions nous investir dans notre année de troisième.

– Sauve-toi, m'a glissé Rachel. Tout de suite.

– Pourquoi ?

Pour toute réponse, Rachel s'est frayé un chemin vers le bout de la rangée en ignorant les froncements de sourcils des profs et les grognements des élèves dont elle écrasait les pieds.

J'ai hésité. Tammi expliquait qu'on allait se répartir en petits groupes pour visiter l'école. Kelli a croisé mon regard et m'a gratifié d'un sourire amusé, comme si elle attendait de voir ce que j'allais faire. Si je partais maintenant, ça ferait mauvais effet. Paul Blofis était en bas, avec tous les autres profs. Il se demanderait ce qui se passait.

Et puis j'ai pensé à Rachel Elizabeth Dare et au don particulier qu'elle avait manifesté l'année dernière au barrage Hoover. Elle avait repéré un groupe de vigiles qui n'étaient pas de vrais vigiles, qui n'étaient en fait même pas humains.

Le cœur battant à se rompre, je me suis levé et je suis sorti du gymnase.

J'ai retrouvé Rachel dans la salle d'orchestre. Elle était cachée derrière une grosse caisse, parmi les percussions.

– Viens là ! m'a-t-elle lancé. Baisse la tête !

Je me sentais un peu bête, à me tapir derrière des bongos, mais je me suis quand même accroupi à ses côtés.

– Elles t'ont suivi ?

– Tu veux dire les pom-pom girls ?

Rachel a hoché la tête, l'air inquiète.

– Je crois pas, ai-je répondu. C'est qui, ces filles ? Qu'est-ce que t'as vu ?

La peur faisait briller ses yeux verts. Elle avait le visage constellé de taches de rousseur, ça m'a fait penser à une pluie d'étoiles. Son tee-shirt bordeaux portait l'inscription « Département des Beaux-Arts de Harvard ».

– Tu... tu me croiras pas.

– Oh, si, je te croirai, ai-je affirmé, je sais que tu peux voir à travers la Brume.

– La quoi ?

– La Brume. C'est... disons que c'est une sorte de voile qui masque la réalité. Il y a des mortels qui naissent avec la capacité de voir au travers. Comme toi.

Elle m'a scruté d'un œil inquisiteur.

– Tu as déjà fait ça au barrage. Tu m'as traitée de mortelle. Comme si toi, tu ne l'étais pas.

Mais qu'est-ce qui m'avait pris ? J'avais envie de taper dans un bongo. Je ne pourrais jamais lui expliquer, alors à quoi bon essayer ?

– Dis-moi, a-t-elle supplié. Tu sais ce que ça signifie. Toutes ces horreurs que je vois, qu'est-ce que c'est ?

– Écoute, ça va te sembler délirant. Tu connais un peu la mythologie grecque ?

– Genre, le Minotaure et l'Hydre ?

– Ouais, mais évite de prononcer ces noms en ma présence, d'accord ?

– Et les Euménides, a ajouté Rachel, qui retrouvait la mémoire. Et les Sirènes, et...

– OK, c'est bon, c'est bon !

J'ai balayé la salle d'orchestre du regard, certain que Rachel avait fait sortir des murs une bande de monstres assoiffés de sang, mais non, on était encore seuls. Il ne nous restait pas beaucoup de temps pour discuter, cependant j'entendais des enfants qui sortaient du gymnase et déferlaient dans le couloir. La visite par petits groupes commençait.

– Tous ces monstres, ai-je dit, tous les dieux grecs... ils existent pour de vrai.

– Je le savais !

J'aurais préféré qu'elle me traite de menteur, mais Rachel me regardait comme si je venais de confirmer ses pires craintes.

– Tu peux pas imaginer comme j'en ai bavé, a-t-elle ajouté. Pendant des années, j'ai cru que je devenais folle. Je ne pouvais en parler à personne. Je n'osais... (Elle s'est brusquement interrompue, a plissé des yeux.) Une seconde. Qui es-tu ? Je veux dire, qui es-tu vraiment ?

– Je suis pas un monstre.

– Oui, ça je le sais. Je le verrais, si tu étais un monstre. Tu ressembles à... à toi, c'est tout. Mais tu n'es pas humain, c'est ça ?

J'ai ravalé ma salive. Même si j'avais eu trois ans pour m'habituer à ce que j'étais, je n'en avais jamais parlé à un mortel ordinaire, jusqu'à présent. À part ma mère, mais elle savait déjà. Je ne sais pas pourquoi, mais je me suis jeté à l'eau :

– Je suis un sang-mêlé. Je suis à moitié humain.

– Et à moitié quoi ?

À ce moment-là, Tammi et Kelli ont déboulé dans la salle d'orchestre en faisant claquer les portes derrière elles.

– Ah te voilà, Percy Jackson, a dit Tammi. On va pouvoir s'attaquer à ton orientation.

– Elles sont horribles ! s'est écriée Rachel.

Tammi et Kelli, toujours pimpantes dans leurs uniformes blanc et violet, avaient des pompons à la main.

– À quoi elles ressemblent en vrai ? ai-je demandé à Rachel, mais elle était trop sonnée pour me répondre.

– Ne fais pas attention à elle, m'a dit Tammi avec un sourire rayonnant.

Elle s'est avancée vers nous tandis que Kelli restait devant les portes battantes pour nous barrer le chemin.

On était pris au piège. Je savais que notre seule issue passait par un combat, mais le sourire de Tammi était si radieux qu'il me tournait la tête. Ses yeux bleus étaient magnifiques, et ses cheveux flottaient sur ses épaules avec une...

– Percy, m'a averti Rachel.

J'ai répondu un truc très futé, du genre : « Hein ? »

Tammi se rapprochait. Elle secouait ses pompons.

– Percy ! (La voix de Rachel m'est parvenue de très loin.) Réveille-toi !

J'ai dû faire appel à toute ma volonté, mais je suis arrivé à sortir mon stylo-bille de ma poche et j'ai retiré le capuchon. Turbulence s'est déployée sur près d'un mètre, se transformant en épée de bronze à la lame luisante et dorée. Le sourire de Tammi a fait place à un rictus.

– Voyons, a-t-elle protesté, pas de ça entre nous ! Que dirais-tu d'un baiser, plutôt ?

Elle sentait la rose et la fourrure propre – une odeur bizarre mais enivrante.

Rachel m'a pincé le bras très fort.

– Percy, elle veut te mordre ! Regarde-la !

– Elle est jalouse, c'est tout, a rétorqué Tammi, avant de se tourner vers Kelli. Je peux, maîtresse ?

Kelli, toujours postée devant la porte, se léchait avidement les lèvres.

– Vas-y, Tammi. Continue comme ça.

Tammi a fait un pas de plus vers nous, mais j'ai alors pointé mon épée vers sa poitrine.

– Recule.

Elle a grondé.

– Des nouveaux ! a-t-elle lâché d'un ton dégoûté. Cette école est à nous, sang-mêlé. C'est nous qui décidons qui nous mangeons !

Sur ces mots, elle a commencé à se métamorphoser. La couleur s'est retirée de son visage et de ses bras. Sa peau est devenue blanche comme de la craie, ses yeux tout rouges. Ses dents se sont allongées en crocs pointus.

– Un vampire ! ai-je bafouillé.

J'ai alors remarqué ses jambes. Sous sa jupette de pom-pom girl, sa jambe gauche était couverte de longs poils bruns hirsutes et se terminait par un sabot d'âne. La droite avait une forme de jambe humaine, mais elle était en bronze.

– Euh, un vampire avec des...

– Ne parle pas de mes jambes ! a lancé Tammi. C'est malpoli de se moquer.

Elle s'est avancée sur ses drôles de jambes dépareillées. Elle avait une dégaine vraiment bizarre, surtout avec ses pompons, mais j'étais incapable d'en rire : pas devant ces yeux rouges et ces crocs pointus.

Kelli a gloussé :

– Un vampire, dis-tu ? C'est de nous que s'inspire cette légende idiote, espèce d'imbécile. Nous sommes des *empousai*, les servantes d'Hécate.

– Miam-miam, a fait Tammi en s'approchant. Nous avons été créées par magie noire, mélange d'animal, de bronze et de fantôme ! Notre raison d'être est de nous nourrir du sang des jeunes gens. Alors viens donc me donner ce baiser !

Elle a dégarni les crocs. J'étais littéralement paralysé, mais Rachel a lancé un tambour à timbre à la tête de l'*empousa*.

La démone a rejeté le tambour en sifflant entre ses crocs. Il a dégringolé le long des allées et roulé entre les pupitres à musique en vibrant. Rachel a lancé un xylophone, mais la démone l'a écarté avec la même facilité.

– D'habitude je ne tue pas les filles, a grogné Tammi, mais pour toi, mortelle, je vais faire une exception. Ta vue est un peu trop bonne !

Sur ces mots, elle s'est élancée vers Rachel.

– Non !

J'ai asséné Turbulence. Tammi a essayé d'esquiver ma lame, en vain : j'ai pourfendu son uniforme de pom-pom girl et, avec une plainte hideuse, elle a explosé en une gerbe de poussière qui est retombée sur Rachel.

– Beurk ! a crié cette dernière en toussant. C'est immonde !

On aurait dit qu'elle avait reçu un sac de farine sur la tête.

– Désolé, les monstres font ça quand ils meurent, ai-je expliqué.

– Tu as tué ma stagiaire ! a hurlé Kelli. Tu as besoin d'une leçon de bonnes manières, sang-mêlé !

À son tour elle a commencé sa transformation. Sa tignasse frisée s'est changée en flammes virevoltantes. Ses yeux ont viré au rouge. Des crocs ont pointé entre ses lèvres. Elle s'est élancée vers nous à petits bonds, faisant tinter son sabot de bronze sur le sol.

– Je suis une *empousa* ancienne, a-t-elle grondé. Aucun héros n'a réussi à me battre depuis mille ans.

– Non ? Ben il est grand temps, alors ! ai-je rétorqué.

Kelli était bien plus rapide que Tammi. Elle a esquivé mon premier coup d'épée et s'est laissée rouler au milieu des cuivres, envoyant une rangée de trombones s'écraser par terre dans un vacarme retentissant. Rachel s'est écartée en titubant. Je me suis placé entre elle et l'*empousa*. Kelli s'est mise à décrire des cercles autour de nous. Son regard faisait le va-et-vient entre moi et mon épée.

– Une si jolie petite lame ! a-t-elle minaudé. Quel dommage qu'elle se dresse entre nous.

Son aspect ne cessait de fluctuer – tantôt démone, tantôt jolie pom-pom girl. J'avais beau essayer de rester concentré, c'était perturbant.

– Mon pauvre chou, a gloussé Kelli. Tu n'as aucune idée de ce qui se passe, dis-moi ? Ta jolie petite colonie va bientôt partir en flammes, tes amis seront réduits en esclavage par le seigneur du Temps, et tout ça sans que tu puisses rien y faire. Ce serait charitable de te tuer maintenant, pour t'épargner cette épreuve.

J'ai entendu des voix en provenance du couloir. Un mini-groupe approchait. Un homme a donné des explications sur les codes des casiers.

Une lueur a brillé dans les yeux de l'*empousa*.

– Formidable ! Nous allons avoir de la compagnie !

Sur ces mots, elle a saisi un tuba et l'a lancé dans ma direction. Rachel et moi avons vite esquivé. Le tuba a rasé nos têtes, fracassé le carreau et poursuivi sa trajectoire par la fenêtre.

Dans le couloir, les voix se sont tues.

– Percy ! a crié Kelli en faisant semblant d'avoir peur, pourquoi as-tu fait ça ?

Je suis resté muet de surprise. Armée d'un pupitre à musique, Kelli a balayé une rangée de clarinettes et flûtes à bec. Chaises et instruments de musique sont tombés pêle-mêle.

– Arrête ! me suis-je écrié.

Dans le couloir, les bruits de pas se rapprochaient précipitamment.

– Et maintenant, a ricané Kelli, accueillons nos visiteurs !

Montrant les crocs, elle s'est dirigée vers les portes battantes. Je me suis lancé à sa poursuite, Turbulence à la main. Je devais à tout prix l'empêcher de s'en prendre à des mortels.

– Percy, non ! a crié Rachel.

Mais lorsque j'ai compris le plan de Kelli, il était déjà trop tard.

La démone a ouvert grandes les portes. Paul Blofis, suivi d'un groupe de nouveaux élèves, a reculé d'un pas, sous le choc. J'ai brandi mon épée.

À la dernière minute, l'*empousa* s'est tournée vers moi en affectant des mines de victime tremblante.

– Pitié ! a-t-elle supplié.

Je ne pouvais plus arrêter ma lame : l'épée avait amorcé son arc de cercle et s'abattait.

Au moment où le bronze céleste allait la frapper, Kelli a explosé comme un cocktail Molotov, dans une gerbe de flammes. Des langues de feu se sont répandues partout. Je n'avais encore jamais vu un monstre faire une telle sortie, mais ce n'était pas le moment de me poser des questions sur le phénomène. J'ai reculé à l'intérieur de la pièce, tandis que de hautes flammes barraient l'entrée.

– Percy, a appelé Paul Blofis, qui me regardait de derrière le rideau de feu, l'air complètement décontenancé. Qu'est-ce que tu as fait ?

Les enfants se sont enfuis dans le couloir en poussant des cris. L'alarme d'incendie s'est déclenchée. Les extincteurs automatiques du plafond se sont mis à cracher des jets d'eau. C'était le chaos total. Rachel m'a tiré par la manche.

– Il faut que tu files d'ici !

Elle avait raison. L'école était en flammes et tout le monde m'en tiendrait responsable. Les mortels ont du mal à voir à travers la Brume. À leurs yeux, j'avais attaqué une pom-pom girl sans défense, et devant plusieurs témoins. Je ne pourrais jamais leur expliquer ce qui s'était vraiment passé. Tournant le dos à Paul, j'ai foncé vers la fenêtre au carreau cassé.

J'ai remonté en courant l'allée qui menait à la 81e rue et je me suis retrouvé nez à nez avec Annabeth.

– Hé, salut ! T'es en avance ! (Elle a ri et m'a retenu par les épaules pour m'empêcher de m'étaler par terre.) Fais attention où tu mets les pieds, Cervelle d'Algues !

Elle était souriante et de bonne humeur. Elle portait un blue-jean, un tee-shirt orange de la colo et son collier de perles d'argile. Ses cheveux blonds étaient remontés en queue-de-cheval. Ses yeux gris pétillaient. Elle avait l'air prête à aller voir un film et passer un après-midi sympa avec son pote. Ça n'a duré qu'une fraction de seconde.

Car Rachel Elizabeth Dare, encore couverte de poussière de monstre, a déboulé de la ruelle en criant :

– Percy, attends-moi !

Le sourire d'Annabeth a disparu. Elle a dévisagé Rachel, puis porté les yeux vers l'école. Pour la première fois, semblait-il, elle a remarqué la fumée noire et entendu les alarmes d'incendie. Elle s'est tournée vers moi en fronçant les sourcils.

– Qu'est-ce que t'as encore foutu ? Et qui est-ce ?

– Euh... Rachel – Annabeth. Annabeth – Rachel. C'est, euh, une amie, on va dire.

Je ne savais pas trop comment qualifier Rachel. Je la connaissais à peine et en même temps, après avoir frôlé deux fois la mort avec elle, je ne pouvais décemment pas dire : « C'est personne. »

– Salut, a lancé Rachel, qui s'est ensuite adressée à moi. Tu es dans une galère, Percy, grave. Et tu me dois toujours des explications.

Des sirènes de police hurlaient sur la voie express.

– Percy, a dit Annabeth d'un ton glacial. Faut qu'on y aille.

– Je veux en savoir plus sur les sang-mêlé, a insisté Rachel. Sur les monstres. Et sur toutes ces histoires de dieux. (Elle m'a attrapé par le bras, a sorti un feutre indélébile de sa poche et a écrit un numéro de téléphone sur ma main.) Tu vas m'appeler et m'expliquer tout ça, d'accord ? Tu me dois bien ça. Et maintenant, file.

– Mais...

– Je vais inventer une histoire, je leur dirai que ce n'était pas ta faute. Mais pars !

Elle est retournée en courant vers l'école, nous laissant Annabeth et moi dans la rue.

Annabeth m'a brièvement dévisagé. Puis elle a fait volte-face et s'est mise à courir.

– Hé ! attends ! ai-je crié en essayant de la rattraper. On a été attaqués par deux *empousai* ; elles étaient déguisées en pom-pom girls, tu comprends, et elles ont dit que la colonie allait brûler, et...

– Tu as parlé à une mortelle des sang-mêlé ?

– Elle voit à travers la Brume. Elle a vu les monstres avant moi.

– Alors tu lui as dit la vérité.

– Elle m'a reconnu...

– Tu l'avais déjà rencontrée ?

– Euh, l'hiver dernier, au barrage Hoover. Mais honnêtement, je la connais à peine.

– Elle est plutôt mignonne.

– Je... j'y ai jamais réfléchi.

Annabeth se dirigeait vers York Avenue.

– Je vais m'occuper de l'école, ai-je promis, désireux de changer de sujet. Ça va s'arranger, t'inquiète.

Annabeth n'a même pas daigné me regarder.

– Je suppose, a-t-elle dit, que notre après-midi tombe à l'eau. On peut pas se permettre de rester en ville alors que la police va te rechercher.

Derrière nous, des colonnes de fumée s'élevaient du collège Goode. Dans ces volutes grises, j'ai cru reconnaître un visage – celui d'une démone aux yeux rouges, qui me narguait.

« Ta jolie petite colonie va bientôt partir en flammes, avait dit Kelli, tes amis seront réduits en esclavage par le seigneur du Temps. »

– Tu as raison, ai-je répondu à Annabeth avec un pincement au cœur. Il faut qu'on aille à la Colonie des Sang-Mêlé. Immédiatement.

« Pour l'éditeur, le principe est d'utiliser des papiers composés de fibres naturelles, renouvelables, recyclables et fabriquées à partir de bois issus de forêts qui adoptent un système d'aménagement durable. En outre, l'éditeur attend de ses fournisseurs de papier qu'ils s'inscrivent dans une démarche de certification environnementale reconnue. »

Composition Nord Compo

Achevé d'imprimer en Espagne par BLACKPRINT CPI IBERICA
32.03.2819.4/07 ISNB : 978-2-01-322819-0
Loi n° 49-956 du 16 juillet 1949 sur les publications destinées à la jeunesse
Dépôt légal : juillet 2012